Kadokawa Fantastic Novels

OVERLORD

10
謀略的統治者

OVERLORD〔10〕The ruler of Conspiracy

丸山くがね
插畫●so-bin

Kugane Maruyama | illustration by so-bin

目錄 Contents

Prologue

進入房間後，雅兒貝德深吸一大口氣填滿胸腔。

很遺憾地，沒有任何擾動鼻孔的氣味。這也是理所當然的，因為心愛的主人不會作新陳代謝，甚至不會呼吸，所以絕不會留下氣味。

然而——她的內心能感覺到氣味。

吸進主人曾待過的房間的空氣，能讓她心靈平靜。

戀愛中的少女都是這樣。

「咕——呼呼。」

雅兒貝德不由得笑了出來，掩起了嘴。

房裡沒有別人，就算露齒而笑也不會有問題，但這不是淑女應有的態度。

雅兒貝德優雅地在床邊坐下，然後躺了下去。

她抽動幾次鼻子，但依然沒有味道。即使如此，躺在心愛之人的床上仍令她深感喜悅。

以戀愛中的少女來說，這是正確的行為。假若有個女人躺在心愛男人的床上，跟自己做出一樣的行為卻毫無感覺，還敢說跟自己同樣算作「戀愛中的少女」，雅兒貝德一定會將她認定為不懂得真愛的賤女人解決掉。

「啊——」

雅兒貝德的手差點伸向下腹部，但她停住了，現在不是做這種事的時候。

好像快養成習慣了。雅兒貝德邊想著，邊撐起身子。

總之得完成今天份的工作才行。

建立魔導國並支配了耶．蘭提爾，使得雅兒貝德的工作量爆增。這是由於原本治理耶．蘭提爾的王國官僚紛紛逃逸——回到王國境內，使得管理內政的人手不足之故。

為此，她的主人創造出不死者們扛起這些工作，但目前還在教育階段，教育新人又占用了她的時間，才讓工作量更為增加，除此之外還有很多事要做。

不久之後應該就會再空閒下來，但目前可能還得忙上一陣子。

當然，對雅兒貝德而言，繁忙算不上痛苦。不，她敢肯定隸屬於這納薩力克的人，沒有一個會覺得為主人賣力工作是件苦差事。反而還會因工作越繁忙就越喜悅。

「不過，差不多想驗收一下教育的成果了……」

一個月或許還太長，但雅兒貝德心想，可以將內政交給他們幾天到幾週，看看情形。

正好她也在考慮去一趟王國進行會談。老實說，雅兒貝德知道只要有她英明睿智的主人在，自己什麼都不做也不會有任何問題。但那樣無疑是讓至高存在紆尊降貴——做不符身分的雜務。

王者有王者的工作。

「話說回來……安茲大人打算如何引導魔導國呢？」

就是國家的特色。

只要這點確定了，就能依此制定法律等規章，也能決定國家方針。

打個比方，如果要打造將所有人類當成奴隸任納薩力克使喚的國家，就必須制定將人類完全視作奴隸的法律。這時與近鄰的人類國家該建立何種關係，又該如何看待其他國家的人類，這些問題都得一一決定。

然而直到現在，主人對這個問題都沒有明確的答案。

現在的魔導國可以說是缺了中心支柱的狀態，只不過是直接沿用前一戶人家——名為王國——的構造罷了。

還是說，這就是自己心愛的主人的國家，抑或是主人還在等待什麼？

若是後者，雅兒貝德真為自己感到丟臉，竟然不能體察主人的心思。

自己的主人擁有聰明伶俐的頭腦，這種時候就讓人傷腦筋了。

主人是每一步棋都含有多種意義的智謀之士，因此自己對於主人採取的行動思考得不夠周到，總是讓她滿心歉疚。

就連在納薩力克內智慧能與自己匹敵，甚至或許在自己之上的迪米烏哥斯都發過牢騷：

「我遠遠不及主人的睿智，真是可恥。」話雖如此——

「無論安茲大人想建立什麼樣的國度，我都會遵從大人的判斷。」

除了一件事之外，雅兒貝德事事都願意聽從心愛的夫君。

「不過，安茲大人究竟打算怎麼做呢？」

當然，沒有人回答雅兒貝德的喃喃自語。

第一章 安茲・烏爾・恭魔導國

Chapter 1 | Ainz Ooal Gown Nation of Leading Darkness

1

魔導王，也就是納薩力克地下大墳墓以及安茲．烏爾．恭魔導國的絕對支配者，四十一位無上至尊的整合者，做為最後一位留在納薩力克的存在，由眾多部下服侍的人物，此時正躺在柔軟的床鋪上看書。

從納薩力克地下大墳墓搬來這裡——耶．蘭提爾的前統治者帕納索雷市長的住處經過部分改造，作為安茲的房間——的床，並未散發出納薩力克自己房間的那種香氣。

可能是因為這裡的床沒有灑香水吧。安茲躺在床上這樣想。

當然，身為不死者的安茲不需要睡眠。

的確，他有時候會因為身上人類的渣滓抱怨精神疲勞，或為了冷卻發燙的心靈或腦袋而在床上躺躺，但只是短時間。現在這樣像人類一樣長時間臥床，並沒有任何意義。

不過，凡事都有例外。

例如——對，看書的時候，尤其是還得一邊意識到別人的目光。

（差不多快天亮了……喔！）

從窗簾隙縫透入室內的些許陽光，讓安茲判斷出大致的時刻，將趴著閱讀的書本隨便塞到枕頭下。

然後他保持臉部不動，只將視線轉向房間角落。

那裡有個女僕。

她是納薩力克內的一名一般女僕，也是今天的——更正確來說是昨天的——安茲班。她挺直了背脊，姿勢極其優美地坐在椅子上，但這個姿勢從昨晚起就沒變過。就安茲所知，沒有一個女僕改變過姿勢。

她的視線目不轉睛地盯著安茲，除了偶爾幾次眨眼外，一直都是。

真是難以言喻的壓力。

當然，她們一定無意對安茲施加壓力。女僕們想必是為了有任何問題時能即時行動，才會維持這種態度，但對於鈴木悟這個普通人來說，只滿心希望她們能放過自己。

不管是誰，被人一直盯著都會覺得尷尬。尤其是被異性凝視著，就算什麼都沒做，也會懷疑是不是怎麼了。

最大的問題是，安茲只要稍微動一下，她也會連帶著無聲地動起來。

就明說了吧。

真痛苦。

當然，安茲是至高無上的支配者，只要叫她停止，她就會停止。但一想起以前稍微提了一下時，女僕露出的表情，安茲就無法下令。

由於傳送到這個世界來後，安茲立刻就以飛飛的身分開始活動，因此這是他第一次讓女僕們隨侍在自己身邊。正因為如此，她們才會以驚人的忠誠心賣力工作。安茲很清楚這一點，所以絲毫無意堅持己見。

再過不久她們應該就膩了。

自從安茲這樣想，已經過了一個月。

該不會永遠都是這樣吧？安茲懷抱著些微不安，但心想「女僕輪班要四十一天才會輪完一周，到時候再說吧」，就這樣把問題擱在一邊。

（這就是身為上級的痛苦嗎……納薩力克的經營管理、組織的今後計畫，以及回應部下們的期待等等，是吧……領導者真的好偉大喔，難怪要領高薪了。）

安茲深深體會到認為高層人士不用做事卻能領高薪的想法有多愚蠢，並慢慢撐起身子。

霎時間，女僕簡直像用線跟安茲連接著似的，也從椅子上靜悄悄地站起來，不發出一點聲音。

儘管通宵值班一整晚，她的動作卻十分敏捷。

「——我要起床了。」

「是，那麼我就此退下。通知下個輪班人員後，我就與今日的女僕換班。」

安茲不說「麻煩妳了」，而是沉重地說「嗯」，看似無趣地揮手指示女僕去做她的事。

安茲自己認為這種態度實在過於傲慢。

但他這種態度卻很受部下歡迎。

安茲讓倉助詢問女僕作調查，結果第一名的反應是「感覺受到支配，安茲大人太棒了」。安茲大為困惑，懷疑她們是不是被虐狂，但冷靜一想，統治者有統治者該有的裝扮與態度，部下們期望的大概就是那個吧。

以公司來說，員工都會希望老闆能有應有的態度與姿態。

這樣一想，這似乎才是魔導王該有的態度，實際上安茲有空時會偷看帝國的統治者吉克尼夫・倫・法洛德・艾爾・尼克斯，他都是這種態度。

但是以社會人士鈴木悟的觀點來說，連一句「辛苦了」都沒有，感覺又怪怪的。

「……那麼妳也好好休息吧。」

「啊！——承蒙安茲大人厚愛，不勝感激。」

女僕深深鞠躬，表達感謝。

「不過，多虧向安茲大人借用的這件道具，讓我不用休息也能隨時為安茲大人效力。」

呃，我不是想說這個。安茲在心中喃喃自語。

只要裝備起營養戒指，的確一天一夜不睡也沒問題。但一整晚沒事坐在椅子上注視著安茲，這種工作未免太痛苦了吧。她們似乎將服侍安茲當作一種喜悅，但這也太誇張了。

（至少夜班……臥床班可以省掉吧？）

身為女僕，盡心服侍主人是理所當然的。

有個女僕曾經這樣說過。

（盡心服侍主人，是吧。如果我說我也要跟妳們平等而活，不知道會怎麼樣？）

現在已經不像剛傳送到這個世界的時候，安茲如今確定部下們對自己忠心不二。除非有外在因素——再來就是安茲做出令大家失望的事，否則部下們絕不可能造反。既然如此，稍微改變一下關係，與ＮＰＣ們平等地生活，應該也是個不錯的選擇。

這樣一來，自己就能從目前身為支配者，每天絞盡腦汁的生活中獲得解脫。況且——

（——或許能像以前……對，像那時候的公會一樣，過著那種生活也說不定。）

與ＮＰＣ們交談時，安茲常常在他們身上看到過去同伴的影子。所以他不想做為主人與部下，而是像以前那樣——

——不。安茲在心中搖頭。

不知道什麼會導致大家失望的話，對現行體制做大幅變化會有危險。況且如果他們想要的是主從關係，身為主人就有義務維持這種關係。這是最後一個留下來的人，對ＮＰＣ（孩子）們必須負起的責任。

女僕對安茲說了聲「失禮了」，就走出房間。

霎時間，安茲像被電到般開始行動。首先他拿出放在枕頭下的書換成另一本。換的是一本書名超難懂，光看名稱就不想看的書。至於晚上看的書則藏到自己的空間——道具欄裡。

把書收進不容易遭竊的地方後，他呼出一口氣。

這也是身為主人的義務。

安茲可不想一整晚看艱澀的書搞到頭痛，他比較想看新手教學或有趣的書。但做為統治者，要是被部下知道自己在看那種書實在太遜，因此他才會做這種小裡小氣的事。

順便一提，安茲會想到這種作戰方式，也是考慮到女僕在鋪床時，可能會把枕頭下的書拿到別處去。

安茲在床上做完該做的事，掀開床頂垂落下來類似薄絹的布，下了床。

正好就在這時，有人敲門。然後換班的女僕走進房間。

看到安茲從床上起身，女僕面帶喜色地走近。今天的安茲負責人——簡稱安茲班應該就是她了。

「早安，菲絲。」

女僕的表情頓時閃閃發亮。

「早安！安茲大人！今天請您多多指教！」

如果菲絲有尾巴，應該正在全力搖個不停。安茲無意間心想：佩絲特妮也會搖尾巴呢。

她跟剛才的芙絲身穿同一款女僕裝，她們這些一般女僕的女僕裝不同於戰鬥女僕，全是同個款式。不過外貌——穿著的女性——不同，又另有一番新鮮感。

安茲想起過去的同伴曾經煩人地強調過的話：「簡單款式的女僕裝也很好，不過加了各種裝飾的女僕裝更棒啊。」之後他又接著說：「換句話說，女僕裝改不改造都是最棒的，女僕裝正是人類史上最棒的發明，ＶＩＶＡ女僕裝！」

安茲不知道ＶＩＶＡ是什麼意思，大概是表示某種感嘆吧，或者也有可能是他自創的詞彙。就連這種地方都有著安茲與過去同伴們的回憶。

安茲面露苦笑——當然臉部是不會動的——盯著女僕瞧。

「安……安茲大人，怎麼了嗎？」

菲絲握著女僕裝的圍裙部分，看似羞赧地問道，讓安茲注意到自己的不禮貌。

「真抱歉，我有點……對，應該說是看得出神了吧。」

「————！」

「那麼走吧。」

「——噫欸？啊，是，遵命！」

女僕聲音雖然有點破音，但精神飽滿地回答。安茲讓女僕跟隨身後，走過幾個房間。

這裡比起納薩力克地下大墳墓第九層簡直天差地遠，根本不能相比。因此，當安茲決定要住在這裡時，各守護者都表示反對。

說是讓無上至尊居住在這種地方，欠缺格調。

說是這裡防禦能力低落，間諜對策也漏洞百出。

說是這個，那個，這個——

但安茲不顧眾人反對，硬是決定住在這裡。

因為他認為這是王者的職責——如同吉克尼夫也是住在帝都內的皇城般。更何況，以安茲……不，以鈴木悟來說，市長官邸也已經夠氣派了。想起自己以前的家，根本比都不能比。真要說起來，第九層的房間有點太奢華，也太寬敞了。

玩遊戲時沒感覺，等到實際在裡面生活，才覺得坐立不安，讓他很想在房間角落縮成一團。

安茲讓菲絲以及從通往寢室的房間天花板降落下來的八肢刀暗殺蟲（Eight Edge Assassin）跟隨身旁，來到更衣室。

幾名早已在房內待命的一般女僕畢恭畢敬地行禮，菲絲迅速站到她們身邊排好隊。

「安茲大人，您今天要穿什麼樣的服飾呢？」

菲絲活力充沛地問道。

（……噢，菲絲的眼睛也在發亮呢。是說我總覺得每次到了這時候，每個女僕好像都會兩眼發亮？聽說女生都喜歡衣服……所以才會這樣嗎，還是說她們喜歡做搭配？）

安茲覺得有點疲倦，但沒表示出來，而是發出自認為很了不起——因為練習過所以有自信——的「唔」一聲。

說實在的，安茲幾乎沒有必要換衣服。

就算整晚在床上滾來滾去，魔法長袍也不會皺，而且安茲的身體也不會排出代謝廢物。頂多就是沾到空氣中飄浮的灰塵，但拍拍就掉了。況且他去的每個地方都有女僕們徹底清掃，也不會進食，所以不可能弄髒。

一直穿同一套衣服應該不會怎樣。

然而，每個部下都不准他這麼做。這或許也是理所當然吧，至高存在每天穿同一套衣服，會有失體面的。

但安茲對穿搭沒自信。

如果是戰鬥準備的一環，考量對手的能力與特殊技能等，預測戰術，為了建構對抗手段而選擇適當裝備，他倒是還行——

不，做為鈴木悟培養的經驗，讓他多少能說出這條領帶與這件西裝搭不搭。但被人問到紫色布料繡上銀色花紋的長袍，搭配這條鑲了四顆大鑽石的銀項鍊，安茲實在說不出合不合適，更何況還是要穿在骷髏的身上。

然而，如果打扮得太不適合自己，身為統治者的格調可能會遭到懷疑，這樣幾乎等於背叛了盡忠竭力的部下們。所以即使是關於服裝，安茲也得卯足全力。

不過這裡有個致命性的問題。

就算打扮得不適合自己，又有哪個部下敢對安茲表示意見呢？就像大企業的董事長，就算假髮歪了一點，也沒人敢說什麼一樣。

基於以上種種因素，安茲該採取的行動只有一個：

「——菲絲，交給妳了，為我整理出適合我的儀容。」

「遵命！請交給我吧，安茲大人！我將竭盡全力為安茲大人挑選服飾！」

不用那麼有幹勁啦——安茲每次都這麼想，但從沒對女僕說過。

「我認為！安茲大人非常適合紅色！因此今天的穿搭，我想挑選以紅色為主的服裝，大人意下如何！」

「……我剛才說了交給妳，所以不用詢問。」

「是！我明白了！」

對自己沒有自信，那就交給他人——像這樣讓女僕挑選就行了。

看到她拿來的鮮紅長袍，安茲大為困惑。刺眼的大紅色長袍上，有如鈕釦般鑲了好幾顆巨大寶石。如果都是同個顏色還好，但這些璀璨耀眼的寶石總共有六種色彩。不只如此，周圍還用金線繡上了奇妙文字。

（——這算是正常的衣服嗎，算在常識範圍內嗎？）

簡直像全身用霓虹燈裝飾，胸前背後掛廣告牌的廣告人。安茲自己絕不會挑這種衣服，應該說他真不懂自己以前怎麼會買這件長袍。記憶中好像也不是哪個公會成員硬塞給自己的，就刪去法來說只有可能是自己買的。

（贈品嗎，是某種強制入手的贈品嗎？……不過，好吧，也沒辦法了。）

就算想起自己是怎麼入手的，眼前的鮮紅長袍也不會消失。

要拒絕很容易，但這樣剛才對菲絲說過「交給妳了」就變成說話不算話。更何況說不定只有安茲覺得這件衣服很遜，其他大多數人都覺得很漂亮。不，這個可能性很高。

況且這樣說可能很冷淡，但這件長袍是菲絲選的，如果有人說什麼，可以怪在她身上。

（我這上司真爛。）

安茲產生了罪惡感，心想這就叫泯滅良心吧。

安茲也知道做為上司——做為領導人，推卸責任不是可取的行為，但為了保護一些事物，有時非得如此。

為了保護自己的立場而不得不犧牲部下，就是這麼回事吧。

「——抱歉了。」

「啊，請大人恕罪！」

「不……我自言自語罷了，妳不用在意。話說回來……」安茲為了以防萬一，試著問道：「我想問一下，這件長袍穿在我身上不會太花俏嗎？」

「沒有這回事！的確，我認為安茲大人穿什麼都好看！而且以黑色為基調的暗褐色系也很漂亮，但總是穿這個色系，我認為無法凸顯出安茲大人的其他優點！為了讓安茲大人狂暴力量的形象廣為人知——」

安茲打斷她滔滔不絕的長篇大論。

「——夠了，適合我就行了。好，可以替我穿上衣服了嗎？」

「遵命！」

菲絲向其他女僕使個眼色。

安茲待在原地不動，女僕們不發一語地替安茲脫掉衣服。

讓女性替自己換衣服，即使是骷髏身軀，仍讓安茲羞恥得像有火在燒。

然而以高高在上的王者來說，這似乎是理所當然的態度。

應該說吉克尼夫就是這樣，而且安茲看的書上也是這麼寫的。

安茲任由女僕為自己更衣，沉默地望著穿衣鏡。

不久，鏡中站著穿上鮮紅長袍的安茲。果然很花俏，除了花俏之外沒別的形容詞。

（……不，這個世界的美感跟我有很大差異。搞不好這身打扮才適合統治者……應該吧。）

安茲想起倉助這個例子，硬是壓下自己的不安。

「那麼，我們走吧。」

安茲讓菲絲陪同著邁開腳步，由衷希望能有時間讓自己放鬆心情。

●

安茲讓花俏的紅色長袍隨著步伐搖曳，往公務室走去。他一站在門前，菲絲就立刻走上前去，恭敬地開門。

安茲每次都心想「門我自己會開啦」，但每個女僕都一臉驕傲，好像在說「嗯～我工作真賣力！」一副為自己的工作能力深受感動的模樣，因此安茲只能默默接受這個自動手動門系統。

安茲領著菲絲與八肢刀暗殺蟲們進入公務室。

房間中央跟納薩力克內安茲自己的房間一樣放了一張厚重感十足的大桌子。這也跟床一樣是從納薩力克搬來的備用桌。桌子後方高掛著安茲．烏爾．恭的旗幟——魔導國的國旗。

安茲橫越房間，走到凸窗旁。

凸窗的底座有個不太大的玻璃箱，箱內設計重現了森林的部分景觀。箱子裡看起來沒有生物，安茲將手指伸進去，掀開一片葉子。

葉子底下有個生物避開陽光，躲在遮陽處。

紅潤的膚色身體包裹著分泌出的滑溜液體，前端部分讓人聯想到人類的嘴唇。

安茲定睛觀察口唇蟲。

「——很有光澤，看起來挺健康的，很好。」

安茲想起那時她對自己說過，顏色很重要。當時她拿了幾隻口唇蟲給安茲看，讓他記住哪種光澤最健康。與那時候相比，可以確定這隻相當健康。

安茲從放在一旁的盤子裡拿起新鮮高麗菜。

「來——小滑滑，吃飯的時間到嘍——」

安茲把高麗菜拿到口唇蟲面前，牠一口咬了上來，放手之後仍自己嚼個不停。

看到口唇蟲轉眼間就把高麗菜吃完，安茲再拿了兩片給牠。

安特瑪說過不能給太多飼料，所以就到此為止。

吃得飽飽的，口唇蟲似乎是滿足了，慢吞吞地爬回玻璃箱中的樹蔭——能夠安心棲息的環境。

「一開始還覺得好噁心，但這樣照顧起來，其實還滿可愛的。」

安茲自言自語著，開朗地笑起來，然後蓋上薄薄的蓋子。之所以使用這種如果口唇蟲想逃，連擋都擋不了的蓋子，是為了表現出自己飼養得當的自信。不過口唇蟲是花費金幣召喚出的傭兵魔物，會不會按照自己的判斷逃出去，就有待商榷了。

安茲用放在旁邊的布稍微擦擦手，結束了早上所有事務後，他深深坐進椅子裡，靠在椅背上。

（……工作啊。雖然沒決定上班時間，不過一到這個時間心情就好沉重啊，也許還沒完全忘掉過去的習慣吧。）

桌上不但一張文件都沒有，甚至纖塵不染。

跟鈴木悟的桌子截然不同。

這是因為沒有一件工作拖到第二天，安茲的工作是做重大決策，不是處理瑣碎事務。做了決策後，會由下屬們去執行。

（……但就是這點最累，我這才知道工作最累是累在責任重大……精神疲勞……壓力比身體疲勞辛苦多了。啊，差不多該開始幹活了吧？）

用不著看時鐘。

就在這個時候，有人敲了房門，在門邊待命的菲絲確認來者何人。

「安茲大人，雅兒貝德大人與各位死者大魔法師駕到。」

菲絲語帶敬意，因為那些死者大魔法師是安茲創造出來的。

「是嗎？准他們進來。」

菲絲從門前退開為來訪者讓路後，由雅兒貝德帶頭，六隻死者大魔法師各自拿著文件走進房間。

「安茲大人早安。」

雅兒貝德致意後，死者大魔法師們都對安茲深深鞠躬。

「唔嗯，早安，雅兒貝德，今天似乎一樣是個好天氣啊。」

「是的，報告說今天一整天都將是晴天——當然，只要這個世界的絕對支配者安茲大人有意，要變成什麼天氣都行，大人覺得呢？」

安茲只是想講個無傷大雅的話題開頭，想不到她會接這種提議。

「沒那個必要，我不討厭天氣變化。晴天雖然好，不過打雷下雨也有一番情調，靜靜飄落的雪也有它的韻味，可以說一天的樂趣就始於變化多端的天氣也不為過。」

安茲不討厭這個世界的天候變化，這個環境宜人的世界讓安茲想起藍色星球曾經說過

「雨水本來是能滋養萬物的」，而且覺得他講得實在有道理。

大自然就應該維持大自然的本色。

「是，遵命……我早已知道您無意隨興操縱天氣，只是為了以防萬一才提議，因為安茲大人總是不願向我們坦率下令，滿足自身的欲望。」

「……是嗎，我不覺得啊……」

安茲想了想，但沒有特別想要什麼。身為鈴木悟的時候也是，除了YGGDRASIL相關的東西之外什麼都不想要，變成這具身體後更是如此。雖不知道這是不是變成不死者的副作用，但很可能鈴木悟本來就是如此。若是要說想要什麼，他只有收集稀有物品的欲望，以及——

安茲寂寞地笑笑，稍微搖搖頭。

「不，或許真是如此。不過，那只不過是因為我沒有真正想要什麼罷了。真的想要什麼東西時，我會命令你們的。」

「屆時身為守護者總管的我，會立即選出能滿足大人需求的人選。」雅兒貝德稍微低頭致意，抬起頭時臉上帶有些許紅暈。「不過話說回來，您今天的穿著還是一樣迷人，彷彿閃閃發光。不對，是因為被安茲大人穿著，才會閃閃發光吧。」

雅兒貝德大力稱讚。

發光的應該是鑲在衣服上代替鈕釦的寶石吧，這顆頭並沒有反射什麼光才是。安茲雖然這樣想，但還是點點頭。

「是嗎，謝謝妳，雅兒貝德。」

「不敢當，我只是說出事實罷了，安茲大人實際上──」

安茲用手心朝向開始興奮的雅兒貝德，因為他有預感會沒完沒了。

「──就講到這裡吧。好，那些是昨天雅兒貝德你們處理的文件吧？」

「……是的。」

雅兒貝德惹人憐愛地微微鼓起臉頰，死者大魔法師們聽從她的指示，將文件一份份放在桌上。

每一份固定好的文件都很厚，這表示議題少，但附帶的資訊多。複雜的問題常常需要多方面的資料，這跟在公司是一樣的。

安茲在心中做好覺悟。早晨總是做覺悟的時間。

鈴木悟只是個上班族，而且跟公司經營無緣。如果問他這種人能不能執掌國政，他可以很有自信地回答「不能」。不，就算是執掌公司經營的人，應該也很難經營一個國家吧。

更糟的是安茲是至高無上的統治者，就算他說錯了什麼，部下們也會以萬全態勢致力進行，實行一切命令。

有什麼比這更可怕？安茲的一句話，搞不好會釀成集體自殺。

那麼該怎麼辦？

答案很簡單，就跟這件衣服一樣，交給有能力的人就行了。

安排部下各盡其才，才是上司必備的能力。

話雖如此，什麼都交給別人也是個問題。雅兒貝德雖然值得信賴，但就算自己只是個有名無實的君王，既然領導眾人，就有領導者的職責在。

有些時候或工作不是一句「我不知道」就算了。

因此呈上來的文件他都會仔細過目，蓋上國璽。

安茲有節奏感地在幾份文件上蓋章後，停下手邊動作，在心中將一份文件定為今天的目標，試著讀懂它的內容。然而——

（……果然還是看不懂，這寫的應該是關於物資吧，很重要嗎？死者大魔法師們……應該都看得懂吧。他們不是我創造出來的嗎，怎麼差這麼多……不過這好難讀，像法令一樣。）

文件裡好幾次出現「參照附表」這個詞而必須翻頁，最後的最後又常出現「基於以上的結論而否定」等言詞。不只如此，一段文字當中還加入好幾個否定詞，很難解讀。

「——雅兒貝德。」

「是，安茲大人！有什麼令您在意的地方嗎？」

「不，我只是稍微想起了另一件事，法律的方面怎麼樣了？」

他們雖然稱為魔導國，但沒有自己的法律，目前是沿用王國的法律。

「是，我們暫時擬定了一份草案，但若要強制推行，可能會造成各方面累積不滿情緒，正在猶豫。」

這不太像不把人類當一回事的雅兒貝德會說的話，不過安茲倒是鬆了口氣。

「我與迪米烏哥斯談過……王國法律在安茲大人絕對統治者的權勢相關項目上太弱，所以我們目前打算引用國法的第一章，考慮只強制施行這個部分。」

「我對其他事多少有點自信……」說謊不打草稿，安茲對什麼事幾乎都沒自信。「但很遺憾，我對法律不太了解。就照你們的判斷去做吧，我信任你們。」

「是！遵命。」

雅兒貝德滿面喜色，一看，翅膀也緩緩拍動著。她——迪米烏哥斯也是，真不知道為什麼，他們到現在還把安茲認定為比自己更深謀遠慮的天才。所以安茲一說不懂，做為智者誕生的他們好像就覺得終於能發揮自己的存在意義而欣喜萬分。

「不過，您又何必說謊，說自己不了解法律呢……」

「不，我是說真的，我對法律方面實在沒輒。」

「原來如此……您是指從不受法律束縛的至高存在觀點而言吧？我明白您的意思了。」

安茲覺得她好像誤會了什麼，但沒多做解釋，因為他不知道該說什麼才好。取而代之地，安茲意味深長地笑了笑。雖然這只是他個人的印象，不過他想：得意洋洋地想教父母什麼事的小孩，或許就是像這樣吧。

「什麼事令您發笑？」

雅兒貝德納悶的表情讓安茲更高興了，但自顧自發笑也有失禮數。

「抱歉，應該說妳開心的模樣很可愛嗎——這該怎麼說才好？真難解釋啊。」

話一出口的瞬間，天花板上的八肢刀暗殺蟲沙沙地動了，但沒做出更多動作。

「哎呀！真是羞死我了。」

雅兒貝德用雙手遮住了臉，安茲看到她臉紅了，才明白自己說出了多令人害羞的話，乾咳一聲，視線落在地上。跟ＮＰＣ相處時，他總是忍不住把對方當成朋友的小孩疼愛，講出肉麻的話來。

安茲一面勸戒自己，一面在最後一份文件上蓋章，這樣工作就大略完成了。

他將文件交給擦擦嘴角的雅兒貝德，她再轉交給死者大魔法師們。

「好了，那麼照慣例進行那個吧，這些是今天的提議。」

安茲從抽屜中拿出事先準備好的紙，這是納薩力克內所有人交上來的提案書，匯集了關於魔導國更進一步發展的提案與意見。

安茲會將這些提案一一過目，重抄一遍，在早晨的這個時段講給雅兒貝德聽。

「還勞煩安茲大人重抄一遍，這樣會浪費您的寶貴時間的。」

「不，因為這裡面可能有對我本人的提案。再說我不能睡眠，不找點事做太閒了。」

這是騙人的。不，不找點事做會太閒是真的。但安茲還要讀書、入浴、做演技訓練與模擬戰鬥等等，多得是事情殺時間。即使如此他還是這樣做，是因為──

其實這當中，也包含了安茲想到的點子。

只是，如果安茲直接提議，就算大家覺得這點子很爛，也有可能硬是執行，導致悲慘的結果。所以他想隱藏起提案人的真實身分，讓雅兒貝德用公平的眼光判斷。而且隱藏真面目，安茲的能力就不會受到懷疑，可說一舉兩得。

安茲唸出第一項提案。

「唔……這份提案說『竊以為應該創立兒童教育機構。發掘並培育優秀人才，將來想必能夠增強納薩力克的力量。即使不行，也必能促進技術發展，間接強化納薩力克』。」

安茲正面注視著雅兒貝德詢問：

「這份提案書仔細寫出了益處，非常好。感覺得到提案者的優秀才幹，甚至可以發給大家做範本了。」安茲站在社會人士的立場大力稱讚後，表情──雖然臉不會動──恢復嚴肅。「不過這份提案，妳認為是誰提出的？」

「應該是由莉・阿爾法。」

她立刻回答，而安茲也是一樣的想法。

「我想也是，應該是由莉吧。那麼雅兒貝德，妳覺得這份提案怎麼樣？」

「竊以為真是愚蠢至極，豬就該一輩子當豬，然後為飼主做出貢獻而死。牠們沒有必要過其他人生，也沒有知道的意義或選擇的權利。」

「這樣講或許太嚴厲了，不過我也有同感。只要擁有最低限度的教養，就能成為社會的齒輪。他們只要這樣活著，這樣死去即可。推廣技術可能會形成威脅我們的力量——唔嗯？」

「怎麼了嗎，安茲大人？」

「記得之前也講過一樣的話啊，那是跟誰？娜貝拉爾還有……喔，是露普絲雷其娜吧，就是藥水那件事……這種再清楚不過的事沒必要特別跟妳說吧，真是不好意思，忘了吧。」

「不……不會！我認為我有必要與安茲大人取得共識！來，請說！請說給我聽吧。」

「這……這樣啊……雖然很難為情，好吧，先聲明，這是我個人的看法。如果我有哪裡說錯了，麻煩妳糾正我。」

沒有什麼事比自以為聰明地向一個了解問題的人做說明更難為情了。安茲一邊擔心她會

懷疑自己是笨蛋，一邊闡述自己對技術的看法。

知識、教養以及資訊，是人類——這個世界的話人類以外的生物也一樣——第一個能擁有的武器。而推廣知識雖然能成為增強國力的契機，卻也會造成至今沒有的不滿情緒昇溫。

所以統治者必須考慮該不該給民眾武器，因為武器也有可能朝向統治者。

安茲在YGGDRASIL這款遊戲中深刻學習到資訊的重要性。因此他將巴雷亞雷家的兩人送到可嚴格監視的卡恩村，讓他們在那裡生產藥水。這是為了獨占開發出來的所有知識，不使其外洩。

以安茲來說，他希望被統治者能永遠是被統治者——無知者一輩子無知。只不過為了增強國力，還是必須開發新技術。結果問題還是回到名為知識的武器，會將誰視作敵人。

「就結論而言，新技術只能在對納薩力克地下大墳墓忠心不二的人之間共有並使用。至於一般民眾，給他們使用了也不會有問題的舊技術產物就行了——『智慧之果要獨占才有價值』，記得是這樣說的。」

講到這裡，安茲偷看了雅兒貝德的表情，她的臉上沒有疑問或不信任。

「接下來才是我要說的正題——雅兒貝德，我這樣說跟剛才正好相反，但我認為應該採用這項提案。」

雅兒貝德眼睛圓睜，但只維持了一瞬間。

「這是為了何種目的呢？」

「傷感，而且我覺得由莉所言也有道理。」

「但我覺得壞處比較大……還是說您要找個邊境建造設施？如果能夠一邊保持情報不外洩，一邊進行洗腦教育，我也覺得好處的確會比較大。」

「我不打算那樣做，雖然有點偏離由莉的提案，不過我認為可以在這座都市成立孤兒院。」

安茲以飛飛的身分度日時，得知神殿有在經營孤兒院。他想既然如此，用安茲．烏爾．恭的名義成立孤兒院也是可行的。

「最主要的問題，在於納薩力克的技術有可能外流。我們可以單純經營孤兒院，只將周邊地區廣為人知的知識教給孤兒。如果他們當中有人天資聰穎，再考慮將來發展又有什麼不可以？」

「……原來如此，這樣的確不會有問題。」

「至於孤兒院的職員，我想錄用寡婦。」

「也就是說，對於在安茲大人展現部分力量的那場戰爭中失去丈夫，本來勢必為貧窮所苦的女性們，要給予工作以救濟她們？救濟寡婦與孤兒都能提昇安茲大人的聲譽，實在是妙計……不愧是安茲大人。」

「唔嗯，若是等到寡婦們向飛飛訴苦後再行動，就只能提昇飛飛的聲譽，我的聲譽恐怕增加不了多少。必須趁任何人向飛飛求助前火速行動才行。為此，首先……我命令解除佩絲特妮與妮古蕾德的禁閉反省。」

安茲敏銳察覺到雅兒貝德眼中的光輝產生了些許變化。

「恕我直言——不予懲罰就饒恕違逆安茲大人判斷的兩人，難道不會擾亂納薩力克的紀律嗎？」

「我不是罰她們禁閉反省了？」

「我認為太輕了，安茲大人的發言就是我們的一切，違逆安茲大人所言可是大罪，竊以為應該處以斬首刑。」

「這——」

安茲差點說出「這也太小題大作了」，但他想到她們對自己——四十一位無上至尊的崇拜之情。若是加以否定，她們就太可憐了。

只不過，正因為這樣才更應該饒恕兩人。她們的個性是安茲的同伴們創造的，既然如此，佩絲特妮與妮古蕾德的行動也能說是同伴們的意志。

安茲高高在上地強硬下令，雅兒貝德一定會服從。但那是最終手段，他想先好言相勸。

「——說到底，那項命令擔心的是情報外流。我是擔心納薩力克在那場王都事件背後牽線的事，會被不特定的多數人知道，所以才需要連嬰幼兒都加以處分。然而那兩人搭救的是不會留下記憶的嬰兒，既然如此就不需處分，可以說她們是正確理解了我的本意。」

「她們那只是為了自己而扭曲您的話語罷了，那是不可饒恕的行為。」

「雅兒貝德——」

安茲也明白雅兒貝德身為守護者總管盡力的心情，正因為如此，他不知該如何說服雅兒貝德。安茲露出傷腦筋時的苦笑——當然臉是不會動的。

「安茲大人，您這表情太奸詐了……」

聽到臉頰染成淡紅色的雅兒貝德低語，安茲摸摸自己的臉。

「唔，會嗎？」

「是的，就是會……」雅兒貝德發出幾不可聞的聲音，低下頭嘆了口氣。當她抬起頭時，已恢復成平常的她了。「明白了，畢竟安茲大人的話語就是我的一切，我樂於聽命。」

「我不希望妳出自感情，而是希望妳出自理性服從我啊。」

「這沒問題，我想即使解除了那兩人的禁閉，除了剛才的我以外，納薩力克內也沒有人會表示不滿的。」

「是嗎……那就好，那麼也讓那兩人協助經營孤兒院吧。」

「遵命，屬下會轉達兩人。」

「拜託了，那麼進入下個提案吧。」

安茲喉嚨發出咕嘟一聲，接下來是他自己的提案。

「……嗯，這不能說是很好的提案……但也沒辦法。」安茲偷看一眼雅兒貝德的表情，繼續說：「此人建議設計制服，以加強納薩力克的團結力。」

雅兒貝德馬上倒豎柳眉。

「……這想法真是低級過頭了，究竟是誰提出來的？」

安茲按捺住想說「對不起」的心情，裝出一副傷透腦筋的態度。

「不，這個──不知道，原本那張紙已經被我撕毀了。」

「真是受不了，竟然做出這種愚蠢透頂的提案，浪費安茲大人寶貴的時間。我認為應該進行審訊調查，處以某些刑罰。」

「──不！不用了！聽好了，雅兒貝德！千萬別這麼做。」

安茲雖然心中慌成一團，但仍裝出光明正大的態度。

「我對納薩力克的所有人說過，我想聽取多樣化的意見，不管做出任何提案都不會怪罪。如果妳去斥責那人，我就是出爾反爾了。這樣今後我說什麼，都會被當成謊言。如果大家因為這樣而退縮，我就問不到意見了……離開這個房間後，我要妳忘了剛才這項提案。」

「是！全聽安茲大人的吩咐！」

「很……很好。那就這樣做，知道嗎？」

安茲感謝自己這具身軀不會流汗，要不然一定已經汗流浹背了。不過，不管是多麼強韌的肉體或精神，刺進內心的「低級想法」還無法完全癒合。

「……安茲大人，容我提議，今後至少由我來挑選提案好嗎？以免讓您再看到這種愚蠢的提案。」

「嗚……不……不了，沒那個必要。若是先讓雅兒貝德妳挑選，我就只負責批准了。這樣我們倆在這裡討論不就沒意義了？」

「啊！說……說得也是呢，安茲大人。這可是我們倆的共同作業嘛。」

雅兒貝德的翅膀大幅拍動，連貼在天花板上的八肢刀暗殺蟲們也再度一齊扭動身子。

「很……很好！看來雅兒貝德也明白了，那就進入下個提案吧。」安茲不明白那項提案有哪裡不好，但這氣氛讓他問不出口，也沒自信重提剛才的話題。「那麼，下一個是——」

安茲正要唸出下個提案時，有人敲了幾下門。

兩人的視線朝向菲絲，她稍微低頭致意後，像剛才一樣確認來者何人。

門縫間傳來小孩子精神飽滿的聲音，以及自信缺缺的微弱聲音。

（……他們倆是第一次在這時候過來吧，是出了什麼問題嗎？如果是這樣的話，幸好他們趁雅兒貝德在的時候來。）

既然知道是誰來了，可以立刻准他們進房間沒關係。但在菲絲還沒報上來訪者的名字前就搶先下許可，會剝奪她的工作樂趣。越級行為會剝奪員工的幹勁，身為領袖，必須多注意部下這方面的心情。

（吉克尼夫大概也是這樣吧，看他有很多事都讓女僕做。）

安茲在心中對自己當成君王範本觀察的人物形象說道。

希望有朝一日，能跟他好好談談同樣身為王者的辛勞。

「安茲大人，亞烏菈大人與馬雷大人駕到。」

她的職責結束後，安茲准許兩人進入房間。

兩個小小黑暗精靈(Dark Elf)打開門走了進來，安茲看他們臉上笑容滿面，知道並不是發生了什麼嚴重問題，這才放心下來。

「早安！安茲大人。」

「啊，早……早安，安茲大人。」

「嗯，早安。你們倆今天看來還是一樣有精神，真是再好不過了。」

兩人走進來，與雅兒貝德也打過招呼後，亞烏菈繞過桌子，然後站到坐著的安茲身旁。

亞烏菈來到離安茲非常近的距離，雙臂伸成V字形。

「嗯。」

面對困惑的安茲，她發出不構成句子的一聲，再次舉起手臂。然後她用閃閃發亮，充滿期待的目光朝向安茲，輕盈地跳了兩下。

安茲這時才明白她想要自己做什麼，椅子稍微往後退，將手伸到亞烏菈的腋下，把她抱起來。

「您……您這是做什麼，安茲大人！」

雅兒貝德發出沙啞的慘叫聲，但安茲沒去理會，把抱起來的亞烏菈轉了一百八十度，讓她背對自己坐在右大腿骨上。骨頭不像大腿那樣柔軟，只能請亞烏菈橫著坐，用她自己柔軟的臀部吸收堅硬感了。

「嘿嘿。」

亞烏菈好像很害臊，發出樂不可支的笑聲，安茲也對她微笑。然後安茲移動視線，向忸忸怩怩的馬雷招手。

馬雷怯怯地走過來，安茲一樣將他抱起，放在左大腿骨上。

「那……那個，安……安茲大人，我……我也要……」

安茲正在考慮下次或許該準備坐墊時，雅兒貝德忸忸怩怩地要求，但是讓成年女性坐在大腿——大腿骨上實在太害羞了。

「呃，這……不行。」

「可……可是，他們倆……」

「……雅兒貝德，他們倆還是小孩子啊，妳不是大人了？」

短短一瞬間，安茲彷彿看到雅兒貝德的身後劈下一道內心衝擊具體化的雷光。他雖然覺得對雅兒貝德有點過意不去，但害羞就是害羞，更何況那樣不會構成性騷擾嗎？

「所以你們倆究竟是怎麼了，發生什麼事了嗎？」

在都武大森林內建造的要塞——資材的儲備所，或者稱為假納薩力克——暫且算是完工了。安茲接著讓亞烏菈加強要塞的防衛以及進行隱蔽工作。安茲原本計畫，如果有敵人出現就逃進那座要塞，以隱瞞真正納薩力克地下大墳墓的存在；然而由於納薩力克地下大墳墓的位置已經被吉克尼夫知道，於是將要塞優先拿來當成避難所與物資集聚所。

他派給馬雷在耶．蘭提爾近郊建造地下墳墓的任務。

雖然還不打算立刻運用，但他覺得多餘力量不用也是浪費。

如果運用人力的話會產生人事費，但運用哥雷姆與不死者就沒問題了，而且馬雷的魔法能製造出簡單的石材等資材。

順便一提，關於其他守護者們的動向，夏提雅使用「傳送門(Gate)」進行移動相關工作兼納薩力克警備；科塞特斯負責管理包括蜥蜴人村莊在內的湖泊一帶；迪米烏哥斯則正前往聖王國出差中。

因此目前待在耶・蘭提爾的守護者，都已在此齊聚一堂。

那麼，分配到工作的兩人是來做什麼的？

對於安茲的這個疑問，亞烏菈很乾脆地回答：

「因為我想見安茲大人！」

聽到她天真爛漫地這樣說，安茲破顏而笑。

「這樣啊，我也很高興能看到你們喔。」

安茲摸摸亞烏菈的頭，亞烏菈好像覺得很舒服，把頭湊向安茲的手。該怎麼說呢，就像在跟可愛的小狗玩。

「那……那個，安茲大人……呃，您本來在做什麼呢？會……會不會打擾到您？」

「對——」

「當然不會了，你們來見我怎麼會是打擾呢？」安茲對馬雷溫柔地說，然後臉轉向雅兒貝德。「真抱歉，雅兒貝德。妳剛才好像想說什麼，被我打斷了。對了，當然，我也很高興能見到妳喔。」

「呃，是……」滿臉通紅的雅兒貝德正色之後，說：「安茲大人！」

怎麼了？安茲正想問，卻睜圓了眼睛。

「哇哇——」

安茲懷疑起自己的耳朵，她說什麼？

雅兒貝德難為情地又說了一遍「哇哇——」，證明安茲剛才沒聽錯。

（……不會錯，她在學嬰兒的哭聲。不，如果不是的話反而更可怕。那麼，她為什麼要這樣做？是我讓她太操勞，心靈疲憊了嗎？啊！也有可能是跟妮古蕾德有關，畢竟剛剛才說要解除禁閉嘛。）

安茲雖然是不死者卻陷入混亂，這時馬雷坐立不安地動了動。

「那個，我……呃，已經可以了，所以，讓雅兒貝德大人……」

這句話對安茲有如天啟。

也就是說因為安茲剛才說「他們倆是小孩子，妳是大人必須忍耐」，所以雅兒貝德才會假裝自己也是小孩子。

（可是，為什麼是嬰兒？而且讓雅兒貝德坐大腿未免太……）

但雅兒貝德即使那樣難為情，還是提出了要求。身為上級，而且身為男人，實在不能不予理會。再說雅兒貝德跟亞烏菈、馬雷一樣，對自己來說就像子女，不應該偏心。

「抱歉了，馬雷。」安茲做好覺悟，把馬雷放下，對雅兒貝德招手。「過來，雅兒貝德。」

「是！」

剛才難為情的神色消失了，雅兒貝德的表情就像要去散步前的小狗般充滿期待，一下子就來到安茲身旁。

雅兒貝德將雙臂舉成V字形。

坐著的安茲想把手伸到雅兒貝德腋下將她抱起來，是件非常困難的事。

「……那個，抱歉，妳可以直接坐上來嗎？」

「是！遵命！」

雅兒貝德與馬雷交換，背對著安茲在左大腿上坐下，依偎過來。

安茲第一個感覺到的是柔軟，跟兩個小孩不一樣，是成熟肉體的柔軟。接著滲透進來的溫暖，讓安茲覺得癢癢的。

（不過還真軟啊！）

雅兒貝德雖是百級的戰士職業，卻感覺不到肌肉的存在，講得難聽點，就像軟體動物一樣柔軟。

「咕呼呼呼。」

他聽到雅兒貝德發出小小的笑聲。

雅兒貝德的長髮散發著香氣，搔弄著安茲的鼻腔。

「——嗯？」

就在那一瞬間，安茲不該有的腦子竄過一道閃光般的東西。

（這股香味我曾經在哪裡聞過，是雅兒貝德的衣服？不，是香水吧。）

安茲確定自己有聞過雅兒貝德散發出的沉穩香氣，但就是無法從記憶中找到出處。

「唔……雅兒貝德，妳有擦香水嗎？」

「是，我的確有擦，是不是讓您不舒服了？」

「不會，這香味很宜人。」

雅兒貝德忽然轉向安茲，她的眼睛睜得好大，讓安茲有點害怕。

「是嗎，安茲大人！如果您不介意，請再多聞一下如何？一小時或一天都行！」

「呃不，一小時未免太……」但安茲的確有點好奇，況且如果多聞一下，一定能想起關於這股香味的記憶。「唔嗯……可以讓我稍微聞一下嗎？」

安茲稍稍將鼻骨湊上去，吸了一口雅兒貝德的香氣。由於距離比剛才近，芬芳宜人的香味變得更清楚了。他確定自己有在哪裡聞過，但就是想不起來。就在安茲拚命回溯記憶時，一個冷淡的聲音傳來：

「……安茲大人。」

安茲一時之間沒聽出那是誰的聲音，原來是亞烏菈發出來的。他戰戰兢兢地移動視線，只見亞烏菈眼神相當不悅。她微微嘟著嘴，鼓著臉頰。

「這樣有點變態喔。」

「抱……抱歉。」

她說得沒錯。

安茲責備自己，竟然蠢到在小孩子面前做這種事，這對情操教育會有負面影響。這樣過去的同伴可是會用怒罵弟弟般的聲音叫自己的。

「好……好了，亞烏菈與雅兒貝德，妳們倆都從我腿上下來。那麼雅兒貝德，我們繼續剛才的議題吧。」

但沒有人動。

兩人都不肯動，好像在觀察誰先下去。

「傷腦筋……」

安茲抱起亞烏菈，讓她站到地板上。雅兒貝德發出了「咕呼呼呼」的小小笑聲。

「……因為是亞烏菈先坐上來的。雅兒貝德，妳也從我大腿下去。」

「可……可是，亞烏菈坐了三分四十一秒。相較之下我才坐了五十七秒，竊以為應該讓我再坐三分鐘才公平。」

「雅兒貝德見到安茲大人的時間明明就比較久。」

「那是沒辦法的啊，因為有工作。」

「什麼嘛——原來是因為工作啊——我只是想見安茲大人就來了喔——」

「唔！」

雅兒貝德的臀部在安茲的大腿上扭壓了一下，亞烏菈與雅兒貝德大眼瞪小眼。

安茲明白雅兒貝德想坐在自己的大腿上，但為什麼亞烏菈也想坐？她應該不像雅兒貝德那樣愛著安茲才對，更何況，他不記得自己有做什麼讓亞烏菈這麼愛他，對亞烏菈這麼個孩子來說，談情說愛還太早了。那麼——想到這裡，安茲得到了答案。

（我懂了，是獨占欲。）

此外也有可能是對父愛的需求。亞烏拉與馬雷都被創造成年幼兒童，而且是應該有父母的年紀。或許是因為這樣，才會向安茲尋求失落的部分吧。

為了讓兩人交些朋友，如果找到黑暗精靈的國度，安茲打算去一趟；但因為鈴木悟沒有對父愛的渴望，因此注意得晚了。

（圖書館不知道有沒有兒童情操教育之類的書？）

角色只是資料時還沒問題，但考慮到今後發展，需要一些因素讓亞烏菈與馬雷的精神層面成長茁壯。

（還是應該讓他們交些黑暗精靈朋友！把優先順序提高吧。對了——）

「亞烏菈，我想問妳一個問題，交給妳跟馬雷管理的那三個森林精靈(Elf)呢？」

「安茲大人是說用髒腳踏進納薩力克，卻獲得您慈悲饒恕的那些人嗎？」

安茲頷首。

安茲把工作者叫來時，也有奴隸森林精靈同行，他把那些人交給了亞烏菈與馬雷。他本來無意讓擅闖納薩力克的入侵者們活著回去，但那些森林精靈並非自願，寶物也不是為了自己拿的。安茲覺得既然如此，對她們網開一面也並無不可。

再說他也覺得，森林精靈或許能對亞烏菈與馬雷的成長帶來正面影響。

「是，暫且放在我們的樓層。」

「放？」

「是的，那幾個傢伙莫名其妙，好像很想照顧我們，動來動去的很礙事。」

「就……就是啊。我……我自己會……會穿衣服，但她們卻想幫忙……」

「你要再抬頭挺胸一點。你就是這樣，人家才會想幫你換衣服啊，她們就不會那樣對我。」

（原來如此，她們會想這樣照顧人啊，就像女僕對我一樣吧。我能體會你的辛勞喔，馬雷。話雖如此，看來放那三人一條生路沒白費了。不過當過奴隸的人對情操教育會不會有負面影響？嗯——）

「哎，她們的命好歹是我救的，就算不高興也不要殺了她們。等你們覺得礙事了就由我接管，我會送她們去別的地方。」

「我明白了！到時候再麻煩安茲大人。」

看到馬雷點了個頭後，安茲先說了聲「那麼……」然後眼神冰冷地看向雅兒貝德。

「雅兒貝德，差不多可以下去了，三分鐘過了吧。」

雅兒貝德表情一時顯得依依不捨，但沒說什麼就乖乖下了安茲的大腿。

「話說回來，安茲大人你們剛才在做什麼呢？」

「嗯？喔，我們正在研究納薩力克的成員們交上來的，有助於國家發展進步的點子。對了，你們倆有沒有什麼點子，說來聽聽吧，什麼都可以喔？」

亞烏菈的神色一亮。

「這樣的話，安茲大人！我有個好點子。」

「哦——是什麼點子呢，亞烏菈，說來聽聽。」

「是！我認為男生應該穿女生的衣服，女生應該穿男生的衣服。」

（……泡泡茶壺——！）

安茲在心中大呼老朋友的名字。

一瞬間他產生幻覺，彷彿看到粉紅色黏體（Slime）用不符合外觀的可愛聲音說「對不起嘛」。

「原來如此，這是泡泡茶壺大人的想法吧。的確是個不錯的點子，而且在我國施行無上至尊的決策，也是正確的行為。」

正確嗎？安茲很想對雅兒貝德吐槽，但沒辦法。

總之他必須否決這個提案，但是有個問題。

這兩個人是遵從泡泡茶壺的心意才會穿成這樣，安茲要否定亞烏菈的提案，就得想出個他們可以，其他人卻不行的理由。

安茲一時之間沒有好點子。

「安茲大人，是否該立刻開始實行亞烏菈的提案？」

為什麼要這樣催我？

沒時間了。

要是答應了這項提案，等於是向國內外宣傳魔導國是個性變態國家。那樣鐵定會很慘，只有泡泡茶壺會高興。不，就算泡泡茶壺在這個世界，一定也不會想造訪這個國家。

（要是聽到自己創造的ＮＰＣ們擁有自我與生命，我覺得有幾個人不但不會來看他們，反而還會避之唯恐不及，泡泡茶壺桑就是其中一個。夜舞子桑或紅豆包麻糬桑的話可能會來。同樣身為女性怎麼差這麼多……）

安茲緬懷著她們的身影，慢慢站起來，從窗戶瞭望外面。這個動作沒有任何意義，只是拖時間罷了。總之安茲先想好了開頭，然後慢慢轉過頭來，將三人納入視野。

「這個點子我絕對不准。」

「這……這是為什麼呢？」

（當然會這樣問了……比起這種法令，聖誕節贈送面具給沒伴的男人還比較好哩……）

安茲呼出一口氣，當然沒有特別意義，也是在拖時間而已。

「有幾個理由，雅兒貝德，我需要一個個解釋嗎？」

「是……是的。麻……麻煩安茲大人了。」

安茲是對雅兒貝德說的，但插嘴的卻是馬雷。平常乖巧聽話的小孩怎麼這麼壞心眼？安茲好傷心。如果是雅兒貝德，一定會說「沒這個必要，由我向兩人解釋」。在這個狀況下，只能由安茲來解釋了。

「……這樣啊，那我就解釋一下吧，要從哪裡講起比較好懂呢……」

安茲「唔」了一聲，把手放在下巴。不用說，這也是在拖時間。安茲苦苦思考到了腦子都要冒汗的地步，忽然靈光一閃。

「——首先，是這樣的。你們倆是因為自己穿成這樣，所以才認為我國所有人都該這樣穿吧。你們認為這是泡泡茶壺桑的意志，然而並非如此——對，其實你們是特例。」

「特例嗎！」

「正是，因為你們對泡泡茶壺桑來說是特例，才會獲准這樣穿……你們想讓素不相識的群眾也享受這種『特例』嗎？」

「怎麼會！」

令人驚訝的是，大聲回答的是馬雷。

「我絕對不要！我不想把泡泡茶壺大人的特例讓給我與姊姊以外的人！」

「說……說得對，就是這麼回事。這樣妳明白了嗎，亞烏菈？」

「是！我太傻了，都沒想到泡泡茶壺大人的心情！」

好！安茲死命按捺住想握拳叫好的心情。

「再來嘛……」

亞烏菈與馬雷已經明白了，事情可以就這樣不了了之，只是還有一件事令他擔心。

安茲偷看了一下喃喃說著「有幾項得作廢了」的雅兒貝德。

才智過人的她，或許有比安茲更深遠的想法。要是講到這裡就結束，他擔心雅兒貝德會覺得奇怪。

兩人視線交錯，雅兒貝德偏著頭微笑。

安茲不懂她的反應是什麼意思，別開了視線。視線正好對上一隻死者大魔法師，眼光自然看向他手上抱著的文件。

「——喔，安茲大人果然也在想那件事啊，畢竟您剛才看那份文件看得最專心嘛。我想跟這兩人說，應該不會有問題喔？」

雅兒貝德突然這樣說，讓安茲將視線重新移回她身上。

「——唔嗯，雅兒貝德果然也在想這件事啊。」

「是的，我本來就在想安茲大人應該會提這件事。您在考慮能不能告訴兩人對吧？」

「不愧是雅兒貝德，不用我開口就能理解我的心意。」

「不敢當。」

雅兒貝德微笑著低頭行禮，但亞烏菈卻不滿地鼓起臉頰。

「不過更重要的問題，也就是泡泡茶壺大人的事，我卻完全沒想到。不愧是我們的造物主，無上至尊。從各種觀點做出的判斷，果然不是我能力能及的。」

「不，別這麼說。雅兒貝德，我認為妳總有一天必定能展現出超越我的才能。」

她早就已經大幅超越自己了。安茲自己都為自己的胡言亂語感到丟臉，至於雅兒貝德則是以充滿決心的表情點頭。

「是！我定會回應您的期許！」

「——呃，其他還有什麼理由嗎？」

「有的，亞烏菈。雅兒貝德，妳講給兩人聽吧。要講得淺顯易懂，讓兩個小朋友也能理解。對，要淺顯易懂。」

安茲如此告訴她後，再度望向窗外，表示「我不會說喔」。然而他的全副神經都集中在聽覺，不願漏聽雅兒貝德所說的一字一句。

「有喔，我本來是想稍後再向安茲大人提案的，其實出了一點問題。」

「咦，是什麼人惹出了問題，要不要我們去唰唰兩下殺掉？」

「不，不是那樣的。是這樣的，我們發現物資將會慢性不足。所以如果現在突然下令要全體國民換掉衣服，必須採用舊衣交換或是其他方法，否則會有麻煩。」

咦，是這樣喔？安茲當然不可能這樣問，拚命回想剛才寫在文件上的內容。

文件的確寫了關於物資的事，但看起來份量很夠。不過既然雅兒貝德這樣說，那就是事實吧。

（是說這樣豈不是很不妙？可是，如果是這樣，跟帝國或王國買不就成了。這點資產都市裡應該還有吧？）

雅兒貝德回答了安茲合理的疑問：

「這座都市做為物資集聚所的性質較強，原本是個交易都市。但現在自從受到安茲大人支配以來，三國商人幾乎不再造訪，因此物資正在慢慢減少。」

「沒有了就從有的地方拿來不就好了，從帝國或王國搶不行嗎？」

「姊姊，那……那樣不行啦。啊，呃，那個，安茲大人不是說過，不許對三個國家動用武力嗎？」

沒錯，將來還不知道，不過在完全支配這座都市之前，他嚴禁部下動用武力。當然如果對方先出手攻擊，就另當別論了。

「那要怎麼辦啊。」

「咦，呃，可……可是應該不用擔心吧。那個，呃，安茲大人會想辦法解決的。」

怎麼這時候扯到我身上？安茲很想對馬雷吐槽，但他努力忍下來。不只馬雷，連亞烏菈都說「對喔！」誰忍心背叛這兩個小孩的信賴呢？

然而一介上班族不可能打出正確的經濟政策，所以安茲打出了兩張王牌中的一張。

他慢慢轉過頭來，很有自信地說：

「——雅兒貝德，妳已經想好對策了吧？」

也就是丟給優秀人才（雅兒貝德）。

「是的，近日內我就會去收割迪米烏哥斯撒下的種子。」

「就是這麼回事，你們倆不用擔心。」

兩人那種瞻仰偉人般的亮晶晶、帶著敬意的眼眸，讓安茲產生了少許罪惡感。同時他也感到害怕，如果兩人知道這一切都是假話，不知會露出多失望的眼神。

（不過，迪米烏哥斯啊。不知道他到底撒了什麼樣的種子，總之實在佩服。）

安茲很想問問收割方面的事，但當然問不出口。

因為安茲．烏爾．恭應該是無所不知的。

（我也知道應該研究一下經濟學，可是看艱澀的書，文章總是看不進去……拜託誰簡單講一下凱因斯經濟學之類的給我聽好嗎？搞不好是年紀大了，腦袋變僵硬了……）

安茲以前很會記ＹＧＧＤＲＡＳＩＬ的遊戲系統，不是他自誇，自己學會的超過七百種魔法，他全都背了起來，連同伴們都嚇一跳。即使是沒學會的魔法，只要知道了也能成為解讀對手實力的武器。所以安茲曾經努力把所有魔法都背起來，也因為這樣，他的魔法相關知識在公會內應該能進入前五名。

安茲雖然對這方面如此精通，對學術書卻一竅不通。

（咦？該不會是因為沒有腦子，所以沒辦法學會更多事了？）

自從來到這個世界後，安茲知道了很多事，所以他也認為這是絕對不可能的，但仍忍不住產生恐怖至極的妄想而渾身發抖。

「那麼我想請安茲大人准許……」

「——什麼，准許？」

安茲認為雅兒貝德的提案不需要批准，因為聰明的她一定能做出比自己更正確的選擇。

但這樣組織會無法順暢運轉，上級的職責就是替下級負責任。因此還是需要上級批准，當作冠冕堂皇的藉口。

「我想派一些人到王都促使那些人類行動，可以由我親自前往嗎？」

「什麼？」

安茲太過驚訝，反常地大叫。

在迪米烏哥斯不在的狀況下，安茲不太敢把雅兒貝德也派出去。再說，這座都市的統治也還不夠完善。

最重要的是，安茲是第一次聽她這說這種話，才會這麼吃驚。

「……要派妳出去，我會……很困擾。」

「哎呀。」雅兒貝德開心地笑了：「不要緊的，安茲大人。我很快就會處理好，回到您的身邊。」

「是嗎……如果只是短期，應該還好吧。妳預計由誰接手管理納薩力克與這座都市？」

亞烏菈與馬雷都一臉訝異，因此很明顯不是他們倆。不會說是我吧？安茲抱著這種心情問道。

「我預計交給潘朵拉·亞克特。」

亞烏菈與馬雷都說「潘朵拉·亞克特的話就放心了」。

「……他啊。」

「他是安茲大人所創造的，是位非常優秀的人才。正所謂有其父必有其子——失禮了。我們只不過是創造出來的存在，卻被我說得像諸位無上至尊的子女一樣，請大人恕罪。」

雅兒貝德突然道起歉來，讓安茲驚得翻白眼——紅色光點的亮度減弱。

「妳不用道歉，他啊，哎，算是我的孩子……抱歉。我並不是嫌棄他，只是該怎麼說，他真是個不肖子……不，其實他沒做錯任何事……哎，這該怎麼說才好？他就像我的孩子一樣啦，唔嗯。」

兩人都不禁沉默了，安茲心想這樣下去沒完沒了，主動問道：

「妳說由潘朵拉·亞克特進行管理，那麼他原本扮演的飛飛怎麼辦，由我來嗎？」

「不，怎麼好勞煩安茲大人。我打算說飛飛接受委託，去巡視鄰近地區了。」

「嗯。」安茲點點頭，他本來覺得好久沒扮成飛飛了，想藉此放鬆一下。但仔細想想，狀況已經產生巨變，不能再像以前一樣讓他悠悠哉哉當冒險者了。會有很多麻煩，也會有很多事要多費神。既然如此，讓飛飛出去巡視或許是最好的辦法。

「那……那個，可是這樣，飛飛大人離開城市，這個城裡的人類不會有問題嗎？」

「沒問題的，這就證明了安茲大人的那一步棋具有多致命的效果。由於我們從不虧待人類——雖然本來也無意虧待他們——使得飛飛這個角色受到了強烈信賴。所以飛飛只要在離開城市前，勸城裡的有力人士聽從我們的命令，就不會有問題了。不過話說回來，他們竟然沒發現自己被傀儡操縱，受人支配……傳送後竟然能立刻想得這麼遠，設下布局，真不愧是安茲大人。」

「嗯——因為相信飛飛大人說的話，所以才信任安茲大人說的話，心情好複雜喔。」

「就是啊，不過，這是為了和平地完全支配這座都市所下的一步棋，所以是沒辦法的。只要慢慢除去飛飛，同時灌輸民眾對安茲大人的忠誠心就行了。雖然也許會花上幾年，但這是無可奈何的。」

「好，那麼雅兒貝德，把事情交給潘朵拉．亞克特，做好準備以及其他交接，就去收割吧。有沒有想要什麼東西？」

「遵命。那麼，我想順便與王都的人類君王見面，做幾件交涉，我會先擬定草案，可否請您過目？」

「嗯，晚點拿來給我吧。」

反正就是在雅兒貝德的草案上蓋章而已，還不簡單。

「再來還有一件羞於啟齒的事，就是屬下想跟大人領取幾件衣服，因為到了那裡應該會需要更衣。」

「是嗎，那麼我拿幾件衣服給妳吧，晚點來我這邊。對了，迪米烏哥斯——不，算了，沒什麼。好，我們繼續吧……難得你們兩人來了，也聽聽你們的意見吧。」

2

工作結束後，三人與死者大魔法師走出房間，剩下安茲與菲絲，以及貼在天花板上的八肢刀暗殺蟲。

其實安茲一天的工作這樣就結束了，接下來是自由時間。有些事可以趁現在先處理，但提前處理，之後還是一樣閒閒沒事做。安茲考慮著該如何運用這段時間，忽然有了個想法，他站起來。

「我現在要去見潘朵拉·亞克特。」

安茲下令後邁步往外走，菲絲默默隨後跟上。當然，八肢刀暗殺蟲們也是。

走出住處後，或許該說一如曆法吧，外面的空氣還很涼爽。清風徐徐稱得上舒適，不過對寒氣具有完全抗性的安茲還是瞄了菲絲一眼，確認她的狀態，然後才邁開步伐。

這塊用地內大致來說建造了三種建築物：安茲剛才待著的主宅、各種內政官待命的建築物，以及主宅以外的別宅。潘朵拉·亞克特——不，飛飛就是住在這別宅。

本來應該叫飛飛過來才符合主人的身分，不過正好轉換一下心情。

「——嗯，怎麼回事？」

來到別宅附近，安茲不禁喃喃自語，在他的視線前方，有間鄰接別宅搭建的馬廄。雖然叫做馬廄，但現在只有倉助這一隻生物住在裡面。不，照理來說是這樣的。

安茲心懷一個疑問走近馬廄，就聽見「咻——咻——」的鼾聲。睡眠是生者的特權，所以倉助就在裡面沒錯。

太陽已經升上半空了，但牠好像還在睡。

倉助跟貓之類的生物一樣具有夜視能力，不過就本人所說，牠行動是不分晝夜的，過著吃飽睡，睡飽吃的生活。

老實說，安茲聽到這段話的第一個反應是：「哪裡像森林賢王了？」他甚至覺得自己真笨，竟然期待倉助能做出更有知性的行動。

「我們都這麼靠近了還沒察覺，是失去野性了嗎？真是……太懶散了。不，我不該妄下結論，也許牠昨晚工作到半夜。」

「並無此事，昨天倉助大人也是老樣子，一整天都待在這裡。」

「……這樣啊。」

聽著菲絲令人無言的一番話，安茲想幫倉助說幾句話，卻怎麼也想不到。

（好吧，反正是把牠當寵物，不能對牠有所期待。要懶散就懶散吧……可是我做了這麼多工作，卻有人整天遊手好閒，感覺真不愉快。雖然這樣只是拿牠出氣。）

往馬廄裡一看，一隻巨大倉鼠躺在地上呼呼大睡。睡懶覺睡得還真是有模有樣，鼻子再吹個泡泡就更完美了。

除了這種倉鼠絕不會有，像中年大叔一樣光明正大的睡姿，有個景象更是吸引了安茲的目光。

有隻死亡騎士被倉助的尾巴纏著，安茲感知到來自馬廄的神祕不死者反應，應該就是這個吧。

安茲與自己創造的不死者感覺有所相連，能知道對方的大略位置。然而由於他在耶・蘭提爾配置了太多不死者，有時會讓他有點混亂。講得明白點，他現在很難確實掌握自己創造的哪種不死者在哪裡。但安茲不記得自己有把不死者配置在馬廄裡，所以才對不死者反應產生疑問。

「起來吧，倉助。」

「唔……是也。」

倉助靈巧地——或者該說像人類一樣揉揉眼睛，一張大臉動起來，看到了安茲。

「哦！正在想是誰呢，這不是主公嗎！」

「現在沒外人在所以無所謂，不過平常要叫我安茲大人喔。因為你是飛飛的騎獸，不是屬於我的。」

「這是當然了，主公！」

「是嗎，你明白就好……」

看牠這種反應，真想問牠到底明不明白。

再說以魔獸為代表，野獸都很怕精神控制系攻擊。所以安茲有借牠精神控制無效的道具，但還是擔心牠會中了魔法以外的招數而說出祕密。

「好吧，你到目前為止還沒犯過錯，所以我相信你。那麼進入正題，那隻死亡騎士是做什麼的？」

「哦！他是跟鄙人一起做訓練的朋友。」

安茲這才想起來。

那個好像是讓倉助練戰士職業，同時測試魔物能否學會武技，也就是能否做為戰士昇級時所使用的死亡騎士。

安茲甚至讓他裝備了能增加獲得的經驗值，相對地能力值會大減的工藝品，但最後死亡騎士還是沒昇級。這是早就料到的結果，因此安茲並沒生氣。但由於倉助說了些有的沒的，於是安茲就把工藝品收回，將死亡騎士交給了倉助。

（就是那個啊……是說他鎧甲的刺都變鈍了……我借牠死亡騎士不是要當抱枕，是期待牠做為戰士能練會什麼……好吧，算了。死亡騎士數量很多，送牠一隻也不會怎樣。）

死亡騎士數量太多，安茲現在每天照例創造不死者，但都沒在製作死亡騎士了。

「是嗎，我了解了。但你好歹曾經是野生魔獸，被人這樣接近都沒發現，有點問題吧。我們可不是亞烏菈喔，你是不是該有點緊張感？」

倉助變得垂頭喪氣，鬍鬚下垂。

「真是萬分抱歉，鄙人原本在那森林裡是最強的生物，從沒被襲擊過，所以一直以來都沒什麼戒心。」

「你應該也……有過孩提時代……才對吧。不對，比起這個，東方巨人還有西方魔蛇那些的呢？」

「那幾位是誰啊？東方，西方，什麼意思？」

安茲頭上浮現出問號。

「……就是跟你分別統治那座森林的存在。」

「哦——鄙人都不知道那座森林裡還有那種人呢！不愧是主公！知道得真多！鄙人對於地盤外的事都不太清楚。」

「你還好意思自稱森林賢王……」

「是以前一個曾踏入鄙人地盤的人類戰士如此稱呼鄙人的，他如此稱呼頗為帥氣，於是鄙人就只放那個戰士活著回去，真令人懷念啊——」

安茲好像知道謎底了。

大概是那個戰士活著回去後，跟別人解釋對手倉助時誇大其辭了。這也是因為同伴遭到殺害自己卻活下來，需要替自己正當化。

安茲不是不明白，實際上倉助的確很強。安茲所見到的人物當中，能贏過倉助的人類戰士頂多只有克萊門汀與葛傑夫。

無意間，安茲想起了葛傑夫。

「唔，怎麼了嗎，主公？」

「沒有……沒什麼。只是，這個嘛……你不配稱為森林賢王，改叫森林倉鼠吧。」

「記得倉鼠是主公之前說過的動物，對吧！鄙人果然是倉鼠嗎？」

「唔嗯，你是大倉鼠。」

「哦！鄙人是大倉鼠啊！那麼主公知道哪裡有鄙人的同族嗎！」

「這我不知道。」

安茲講得斬釘截鐵，讓倉助變得垂頭喪氣。安茲覺得好像對牠太壞了，安慰道：

「我保證會賜與為納薩力克效力之人應得的獎勵，只要你今後繼續為納薩力克效力，我一定會為你找出同族。」

「哦！」倉助的鬍鬚跳了起來。「鄙人早已是為主公竭誠盡忠之人，今後將更忠心赤膽！」

「好，好。那麼，倉助啊。飛飛——不，潘朵拉．亞克特人在別宅嗎？」

「主公的影武者大人嗎？鄙人不太確定，那位大人都會坐這座城市之人準備的馬車，不一定會帶著鄙人外出。」

「喔，我記得有聽過他會利用馬車分享情報。」

哼哼。安茲邪惡地嗤笑。

這方面也都在安茲的計算之中，那些人也許是想藉由分享情報的方式，將安茲隱瞞飛飛的事告訴他，好挑撥離間；卻不知道自己正慢慢中了潘朵拉．亞克特的劇毒。

也就是：安茲是非常值得信賴的君王，是關愛人民，慈悲為懷的存在。

「是嗎，我知道了。不過……你已經能穿鎧甲了，要是沒事做，穿上鎧甲做點訓練怎樣？」

試作型鎧甲應該已經完成了。

「了解，主公！那麼鄙人想見蜥蜴人大人們。」

「可以，我答應你的請求。之後我會告訴科塞特斯，找個人過來。」

「感謝感激，主公！來吧，死亡騎士大人！我們一起加油吧！」

無視於一頭與一隻的熱烈友情，安茲邁開腳步。

背後傳來「哎喲，你很吵耶！」之類的聲音，但安茲不認為死亡騎士會說什麼。他心想「倉助在做什麼啊」，不過馬上就忘了。

（對了，我以前給過倉助……我好像忘了什麼，不過想不起來就表示不重要吧。）

就像噴嚏打不出來，安茲總覺得有件事卡在心裡，但還是站到別宅入口前。他不會去敲門環，跟在身後的菲絲立刻迅速走上前。

「開門。」

「遵命，安茲大人。」

菲絲打開了門，露出嚴謹的表情，但嘴角有點鬆弛。大概是幫上了安茲的忙，滿足感令她露出恍惚的笑容吧。

（觀察吉克尼夫果然是對的，我現在確實成為了統治者。抱歉，今後也讓我繼續觀察他吧，這也是為了讓我學習身為君王的言行舉止。）

安茲沒向菲絲道謝，望著打開的門。

「——八肢刀暗殺蟲。」

「是！御前伺候！」

後面跟上的幾名八肢刀暗殺蟲速速排到身旁。

「——去吧。」

「是！」

安茲用下巴一比，排排站的八肢刀暗殺蟲比平常更有氣勢地吆喝，入侵建築物內。這棟建築物除了潘朵拉．亞克特以外沒有別人。有時娜貝拉爾也會在這裡，不過大多數情況下，她都會待在納薩力克地下大墳墓執行安茲的命令。

安茲也可以安排一名一般女僕待在這裡，但要是來見飛飛的人類以為女僕是來監視的就麻煩了，所以才會變成現在這種方式。不過，把潘朵拉．亞克特一個人留在這裡，考慮到對夏提雅洗腦的人有可能潛入此處，安茲覺得還是想點對策比較好。

（……不過前提是要有人能一路潛入這裡就是。也罷，疏於戒備是愚者所為……嗯——不過話說回來，我得在這門前等多久才行，還是說我應該走進去？照常識來想，正確答案應該是在這裡等，因為八肢刀暗殺蟲們會回到這裡來。可是在入口等待像是君王會做的事嗎？）

安茲猶豫了一會兒，決定不管那麼多了，踏進別宅。

他用在自己房間來回練習了幾十次，符合統治者風範——自認為——的威風凜凜態度向前走。

然而還走不到二十步，一隻八肢刀暗殺蟲就回來，跪拜在安茲跟前。

「安茲大人，已呼喚潘朵拉．亞克特大人了，大人馬上就到。」

「是嗎，那我到會客室等吧。」

安茲之前有來過這棟別宅，知道房間的大略位置。他讓菲絲代為開門，毫不猶豫地坐到會客室的上座。

以前安茲還沒忘掉公司員工禮儀時覺得很不自在，但他現在累積了統治者訓練，這點技巧還算小意思。

安茲坐著等待，不久就有人敲門，安茲對菲絲點點頭。

獲得許可的菲絲開了門，潘朵拉．亞克特走進房裡。他並沒有變成安茲發動魔法，假扮成飛飛，而是平常穿著軍服的模樣。

「得以拜見無上至尊，我的創造主安茲大人——」

「招呼就免了，坐吧。」

「是！」

他鞋跟碰撞在一起，發出「喀」一聲後，毫無顧忌地走來。

那動作就像軍人般整齊俐落，但安茲只覺得這些動作很多餘，可以用誇張來形容。

潘朵拉．亞克特就這樣走來，在安茲旁邊坐下。

（一般不是該面對面嗎？）

人有所謂的個人空間，但潘朵拉．亞克特卻若無其事地入侵，讓安茲目瞪口呆。

（……好吧，沒差。不過還真近……）

安茲仔細端詳坐下的潘朵拉．亞克特。給他的衝擊沒在寶物殿見到時那麼大，大概是隨著時間經過，安茲下過幾項命令，減緩了一點刺激性。

「您怎麼了——」

「呃，不，別在意。好了，我想問你幾件事。首先講講飛飛的事吧，我知道你有向雅兒貝德報告，不過……有沒有遇到什麼問題？」

「沒什麼特別問——」

「是嗎，那就好。那麼我想問問做為潘朵拉．亞克特的你，有沒有遇到什麼問題？」

氣氛變了。

「其實是這樣的，安茲大人！」

潘朵拉．亞克特倏地探出上半身，把安茲逼得往後仰。

「我受不了了。」

你到底是誰啊？

安茲還來不及吐槽，潘朵拉．亞克特就接著說道：

「最近我一直沒摸到魔法道具，沒擦拭諸位無上至尊製作的各種魔法道具，電腦數據水晶也才分類到一半。懇請安茲大人！賜給我與魔法道具相處的時間！」

「……我有把你做成這樣嗎？」

「正是如此！這份心情是安茲大人賜與我的！」

「……噢……」

安茲拚命回想潘朵拉．亞克特的設定。記得自己的確把他設定成喜歡管理魔法道具等等，這是因為安茲的腦內設定，將潘朵拉．亞克特設定成一個人待在寶物殿也不奇怪——被喜歡的東西圍繞著，從事有如置身天堂的職務。但安茲覺得他這樣已經到了性癖的程度。

「我不是讓你每天都回納薩力克嗎？」

納薩力克製造的不死者一半是由安茲製作，剩下一半則是潘朵拉．亞克特製作。比起安茲製，亞克特製的多少弱了點，但還算在誤差範圍內，而且第五層的冰凍屍體還多的是。多到兩個人一起製造都還來不及。

「可是，您沒有准許我回寶物殿！」

他不再像平常那樣誇張地比手劃腳，不知是出於何種心境變化。

「知道了，那麼我會指示夏提雅把戒指交給你。還有關於你拜託我同伴的武具那件事，我准許，別弄壞了。」

「是——」

「別擺那些姿勢，之前我就跟你說過要正常說話——不，我沒說過。嗯，潘朵拉．亞克特。」

「是！」

「我與你是創造主與被創造者的關係，我很高興你努力表現出我所創造的模樣。不過，我也有個想法，就是子女應該超越父親，不是嗎？」

「喔……安茲大人，您竟將我視為子女……」

「唔嗯，唔嗯。對，你算是我的……孩子……之類的，那種……那個，該怎麼說，類似的某種存在，一定是，不，肯定是。所以在我面前，德語或敬禮之類的誇張舉動就免了。你雖然是我創造出來的，但我希望你表現出我沒有創造的部分，做為你成長的證明。」

安茲聽見吸鼻子的聲音，轉動視線一看，菲絲正在用手帕擦拭眼角。

為什麼？

淚腺會不會太脆弱了？

安茲正在困惑時，潘朵拉．亞克特深深一鞠躬。

「我明白了——父親大人！」

「…………噢……」

「我定會實現父親大人的期許！」

做錯了，我太著急了。雖然這是不可能的，但安茲感到一陣頭痛。

「潘朵拉．亞克特，不可以把在這裡發生的事告訴別人。你明白吧？如果別人知道只有你比較特別，恐怕會造成摩擦。然後——所以我必須將你的優先順序設定得較低。如果我被迫從守護者與你之中選一個救，我會捨棄你。」

「這是當然的！請捨棄我吧！」

看他抬頭挺胸地說，讓安茲產生罪惡感。

「抱歉了。還有……菲絲，不許將這裡發生的事說出去，知道嗎？」

「那麼我要走了。」

看到菲絲點點頭，安茲也點頭。

「請等一下，難得能見到父親大人，我有件事想請教您。父親大人，您打算如何治理魔導國？」

「什麼？」

「很多人類似乎都有疑問，不知道父親大人打算如何領導這個國家。例如是否要採取領土擴張政策，如果是，他們是否必須上戰場等等。」

安茲停住了。

安茲．烏爾．恭將來的目標是什麼？

安茲終究只是普通人，被迫訂定征服世界這種不合實際的目標後，已經放棄了思考。這種問題只要交給雅而貝德與迪米烏哥斯等聰明的人處理就行。

然而決定將來要如何治理這個國家，仍是無法迴避的問題。

「您……怎麼了嗎，父親大人？」

「……我很想告訴你，但這件事在我心中還只是草案。待我與納薩力克各守護者討論後，再講給你聽吧。」

「是！」

安茲沉默地站起來。

「那就先這樣吧，潘朵拉．亞克特。」

安茲一邊聽著潘朵拉．亞克特在背後答禮，一邊走出房間。

從大門口走出去之前，安茲趁自己還記得，先向夏提雅發出「訊息(Message)」，把潘朵拉．亞克特拜託的事轉告她。工作這種東西擺著之後處理，通常都會忘記。

來到大門口後，安茲不等菲絲走上前，自己打開了門。

然後他仰望天空。

蔚藍的天空。

「飛。」

安茲只簡短地這麼說，身後傳來許多人慌張的氣息，但他視若無睹。

安茲藉由「飛行[Fly]」浮上半空中，然後降落在別宅的屋頂上。

耶・蘭提爾是由三重城牆保護的要塞都市，從這裡瞭望，視野會被城牆遮掉大部分。

「看不到啊，那就只能過去了。」

到街上走走，也許能想到些點子，而且是在這裡絕對想不到的點子。

八肢刀暗殺蟲們沿著牆壁爬了上來。

「安茲大人，請等一下！您一個人前往太危險了！」

他無法對八肢刀暗殺蟲說的話一笑置之。

一個人站在視野開闊的地方，等於是叫人快來狙擊自己。

「說得對，如果對手是佩羅羅奇諾桑，我一定會被當成活靶。」

在「安茲・烏爾・恭」公會當中，如果是最擅長遠距離戰的弓箭手佩羅羅奇諾，一定能把安茲射成蜂窩。最長距離兩公里外的攻擊對他來說輕而易舉，潛藏暗處進行狙擊——雖然是弓箭——是他的拿手把戲。話雖如此，就算對手是佩羅羅奇諾，安茲也不會單方面任人折磨致死。

安茲可以使用多種手段進行防禦、逃跑或是轉守為攻，這他有自信。安茲就是跟佩羅羅奇諾進行PVP鍛鍊到會的，絕不會白白送死。不過就戒備這個世界特有的技術而言，八肢刀暗殺蟲說得很對。

安茲還不能死，至少在進行玩家的復活實驗前，他必須當作自己只有一條命，準備個肉盾才行。

最大的安全牌是守護者中最硬的雅兒貝德，但如果讓她擔任護衛，就還得另外替她準備護衛，肯定會變成大官遊街。除非是想引誘敵人襲擊，否則他不想這麼做。

這麼一來，最適合的就是可以用完即丟的高等級僕役，可是——

（我沒有高階魔物的僕役耶，就算想準備些傭兵魔物，替雅兒貝德召喚直屬部下時已經花掉我太多錢，沒辦法再說叫就叫了。）

安茲如今有點後悔當時不該愛現，出手那麼大方，但他安慰自己，身為上司有時總得裝裝門面。

（等等，等等，一個一個想吧。）

安茲在腦中一個個列成清單。

傭兵魔物。沒錢沒辦法。

特殊技能(Skill)「不死者副手」。要消耗經驗值所以不行。

用安茲・烏爾・恭之杖召喚。怎麼可以拿著公會武器到處走，不值一談。

特殊技能「創造不死者」。就算是創造高階不死者也只到七十級，達不到守護者們要自己帶在身邊的人員等級。

（不，我還有個殺手鐧。）

就是藉由熟練暗黑儀式，強化創造不死者特殊技能。

雖然創造不死者一天只能使用四次，但一回使用兩次份，就能創造出最高將近九十級的不死者。

安茲以手抵著下巴，考慮要創造哪種不死者，是屬於盜賊系的永死者(Eternal Death)，還是探測能力特別優異的眼球系呢……

永死者是非常優秀的不死者，但是會隨時發動常駐技能「死與腐敗的靈氣」。這種優秀技能就像混合了安茲的絕望靈氣V(立即死亡)與絕望靈氣I(恐懼)，是能給予對手立即死亡與能力值懲罰效果的不死者。尤其是後者的能力值懲罰是一種特殊效果，由於不是精神系攻擊，所以不能用精神系無效防禦，相當不好對付。

在可能造成友軍攻擊的狀況下使用這招，肯定會形成人間地獄。也許可以用命令加以抑止，但帶著這種不死者走在街上簡直是瘋了。

安茲又想到幾種醜惡魔物，但都作罷。

（……該怎麼說呢……每個看起來都太醜了，明明能力那麼優秀。）

做為君王出巡自己的城市時率領的護衛，怎麼想都不適當。

安茲正在煩惱時，看到菲絲在下面拚命想爬牆。

安茲一語不發地跳下去，途中利用「飛行」減慢速度，如飄落般降落地面。

手抓著窗框，漲紅著臉的菲絲趕緊跟在安茲身後。

「菲絲。」

「是！」

「我現在要上街。」

「遵命！那麼我去準備馬車！」

「不，不需要。我想看看城市，看看我統治的城市，所以想用走的。」

「咦？這樣會弄髒您的腳的！請大人立即下令清掃街道！並準備隨從！」

耶．蘭提爾內以石板鋪裝的地方不多，因此只要一下雨就會變得泥濘不堪。

「不用，我本來就是在這座城市生活。」

不過實際上他每次一進旅館，就會回納薩力克生產不死者就是了。

「還有我打算用我自己的魔法創造隨從，不用特地從納薩力克準備了。」

「……如果無上至尊如此判斷的話。」

（好吧，問題是我還沒決定要召喚什麼。惡魔或不死者一定會造成不好的傳聞，既然如此，應該召喚最漂亮，而且能提昇聲譽的隨從。什麼好呢……）

想到這裡，安茲找到了答案。

「我要召喚天使，走吧。」

「是。」

安茲的正義值雖然太偏負數，但仍然可以召喚大幅偏向正數的天使。部分職業會受到懲罰，而無法召喚與自己的正義值落差太大的魔物；不過安茲沒有這種懲罰。另外反過來說，那種職業的人召喚的存在越接近自己的正義值，越能加以強化。

有缺點就有優點，ＹＧＧＤＲＡＳＩＬ就是這種遊戲。

安茲前往庭院。

草皮割得整整齊齊的庭院可用來調整馬匹或訓練獵犬，用途很多，因此驚人地寬廣。

「好了，開始吧。這會花點時間，陪我講講話吧。」

「我嗎？」

「對。這樣好了，講點關於納薩力克第九層的——有了，講講關於打掃的事給我聽吧。可以告訴我妳們打掃我們房間時的事嗎？」

安茲不等菲絲回答，變更了部分裝備後逕自發動魔法。

他使用的是超位魔法「天軍降臨(Pantheon)」。這是類似第十位階魔法「最終決戰・善」與超位魔法「指環的女武神們(Nibelungen. I)」的魔法，與同樣是超位魔法的「魔軍迸發(Pandemonium)」正好相反。

安茲一邊聽菲絲說話，一邊慢慢等超位魔法發動。如果需要火速發動，他會使用付費道具，但這時候用就太浪費了。

跟女僕話話家常也不錯，安茲心想。

第一次聽到的事，大概就是雅兒貝德的房間現在禁止女僕進入。

「——原來如此，真令人感興趣。對了，我現在想到一點，妳趕快回我房間，把小滑滑拿過來，沒有那個不行。」

「遵命！」

目送小跑步的菲絲凌亂的女僕裝衣襬遠去，安茲在廣場發呆。等待的時候，安茲反覆玩味著菲絲說的話。

雅兒貝德告訴女僕們她要自己打掃房間，當作是新娘修行的一環，好像因為房間是安茲賜給她的，所以不想讓閒雜人等進去。

安茲一個人直搖頭。

「雅兒貝德啊，我不是不明白妳的心情，但妳這麼忙，雜務應該交給女僕們打理才是。這樣說或許有點不好，不過以支配者來說，看來是我略勝一籌喔。」

不久，安茲看到菲絲恭敬地捧著小滑滑氣喘吁吁地跑來，對自己的王者技巧滿意地露出微笑。

「辛苦了。」

安茲簡短慰勞菲絲後接過口唇蟲，將牠貼在骷髏喉嚨——應該說頸椎上。

「嗯，嗯——嗯——」

不知是基於什麼原理，安茲的聲音變了。應該是魔物的特性吧，但真弄不懂其中奧祕，只能當作本來就是這樣。

安茲拋開疑問時，超位魔法發動了，六隻天使伴隨著光柱在周圍出現。

這是具有獅子頭部的天使，擁有張開的一對翅膀與包裹身體的一對翅膀，總共四片翅膀。他們穿著光輝燦爛的鎧甲，手上有著描繪眼睛花紋的盾牌，以及蘊藏火焰的槍矛。

這就是八十多級的天使，智天使守衛（Cherubim Gatekeeper）。

安茲沒有神話相關知識，不知道這種天使為何會有守衛之名，但他相當清楚這種魔物的能力。

智天使守衛具有優秀的坦克性能，而且探測能力也頗為優異，拿來當衛兵完全堪用。

「保護我，不要殺了敵人，盡量不要讓對手受傷，只剝奪戰力就好。」

「遵命，召喚主。」

這不是慈悲為懷的命令，安茲不會不忍心殺死敵人，但也許背後有人牽線。而且要殺也得由飛飛來殺，所以才下令活捉。

間。

「那麼，我們走吧。」

安茲讓天使在周圍布陣，做好防衛準備後才走出去。

召喚魔法——這種超位魔法也一樣，經過一定時間就會消失，因此必須極力避免浪費時間。

「天使們，菲絲也要同行。你們要保護她，就像保護我一樣。」

「遵命，召喚主。」

「安……安茲大人！怎麼可以將我與無上至尊的貴體同等對待！」

「……菲絲，妳雖然是女僕，但也是我的同伴所創造的。妳們在我心中非常有價值，懂了嗎？我懶得一再重複，所以記住。還有，把我說過的話告訴妳的所有同僚。」

「謝……謝謝大人！」

順便一提，關於應該會同行的八肢刀暗殺蟲，他並沒說什麼。他們是只要有ＹＧＧＤＲＡＳＩＬ金幣就能召喚的存在，除了嫌浪費之外沒有保護的價值。

「好了，我們走。」

安茲率領著六隻天使、菲絲與幾隻八肢刀暗殺蟲——剩下的留在這裡擔任警衛——往大門走去。

那裡可以看到指揮著安茲創造的二十隻以上死亡騎士的指揮官，地下墓室之王(Crypt Lord)的身影。

他穿著原本想必相當豪華的破爛紫色長袍，戴著燦爛到不合適的王冠，是從納薩力克叫來的七十多級不死者。

這種不死者藉由指揮官系的特殊技能，原本應該能強化支配的不死者，但因為部下的死亡騎士是受安茲支配，因此沒能發揮強化效果。話雖如此，他的指揮能力仍然很強，安茲就是器重這點，才把他安排在這裡。

「我現在要外出，轉達雅兒貝德。」

地下墓室之王深深鞠躬，安茲走過他身邊，往街上走去。

沒什麼特定目的地。

外出與其說是為了散步，毋寧說是想得到潘朵拉．亞克特所問問題的答案。有人在身旁囉嗦，會打亂他的思緒。

安茲一邊想像自己統治的安茲．烏爾．恭魔導國的未來遠景，一邊前進。

3

安茲等人一直線走在大道上。

城市說不上很有活力，拿飛飛那時的記憶與眼前光景一比，可說一目了然。走在路上的人類個個表情陰沉，腳步也有點急。

取而代之地，死亡騎士們堂而皇之地走在道路正中央，大概是輪班代替都市警備兵在巡邏吧。安茲有命令他們逮捕做出打架等暴力行為的人，如果有民眾求助就保護他們。

安茲將視線朝向城牆。

大量製作的死亡騎士，有一部分在城牆上擔任警衛。其他還有一些像剛才一樣守門或是巡邏；不過其中用途最特別的，是那些與送去建造開拓村的貧民區居民們同行的死亡騎士。

最容易成為貧民區居民的，是村子裡的次男、三男等得不到田地的次選。這些人夢想著在大城市能討口飯吃，來到此地卻實現不了夢想，淪落到過貧民生活。正因為如此，安茲才會答應分田地給這些人，送他們出去。

他們前往的地點，是在教國陰謀下遭到燒燬的村莊遺跡重建的幾個村子。如果是因為外在因素而毀滅，只要去除因素，招募村民，就能輕易重建村莊。

由於過去曾遭到襲擊，安茲讓死亡騎士與噬魂魔擔任警衛兵同行。不只如此，還命令這些不死者幫助村民耕田。

的確，他們或許不擅長農事，但就單純的肉體勞動來說，他們的性能比人類好太多了。

這些不死者等於是不需燃料就能二十四小時運作的重型機械設備，正適合用來開墾與重體力勞動，想必能對今後的收穫量做出重大貢獻。

安茲要的是一年內建造好村莊，塑造出能最低限度自給自足的環境，然後第二年要像普通村莊般有所收穫。

這是因為他想收農作物當稅金，扔進兌幣箱換成ＹＧＧＤＲＡＳＩＬ金幣。他還沒詳細解釋這項計畫，就受到雅兒貝德與迪米烏哥斯的高度讚賞，因此應該會進行得很順利。

就因為這樣，為了避免笨笨地花好幾年開拓村莊，他才會把不死者們借給村民。

順便一提，不死者們是租借制，他已經跟村民締結契約，今後會在稅金中加入租金。其實不採租借制也不會怎樣，但考慮到今後可能會有各種人使用不死者，才會訂這種計畫。

為了這項計畫，安茲大量送出貧民區的居民——以有家眷者為優先，但這並不構成路上行人少的理由。

路上的行人少，應該是因為安茲走在路上吧。有太多人看到安茲的身影，就睜大眼睛逃也似的沿原路折返，或是逃進岔道。

簡直像走在無人荒野上。

受到畏懼不是件壞事，比起受人輕侮好上了幾十倍。

（可是，這個死氣沉沉的都市就是我的國家嗎？）

只要納薩力克地下大墳墓以及隸屬於那裡的ＮＰＣ們幸福，其他人怎樣都無所謂。可是如果過去的同伴在這裡，他們會怎麼說？

是否會像安茲受到身為不死者的自我影響，他們也會受到身為魔物的自我影響，把人類當成食物，還是能夠強烈保有身為人的感情？

（我究竟想怎麼治理這個國家呢……）

如同潘朵拉．亞克特所說，安茲必須決定國家方針，以及統治都市的目的。

例如生產小麥等糧食，扔進寶物殿的兌幣箱裡，賺取硬幣以強化納薩力克地下大墳墓的國家。

例如生產人類後加以殺害，將經驗值累積進「貪婪與無欲」等等的國家。

例如將生產全部交給不死者，活人完全不用勞動的國家。

例如——

從充滿慈愛的樂土到怨聲載道的煉獄，安茲究竟該如何治理這個冠有公會之名的國家？這件事不能交給部下們，是納薩力克的統治者，安茲．烏爾．恭魔導國之王的責任。

「——菲絲，妳覺得這座都市怎麼樣，這個國家怎麼樣？」

「非常抱歉，您說怎麼樣，我該如何回答才好呢？」

太抽象了嗎？安茲改口問道：

「這個國家對妳來說住起來舒服嗎？不要說謊或奉承，坦白告訴我。」

「是，受到安茲大人的統治，我認為這個國家住起來非常舒服。」

安茲仰天長嘆，他早該想到NPC會這樣回答。

「只是——」

「哦，怎麼了？儘管說沒關係。」

「是，這個國家的統治者安茲大人蒞臨賤民面前，卻沒有任何人到街上來頂禮膜拜，這是怎麼回事？竟然只是躲在建築物裡偷看我們……真令人不快！」

菲絲氣呼呼的。的確有很多人躲在鄰接道路的店裡，屏氣凝息偷看安茲等人，其中甚至有人看到天使而嚇得腿軟。

「……菲絲啊，妳把人類視為微不足道的生物，對吧？」

「是的，正如您所說。我覺得他們不是由無上至尊所創造，是可悲的生物。」

存在於納薩力克的大多數人，基本上都是這麼想，等級一的女僕也一樣。

「——菲絲啊，對我而言，你們是最重要的存在。」

「謝大人！」

「但對於我統治的人們，也該多少賜與慈悲吧，因為他們是我魔導王的子民。」

「竊以為正如大人所說。」

「既然如此，就建立個烏托邦吧。建立一個彷彿沉浸於甜美蜜汁之中，溫柔的夢中世界。這世界裡的所有人，都會希望永遠受我支配。」

「這想法真是太美妙了。」

「既然要征服世界，對象就不限於人類，萬千種族都將在我面前下跪。」

「這是當然了。」

烏托邦計畫。

在納薩力克第六層進行的計畫，是為了遭遇玩家時，能夠向對方主張「納薩力克溫柔接納了這些種族喔」，表示他們是個優良公會而開始的。

那個實驗真是做對了，安茲如此想。

「讓全世界知道吧，知道只有屈服於我魔導王之下，才能享有永久的繁榮。」

「大人所言正是真理。」

如果是這樣的話，找到過去的同伴們——公會成員時，應該就能驕傲地讓他們看看這座都市。

安茲所想像的國家形態，當然是受他統治的各類種族能夠共存的國家。他要在這個世界重現過去「安茲．烏爾．恭」在納薩力克地下大墳墓展現的樣貌。

不知身在何方的同伴們，即使是異形類種族也能跟各種族群共同歡笑度日的國度。

安茲加強了眼中的光輝。

安茲．烏爾．恭魔導國必須成為各類種族能共生共存的國家，而且只有魔導國才做得到這點。

打個比方，即使有個天才君王建立了國家，也不能保證他的孩子一樣優秀。而他孩子的下一代——孫子，以及孫子的孩子——曾孫也不能保證一樣優秀。安茲曾經在某處聽過第二代搞壞了公司，第三代讓公司倒閉的故事。

不過，如果讓不老不死的一群天才來統治，就不會有這種問題了。少數天才進行的獨裁政治才是理想的形態，迪米烏哥斯與雅兒貝德等人存在的魔導國……不，只有他們存在的國度，才能建立永遠的樂園。這就是烏爾貝特說過的「哲學家的獨裁政治才叫厲害」。

安茲更進一步思考。

以迪米烏哥斯與雅兒貝德為首，守護者們正朝著征服世界的目標邁進，安茲也無法完全否定他們的做法。因為他認為這樣做，同伴們比較容易聽到自己的名字。

然而除了以力量支配，用其他手段傳播名聲應該也不是個壞主意。他可以宣傳安茲．烏爾．恭魔導國正是烏托邦，用甜美蜜汁支配更多的人。

蜜糖與鞭子。

如果迪米烏哥斯與雅兒貝德的行為是鞭子，安茲可以給群眾蜜糖。

（真是個好主意……）

安茲下定決心，不同於輕視納薩力克外存在的ＮＰＣ們，這才是擁有人類渣滓的安茲主導的征服世界計畫——以壓倒性魅力進行統治。

為了達成這項計畫，他該做些什麼？

安茲再度邁出腳步，並拚命動腦思考。

跟迪米烏哥斯或雅兒貝德他們不同的手段——不憑恃力量的手段。

安茲無法想像所謂的國家行動，所以他假設自己是個小公司的員工，藉此思考。

這是一家只占用了大樓一層樓的小公司，員工只有安茲一個人。

商品是「魔導國的美好統治」，而安茲要推銷這個商品。

首先他必須想到誰會買這個商品，然後送到有需要的人手上。但資訊不足，不知道誰想要這個商品。這是為什麼？很簡單，宣傳做得不夠。

話雖如此，也不是只要走遍大小都市，在入口發傳單就行了，這樣會浪費時間。員工只有安茲一個人，想必需要更不一樣的手段。

原本的世界有大眾傳媒，但這附近沒有。行商等各種職業有他們的網絡，是否該對他們打宣傳廣告？回過神來時，安茲已經來到冒險者工會門前。

由於在身為飛飛時常常造訪這裡，看來似乎養成習慣了，或許這也是一種工作狂的症狀？

安茲苦笑後打開門。

室內深處的櫃臺映入眼簾，那裡坐著一名櫃臺小姐。左手邊有扇大門，右手邊有告示板，張貼著寫有委託的羊皮紙。告示板前——沒有冒險者的身影。

工會空蕩蕩的，跟身為飛飛時比都不用比。

無視於睜大眼睛凝視自己的櫃臺小姐，安茲站到張貼的羊皮紙前。

雖然安茲還看不懂文字，但背起了幾個單字，其中一個是年月。

安茲大致看了一下，只有一個月左右前的舊工作。也就是說主要是些缺乏緊急性，重複進行的工作。

「……小姐，工作似乎變得很少，沒有新委託嗎？」

「噫……是……是的。只剩那邊的工作了，魔導王陛下。」

是因為委託少了，冒險者才會減少嗎？

如果是這樣，那原因就是安茲了。

安茲以自己手邊的兵力——死亡騎士——為中心巡邏道路，維持魔導國內的治安，結果除去了魔物的威脅。

考慮到今後還會繼續巡邏，冒險者很可能完全消失。

必須做些委託讓他們留下來——不對，根本沒必要讓冒險者留下來。

冒險者能做的事，死亡騎士也能做——雖然一部分作業與採集藥草等工作會有困難，但只要讓死亡騎士擔任警衛，借給藥師們就行了。

目前安茲想不到冒險者的有效運用方式，更何況僱用冒險者要花錢。稅收減少的耶·蘭提爾沒那餘裕。

跑光了也不會怎樣。

安茲如此判斷，打算走出去。

（真是沒夢想的工作。）

他想起與娜貝拉爾初次造訪這座都市的冒險者工會時的事。

追求未知，在全世界冒險之人。當時他還以為所謂的冒險者，就是體現了YGGDRASIL這款遊戲正確玩法的職業。

（如果只是對付魔物用的傭兵，當需求消失，他們就成了無業遊民。任何事情都是這樣，YGGDRASIL那種冒險者只是夢想……夢想？追求未知，在全世界冒險？這該不會是……）

安茲腦中閃過一個想法。

假設冒險者這種存在從消滅魔物的傭兵，變成跟YGGDRASIL一樣追求未知的職業，是否能讓他們在陌生土地替魔導國做宣傳？

安茲要的不只是在人類世界，而是讓更多種族知道。如果只是在人類社會做宣傳，也許利用商人的人脈就夠了。但若不是這樣，冒險者難道不是最適合的人選嗎？

安茲「嗯嗯」地點頭。

櫃臺小姐一臉狐疑，不過這時候就別理她了。或者該說跟她解釋，會害安茲難得的靈感飛走。

變成小公司老闆的安茲思考著今後計畫。

（但是目前魔導國的冒險者正在減少，這樣下去會每況愈下，不用多久就剩不到幾個了。如何才能遏止這種狀況？）

要增加人數很簡單，只要採取跟現在相反的做法就行了。也就是由魔導國出錢，讓冒險者消滅魔物。可是這樣不符合安茲想讓冒險者追求未知的目的。委託他們做宣傳或許也是個辦法，但安茲沒錢。

納薩力克地下大墳墓多的是錢，但安茲的個人資產已經枯竭了。ＮＰＣ們大概會說納薩力克的所有錢都屬於安茲，然而這項計畫是安茲獨斷獨行，他不太想動用那些錢。

安茲正陷入深思時，傳來入口門扉大開的聲音。

轉頭一看，一個似曾相識的冒險者注視著安茲，僵在入口。

（咦，我記得他是……叫什麼名字來著？……約克莫克？不對，但很接近。）

指尖碰到了，但抓不住。這種著急感讓安茲卯足全力回溯記憶。

「摩克納克……！」

找到正確答案的瞬間，安茲忍不住脫口而出。但突然被叫到名字的冒險者，則驚愕地完全凍結。

（糟了！）

安茲焦急起來，但為時已晚。他能感覺到工會職員也注視著他們，想知道發生了什麼事。

耶．蘭提爾的新統治者，魔導王安茲．烏爾．恭不可能知道區區祕銀級冒險者的名字。如果知道，會是什麼原因？安茲讓思考高速運轉，但還沒得出答案，摩克納克就先開口：

「您……您是聽飛飛閣下提到我的嗎……？」

「唔嗯，沒錯，正是。」

安茲馬上順水推舟，摩克納克臉上竄過相反的兩種情感：期待與恐懼。

安茲從剛才的動搖恢復鎮定，仔細地分析。

他記得這個男人是祕銀級冒險者小隊「虹」的領隊。初次見面是在吸血鬼騷亂之際，後來安茲做為飛飛跟他講過幾次話，但最近都沒見到面，所以有點忘了。

他跟其他冒險者還有士兵一樣，似乎都很崇拜英雄飛飛。如今飛飛投降魔導王陣營，不知道他做何感想。

飛飛為什麼把自己的事告訴魔導王？只是閒聊，還是把自己賣了？這些想法一定正在他心中打轉。

安茲尋找著能化這場危機為轉機的方法。

「我問飛飛這附近有哪些優秀冒險者時，飛飛告訴我『虹』的摩克納克很能幹。」

摩克納克原本略為低垂的頭霍地抬起來。

「這！這是真的嗎？」

「你懷疑我說的話？」

「不！絕無此事……」

去拜訪客戶做業務時，第一件該做的事是「讚美」。大多數人受到讚美都會有點高興，先討好對方再談生意，是業務說話術的基本，也是奧義。

安茲確定已經在對手動搖的內心空隙打進了楔子，不願放過這個機會，直接問道：

「你為什麼會留在耶．蘭提爾？」

冒險者的事問冒險者就對了。

聽到這個問題，摩克納克先是顯得猶疑，然後下定決心般開口道：

「是因為不死者，陛下。因為附近就是卡茲平原，容易賺錢。」

安茲不太明白為什麼，不過他冒著大量的汗，卻仍露出一吐為快的反抗笑容。

安茲想在近期內支配卡茲平原，他對陸行船的傳聞特別有興趣。

「是嗎。」

「咦？」

「嗯？」

「啊，沒有……」

這男的講話真是不清不楚。安茲忍著不嘆氣，繼續問道：

「就這樣？」

「……再來就是飛飛閣下來到此地前，高階冒險者只有我們這些祕銀級，所以報酬優渥的工作都給了我們。」

果然是報酬問題，或許該撥一部分國家預算出來，用作冒險者的報酬。

「還有因為我是這座都市出身，認識很多人，而且都市會進口各種魔法道具。」

「哦，魔法道具啊。」

「是的，有時候一個道具就能救命，所以冒險者當然會選道具種類齊全的地區做為根據地。」

的確即使在ＹＧＧＤＲＡＳＩＬ，也聽過僅僅一個道具就讓玩家免於全滅，而且經他這麼一說，安茲才想起在帝都的市場看過很多像是冒險者的人。也就是說只要比帝都更大規模地販賣魔法道具，就能確實吸引冒險者人潮。

隨便拿些電腦數據水晶做道具，再採取拍賣形式，生意應該會很興旺。可是這樣會耗光納薩力克的資產，而且以這些道具為基礎研究出的技術，難保不會威脅到安茲他們。

（當成誘餌灑出去沒問題嗎？不，納薩力克內的資源能不用就不用。要用這個世界的技術開發各種道具嗎？還是流到國外不會出問題的東西……真難，這個路線先保留吧。）

「請問……」

摩克納克客氣地出聲，讓安茲從思考的海底浮上水面。

「魔導王陛下，您為何要問我這些？老實說……」

摩克納克緊咬嘴唇，嘔血般的說：

「我們就算集合起來，也連陛下指揮的一隻不死者都對付不了。這樣強大的不死者在保護這座都市的周邊地區，冒險者在這魔導國已經幾乎沒有存在意義。」

該怎麼說才好？該怎麼回答才能讓他——以及目不轉睛地注視他們的櫃臺小姐，還有不知不覺間多起來的職員們產生好印象？

比起犯下嚴重失敗，或許該說「我沒必要告訴你」含混帶過比較安全？但這樣可能會讓他們疑心生暗鬼，有沒有其他更好的——

（不，我得相信自己。我是個男子漢，至今跨越過無數這種危機。這次也，應該，有辦法解決！）

安茲拿出氣魄來。

（是說你這麼清楚狀況，幹嘛還待在這個城市？因為老家在這？這裡有你女朋友嗎？）

看他如何回答，魔導王接下來說話的方向也會改變。

「在我回答為什麼之前，你先回答我一開始的問題，你為什麼留在這個城市？」

「這……這是因為……」

摩克納克語塞了，然後有些猶豫，但表情毅然決然地開口道：

「是因為飛飛閣下，飛飛閣下以身為盾留在這個城市，在這裡出生的我卻逃之夭夭，這麼難看的事我做不出來。」

霎時間，安茲臉上浮現了微笑。

安茲做為飛飛，雖然對摩克納克有點了解，但想不到這男人輕易就將心臟獻給飛飛。

「是嗎？那麼我也回答你的問題吧。」

安茲賣個關子，隔了一拍才沉重地告訴他：

「是因為飛飛，我想知道將來能像飛飛一樣的人，也就是冒險者想要什麼，在追求什麼。」

摩克納克睜大眼睛，可以聽到周圍職員們發出好幾陣倒抽一口氣的聲音。

「飛飛很強，而且人品高潔。」自己說自己雖然很羞恥，但角色設定就是這樣，沒辦法。「而我在你們冒險者當中，看到了飛飛蘊藏的光輝。」

也許是平常的演技特訓沒白做，安茲語氣強而有力地說完，彷彿看到摩克納克背後迸發一道雷光。

「可……可是飛飛閣下是只有天之驕子才能到達的至高存在，我們怎麼可能像他一樣……」

「這麼說來飛飛是看走眼了。」

「什麼！難……難道飛飛閣下也這麼說嗎？」

「他是沒有明講。」

即使不覺得可笑，也要暗示對方自己由衷覺得可笑，安茲向眾人表現出符合王者風範的笑容——訓練成果。

「即使你沒能到達那個境界，那你的子孫呢？也許你的血親當中會出現飛飛那樣的人物，不是嗎？我是不滅的存在，魔導國之王，當然有理由為了讓下一個飛飛衷心為我盡忠而採取行動。這就是身為從政者的我，所看出的魔導國冒險者的存在意義。好吧，其實還有一個理由，但這個在我心中還沒成形，就省略吧。」

四下鴉雀無聲。

（咦，不行嗎？這個男的不是很仰慕飛飛嗎？）

安茲正感到不安時，摩克納克深深一鞠躬。

「魔導王陛下，我慶幸能在這裡見到您，並且有這個機會接觸到您的想法。」

摩克納克抬起頭來時，起初那種不安、恐懼與猜疑心已經淡化許多，臉上甚至浮現快活笑容。

「……真是位可怕的大人，不但有著強大魔力，還擁有更迷人的領袖魅力。」

「我也很高興能見到將來想拉攏的優秀冒險者。」

摩克納克表情和緩了些，顯得有些欣喜。

「不過，魔導王陛下。冒險者工會長久以來維持著與政治無緣的立場，我也不例外，這樣您還是要拉攏我們嗎？」

「嗯，這就是我來此的目的，為了一個尚未定形的想法……櫃臺小姐，告訴工會長我魔導王來見他了。」

「好……好的！」

專心聽兩人說話的櫃臺小姐急忙跑走。

「那麼恕我失禮，告辭了。」

跟現身時簡直判若兩人，摩克納克滿懷敬意地行了一禮，然後才離去。

（好……接下來怎麼做呢？）

關於安茲尚未定形的想法——利用冒險者宣揚魔導國的美好，有三個重點。

第一是壯大冒險者工會。就算獲得一個組織，只有十來名成員也沒意義。

第二是培育他們。弱者沒辦法長途旅行，宣傳魔導國的統治有多美好會花太多時間，好處會變少。

第三是基於以上觀點，必須讓冒險者懷著好意協助自己。飛飛應該也辦得到，但若能讓艾恩扎克主動答應提供協助，今後會比較輕鬆。

（必須與艾恩扎克交涉，先解決這第三個問題。可是……在沒有任何資訊的狀況下要做簡報真難啊。啊——胃好痛。）

再來只能祈求工會長不在了，但很遺憾，櫃臺小姐回來後的第一句話就是「請往這邊走」。

安茲仰望天花板，然後跟著櫃臺小姐走去。

通過做為飛飛走過了好幾次的走廊，被帶往的——不是工會長的房間，而是隔壁的房間。這個房間是用來當會客室的。

迎上來的是精悍的壯年男子——工會長布爾敦．艾恩扎克。

安茲做為飛飛，與此人見過幾次面——還被硬是帶去聲色場所過。不過安茲必須記住做為安茲．烏爾．恭魔導王是初次見面，言行得多加注意。

「這不是魔導王陛下嗎？有幸請陛下移駕此處，身為這個國家的一個人民，不勝喜悅之至。來來，請，雖然地方髒，不嫌棄的話請坐。」

在艾恩扎克的招呼下，安茲在椅子上坐下。

菲絲站在安茲身後，三隻天使進了房間，剩下的在房間外待機。

「本來應該由我親自拜訪，卻勞煩陛下移駕，感激不盡。」

艾恩扎克屈膝跪下，深深低頭。

這種態度讓安茲露出苦笑。

跟對飛飛講話時的聲調截然不同，語氣親密，講話方式也很有禮貌，但也不過如此。安茲知道這只是業務用的說話方式，臉上浮現苦笑。當然，安茲的表情是完全不會變的。

安茲將視線移向入口以外的另一扇門。

那扇門通往隔壁工會長的房間，如果是飛飛的話應該會在那裡談話，但今天卻是會客室，也讓安茲感覺到隔閡。

「怎麼了嗎，魔導王陛下？」

艾恩扎克抬起頭來，偷偷觀察安茲的神色。安茲有點太過注意隔壁房間，把艾恩扎克晾在一旁了。他用鼻子嘲笑了一下自己的愚蠢。

也許是以為安茲在笑自己，艾恩扎克的表情變得僵硬。

安茲覺得自己態度太失禮，不禁自我嫌惡起來，但魔導王不能道歉。安茲決定開始講正事，把這個失敗含糊帶過。

可是，面對冒險者工會長，該採取何種態度才正確？

安茲是摸索著當君王，沒有這方面的知識。他猜想「大概是這種感覺吧」，挑戰眼前的考驗。

「我想你已經聽說了，艾恩扎克，我想對你做個提議。」

「——非常抱歉，陛下。我不太懂您的意思，可以的話，能否從頭說給我聽呢？」

安茲做為飛飛與艾恩扎克來往，知道他是個能幹的男人，能面不改色地撒謊。安茲認為他很有可能已經掌握了自己的來意，況且他看到天使卻毫不驚訝，大概也是因為如此吧。

既然如此，就別拐彎抹角了。安茲開門見山地說：

「我要將這個冒險者工會編入魔導國。」

「…………是這樣啊，我想沒人會阻止陛下的。」

「哦，聽說冒險者工會從不成為國營組織，沒關係嗎？」

「全聽陛下吩咐。這個國家歸屬於陛下制定的法律，如果陛下有意支配冒險者工會，我們是不能抗命的。」

安茲用鼻子笑了笑，對手似乎察覺到他的反應，眼瞳深處有某種情感搖曳。

「的確如此，但你是打算這麼做吧。你會勸冒險者們前往王國或帝國，然後把空無一人的工會獻給我。」

安茲定睛注視著艾恩扎克，他似乎覺得無法再隱瞞了，聳了聳肩。

「不愧是魔導王陛下，不只君臨統治，還能洞察我們的想法……您是用魔法看穿我的內心嗎？」

「我沒用什麼魔法，是憑經驗。」

「也就是說薑是老的辣了，傷腦筋，真是位可怕的大人。那麼我會有什麼下場呢？」

「不會特別怎麼樣。」

「……我可不會感謝您喔？」

「不用什麼感謝，比起這個，我想聽你說說。聽說冒險者工會不成為國營組織，是因為冒險者是為了保護人們而存在，因此不希望冒險者的力量被利用在人與人的戰爭，這是真的嗎？」

「陛下，正如您所說。事實上，陛下占領這座城市時，我們也並沒有打算戰鬥。」

「但那個名叫飛飛的男人，可是挺身抵擋了我們喔……？」

艾恩扎克發出「嗚」一聲呻吟。也罷，自掘墳墓絕沒好事。安茲繼續說下去。當然，也不能忘了幫飛飛美言兩句。

「也罷，那件事就不追究了，況且我與他在一件事上是合作關係。對，為了和平統治這座都市。」

艾恩扎克似乎有話想說，但安茲不在意，繼續說下去。

接下來才是重頭戲。

他必須極力勸說，讓艾恩扎克懷著好意協助魔導國。

安茲一邊想起做為飛飛接收到的各種怨言與不滿，一邊說道：

「……好了，聽完你的說法，我有一個疑問。你剛才肯定了『冒險者是為了保護人們而存在』這個說法，其中的『人們』是以什麼範圍而言？」

「陛下的意思是？」

艾恩扎克臉上寫滿不解。

「也就是說『人們』指的是人類種族，還是只限人類？森林精靈與半森林精靈（Half Elf）呢，與人類共同生活的其他種族算在範圍內嗎？」

「這個嘛，算在範圍內。」

「那真是不可思議，森林精靈在帝國不是奴隸嗎，這樣有算是保護他們嗎？他們並不是觸犯了帝國法律的罪犯吧？」

艾恩扎克視線低垂下去，然後再度轉向安茲。

「……我只是一個王國冒險者工會的負責人，帝國工會是怎麼想的，我了解不到那麼多。」

「含糊其詞，逃避問題嗎……」

艾恩扎克瞪大雙眼，眼睛深處看得見怒火。

「陛下，請您別語帶嘲諷——」

「嘲諷，這不是事實嗎？……我再問你一次，你有沒有含糊其詞，逃避問題？」

艾恩扎克的目光低垂。

「…………陛下所言甚是。」

「你說森林精靈與半森林精靈也是保護對象，卻完全沒在保護，這是為什麼？」

艾恩扎克先聲明自己不清楚帝國冒險者工會的內情，然後開始說道：

「即使稱為冒險者工會，還是無法完全逃離國家的束縛。冒險者雖然標榜自由，歌頌不受支配，但畢竟還是屬於國家的法律規範。我們是武力集團，正因為如此，對國家使用武力太危險了。帝國的冒險者工會應該是這麼想的。」

「重點就在這裡，既然存在於國家法律之下，編入國家體制應該沒有問題，你們為何表示排斥？」

「帝國與王國都對我們的力量另眼相看，因為能正面對抗強悍魔物的，終究只有冒險者，因此國家不會對我們強人所難。但這點對陛下不管用，如果我們做為組織被編入國家體制，我們的武力有可能被用來對付民眾。」

「你們迴避被編入國家體制的理由就是『害怕做為冒險者的力量會被用來對付人類』對吧？」

「正如陛下所言，也就是說我們不想被用來鎮暴或打仗，協助國家大量殺戮。」

安茲笑著想「這話是你說的」。其實安茲早已心知肚明，但不會說出口。

「坐吧，那麼，我接著解釋一下我希望你們做什麼。」

安茲再度命令艾恩扎克與自己相對而坐，等他戰戰兢兢地坐下後，才開始解釋：

「我打算讓冒險者進行更不一樣的工作，我要冒險者做的，是發現未知，縮小世界。」

艾恩扎克似乎這才第一次正眼注視他。

「例如南方之地，教國與聖王國之間有片荒野，你知道那裡的詳細地形，以及有何種魔物棲息嗎？」

「不，該地有各種亞人部落，王國冒險者工會的人去了那裡，從來沒人能活著回來，因此幾乎沒有情報。」

「那麼我國西南方有座山脈橫越我國與教國之間，那邊如何呢？」

「不，沒多少詳細情報。」

「你不覺得你們的知識少得可憐嗎？不，以冒險者的工作來想，或許無可奈何？你們是保護人們的組織，無人之地的知識就不需要了，對吧？只不過那裡或許生長著能幫助人們的野生藥草。」

艾恩扎克遭到諷刺，嘴唇抿成一直線。

「等冒險者工會納入我的旗下之時，我想讓你們填補這種空白。」

「……讓陛下的心腹去進行不好嗎？」

「別說這種無聊話，我聽說艾恩扎克你當過冒險者，剛才那句話你能再對我講一遍嗎？而且是把『冒險者』這個詞的涵義放在心上。你們只是對抗魔物的存在嗎？我還以為冒險者是化未知為已知的存在呢，直到我調查了冒險者的實情。」

艾恩扎克咬緊嘴唇，用力到快要咬破嘴唇，流出鮮血。

「——我們必須保護人類。」

「不用了，在魔導國，身為統治者的我會保護人民。看委託量減少，你應該也明白這是事實吧？」

艾恩扎克呻吟般的承認。

「那麼你們接下來打算怎麼辦，為了保護人類而從魔導國移動到王國或帝國嗎？簡直跟專門對付魔物的傭兵沒兩樣。」

安茲講到這裡停下來，接下來要勸誘了，每句話都得徹底動腦。

「剛才你說『交給我的部下就行了』，這個意見可以說很正確。不過，我的部下雖然擅長殺敵，在能否前往未知世界認識當地居民，與他們建立友好關係這方面，卻有很多人令我存疑，說來真難為情。正因為如此，我才希望盡量由冒險者接下這份職責。」

艾恩扎克一語不發，偷看著安茲，安茲雖然很在意他的反應，但簡報還沒結束。

「不過，既然要讓你們做這麼危險的工作，我有意提供全面支援。因此才有必要將冒險者工會納入旗下，對吧？」

「……您只要委託我們不就行了？」

「原來如此，看來你對自己的本事相當有自信啊，我挺欣賞你這種勇氣的。」

「什……什麼意思，陛下？」

「發現未知而與其他文化圈發生不幸遭遇時，魔導國可以捨棄冒險者是吧？而發生的問題不用我插手，你們冒險者工會自己能解決，對吧？既然你們是獨立組織，這是當然的吧。那我可要你們答應我自己解決問題，不對魔導國造成任何損失。」

艾恩扎克沉默了。

「不屬於國家勢力做為獨立組織存在，就是這麼回事吧？也就是說當對方採取國家行動之際，得請你們自己解決了……我有說錯嗎？」

「沒有的事，陛下。」艾恩扎克深深點頭表示同意。「您說的一字一句都沒錯。」

「就是這麼回事，只不過如此一來，珍貴的冒險者……特殊技術職業的人數就會減少。人才成長需要時間，因此優秀人才的消耗會是嚴重損失。正因為如此，我才要將冒險者工會納入旗下。我會命令你們，但相對地也會答應提供全面支援。」

「這項提議非常吸引人……想請陛下回答我一個疑問，探求未知是否會幫助魔導國侵略別國？」

「這個問題很難回答，我不可能斷定絕對不會。如果身在未知地點的對手正在擬定侵略計畫，我也許會用到手的情報先發制人，發動攻擊。對於荒野等地的亞人種族、食人魔(Ogre)與半獸人(Orc)等等，看情況可能會以展示武力為前提展開侵略行動。如果你身邊有個凶暴怪物在磨爪，你不會想先發制人做應對嗎？」

「的確正如您所說，只是——」

「……唔。」

「怎麼了嗎，陛下？」

「沒有，抱歉打斷你。你有話要接下去吧？你先說。」

「……好的。我只是擔憂用武力併吞和平度日的人們，或許不是很好。」

「你想像的是哪個種族，森林精靈之類的？」

「哎，或許是。」

「……這方面牽扯到國家計畫的問題，無法一概而論。如果侵略並統治能為魔導國帶來好處，我會這麼做；如果會帶來壞處就不會這麼做。這對一個國家來說是理所當然的吧？不過我只能告訴你，我已經擁有足以單純進行侵略的軍勢。我對冒險者的期待不是收集敵國情報，也不是先行偵查侵略路線。我剛才已經說過，我只是希望冒險者探索未知，發現各種新事物，這點我向你保證。」

「話說回來……」安茲先講句開場白，然後問艾恩扎克：

「你們會特別看待長得漂亮的種族呢，我說要攻打食人魔或半獸人時，你怎麼不說『用武力併吞和平度日的人們，或許不是很好』？」

「那……那是因為他們是亞人類……！」

「哈哈哈哈，原來如此，原來如此。你是這種想法啊，我懂了，我懂了。那你的回答呢？」

艾恩扎克一臉有話想說的表情，但馬上又搖搖頭，大概是切換了心情。

「此事必須立刻答覆嗎，陛下？」

「我希望你立刻答覆，不過你應該也得到處跟人疏通商量，是得花點時間。但在那之前，先告訴我你的想法吧，艾恩扎克。」

安茲挺起上半身，從極近距離盯著艾恩扎克的眼睛。

「你們只會消滅魔物令我生厭，可嘆的是，你們這樣還自稱冒險者。艾恩扎克，你怎麼想？你有沒有意願在魔導國——在我手下冒險？我希望你們——」

安茲講到這裡停頓一下，加強了視線與聲音的力道：

「——成為『冒險者』。」

房間充滿了緊張感。如同觀察中了必殺一擊倒地的敵人，安茲屏氣凝息——雖然本來就沒呼吸——等待艾恩扎克的反應。

「……我認為這項提議非常吸引人。」

安茲眼中蘊藏的光輝黯淡下來，照這個樣子看，後面大多會接「但基於一些原因，我辦不到」。

「——所以我想問問許多人的意見，看看他們能否接受。的確，如果您真的是為了這種目的而運用冒險者，那或許很美好。而您說到加入國家體制，我也覺得能夠接受。以一名前冒險者的觀點來說……我很想協助您。」

（——咦，聽起來好像成功了？）

「是嗎……」

安茲將背部靠上沙發。

簡報成功的喜悅一點一滴擴散開來，那種感覺就像離開客戶公司，到咖啡廳一邊聯絡自己公司一邊喜悅地喊「成功啦——」。想不到當冒險者的經驗能在這裡發揮效果。不，正因為有那段經驗，才能產生這種發想吧。

這時安茲想起另一件該做的事，就是考慮到魔導國的將來。

「噢，對了，還有一件事。」

安茲豎起一根骷髏手指。

「剛才你表示要保護人們時，我提到人類種族，你表示肯定，對吧？你說冒險者的存在理念就是保護人們。」

「呃，是的，陛下。」

「然後當我說到侵略行動時，你的意思是說他們是亞人類，所以沒關係對吧？」

艾恩扎克點點頭，一副「那又怎麼了」的神情。

「魔導國會接納所有種族做為國民，不只是人類種族，亞人類種族與異形類種族也是。所以如果冒險者的存在理念是保護『人們』的話，我要你們同樣保護亞人類與異形類。」

艾恩扎克睜大了眼睛。

「您這是什麼話！」

「……怎麼了？我不懂你在激動什麼，我的國家不分人類、亞人類或異形類。只要擁戴我為王，一律都是我的子民。」

「這……這太亂……亂來了。這是不可能的，陛下！」

「是嗎？聽說王國北方有個國家叫評議國，那裡不是有各類種族共存嗎？」

「的確，我也聽說那個國家是那樣……不對！您是要我們與只把我們當食物的種族共存嗎！」

「原來如此，你說得確實沒錯。魔導國不會允許本國國民食用本國國民，我會將這點列入法律，這樣你接受吧？雖然這表示我不會阻止國民食用本國國民以外的人，但總不好連國民的飲食生活都插嘴……不，看到同族的人被解體販賣，或許會影響精神健康……這方面還得做些檢討。」

依照露普絲雷其娜的說法，在卡恩村，村民跟哥布林與食人魔們會一起生活，那麼這座都市應該也辨得到。當然他也知道人數多會有別的問題。

「您……您究竟在想什麼？」

「這問題問得真奇怪，或者應該說，你們同樣是活人，為什麼不互相幫助？對我這個不死者來說真難理解。對我而言，人類與哥布林沒有優劣之分。在我的統治下，所有人一律平等。當然在你們的上面還有身為絕對君主的我，以及我的直屬部下就是。」

艾恩扎克的表情瞬息萬變，最後終於恢復冷靜。

「您有意將哥布林等存在也納入旗下——當成國民嗎？」

「你沒聽到我剛才說的話嗎，我不是說過食人魔與半獸人們也都會納入我的旗下？」

「呃，不，我有聽到，但我以為是做為奴隸。」

「真像是拿森林精靈當奴隸的種族會說的話，我重複一遍，只要納入我的旗下，所有國民一律平等。」

安茲偷偷觀察著艾恩扎克喘息般的模樣，心想他似乎沒察覺到自己的真意。

安茲的說法講得極端點，就是所有國民都是隸屬於納薩力克地下大墳墓之人的奴隸，但安茲不會這樣說。沒必要說，他沒發現的話就算了。

「已經有許多哥布林受到我的庇護，近日內就會有一支哥布林集團來到耶．蘭提爾。你可以跟他們聊聊，你所想像的哥布林虛像肯定會崩壞。還有，蜥蜴人似乎不怎麼吃肉，他們吃魚。樹精與樹人喜歡乾淨的水與日光，只會為了自衛而攻擊人類。」
「您已經將這麼多存在收為部下了嗎？」
「當然了，我已經接納了幾種亞人類與異形類做為子民。呃，話題扯遠了。那麼艾恩扎克，對於將冒險者工會收為魔導國的機構之一，你是採取贊成態度了？」
「——只要陛下句句屬實，我便沒有意見。」
「真愛擔心，我並沒有說謊，我要讓冒險者擔任探求未知的工作。」
如果可以，安茲希望能由各類種族的混合小隊來進行。
「對冒險者的說明就交給你了，如果有人對於冒險者在魔導國的公務員身分表示否定態度，可以請他離開沒關係。」
「可以嗎？」
「強迫不願意的人賣力，只會造成雙方的不幸。不過，組織或做法如果改變得太急，我想會造成很多麻煩，所以在某種程度上就維持目前的做法吧。當下的變化，大概就只有工會長之上再設置一個魔導國的審查機構吧？」
此外還有一點很重要，就是加上附加價值，讓冒險者們想隸屬於魔導國的工會。
「做為魔導國的支援方式，首先會設立訓練所。要是讓冒險者前往祕境時被未知魔物殺了，損失就大了。所以訓練所要比目前更紮實——採用與魔物實際對戰的形式。或許可以建造一座迷宮讓冒險者攻略，同時也能讓他們習慣小隊戰鬥。」

工程交給納薩力克自動出現的不死者應該就行了，完成後還能讓不死者充當魔物。

「這點子真是太棒了，但想必會是件大工程。」

安茲打算使用不需要工資的不死者，所以應該能壓低成本。不過他不用老實告訴對方，能賣人情時就該賣。

「的確，恐怕需要巨額的初期投資。但這算在必需的經費支出內，冒險者對魔導國而言是重要的人力資產。」

「多謝陛下。」

「免禮。所以，你覺得怎麼樣？這樣應該能吸引冒險者吧。」

「的確……這樣對低階冒險者們來說，會相當吸引人……在這裡鍛鍊出的人才，能否跳槽到王國或帝國的冒險者工會？」

「我不會准，這可是國家機構喔，那樣做是叛國。」

「原來如此……看來這方面必須說明清楚。」

「那麼，什麼才能吸引中階與高階冒險者？」

「應該還是報酬金額吧。」

「也是，畢竟人不能靠夢想吃飯。」

「這也是原因之一，另一個原因是冒險者必須蒐集更強的武器、防具與道具，否則是贏不了強大魔物的，這些物品都很昂貴。」

「……唔，果然是因為這個啊。」

大量生產或許能壓低價格，但強悍的冒險者人數很少。因此強悍裝備都會變成特別訂製，使得價格昇高。還有一個主要因素，就是能製作這些裝備的人很少。看來這些問題也得解決一下。

「還有，我想讓眾多冒險者——王國與帝國的冒險者也知道這件事，有沒有什麼好辦法？」

「陛下建立的冒險者工會，與王國或帝國的工會看似相同，其實不然。如果將情報擴散出去，各國的冒險者工會為了阻止挖角，想必會做出某些對策。冒險者同時也具有最終王牌的意義，恐怕沒多少人會樂見他們投奔外國。」

「說得有理，那麼你認為該怎麼做？」

「我無法立刻回答，可以請您給我一點時間嗎？」

「也好，我也需要考慮一下今後的行動方針。」

實際上，安茲也覺得自己一個人推動這麼大的計畫，似乎有點獨斷獨行了。應該需要冷靜想一下，並且找人商量商量。

安茲站起來。

「那麼——」安茲本來想說「失陪了」，但又沉默下來，這不是君王的說話方式。「就到此為止吧，再見了。」

艾恩扎克站起來低頭行禮。

「遵命，魔導王陛下。」

安茲沒回答，從菲絲打開的門走出房間。

他不禁想呼出一口氣，但人還在對手的公司裡，不能急著這樣做。

安茲率領著智天使們走出冒險者工會。走了一會後，才終於呼出一小口氣。

（啊——累死我了。）

安茲．烏爾．恭並沒有喊累，但鈴木悟已經吵著要讓過熱的大腦休息。

（在把將冒險者工會納入旗下的點子告訴雅兒貝德前，先安排個短暫的休息時間吧。而且我得想出這樣做的好處，以免雅兒貝德對我失望……好多事要做喔。）

安茲默默地往前走，他祈求走著走著能想到好點子，沒使用傳送魔法。

與隔壁房間——艾恩扎克的公務室之間的門打開，來了個新的客人。
這個骨瘦如柴，看起來相當神經質的纖細男子是艾恩扎克的老朋友，耶．蘭提爾魔法師工會長提歐．拉克希爾。
「布爾敦，我嚇了一跳。想不到魔導王會在我們談話時過來，他有察覺到什麼嗎？」
「這就不知道了。」
艾恩扎克今天早上也一如平常，一大早就跟拉克希爾進行討論。
自從魔導王統治這座都市起，兩人總是只在早上見面。這是因為出於他們的知識，很多不死者都怕太陽。只不過看到巡邏街上的不死者兵團，他們也知道這只是自我安慰。
討論內容幾乎都是共享情報，冒險者工會與魔法師工會今後的行動則從來沒討論過。這是因為在魔導國建國的階段，能搬的人都搬到王國或帝國去了。魔法師工會更是把擁有的魔法道具幾乎全送了出去，只有少數幾人留在這座都市。換言之，這座都市的魔法師工會等於是解散了。
不過從分析情報的意義來說，還是有很多重要議題。
冒險者不太受國家束縛，但這一點在魔導國還能維持下去嗎？打個比方，國家會派追兵追回逃亡的本國國民嗎？如果會，逃亡者若是平安越過國境，他們會以國家等級要求交人嗎？魔法師又是如何呢？

對於寧可犧牲自己也要保護民眾的飛飛，該對他做何表示，對隸屬於冒險者工會的飛飛又該如何應對？

神殿勢力仍然保持沉默，魔導王似乎也與他們互不侵犯，但今後會繼續維持嗎？會不會開始抗戰？

這些都是兩人絞盡腦汁也想不出答案的難題，但如果在毫無準備的狀況下爆發什麼事件就傷腦筋了。最大的問題是神殿勢力。

神殿勢力能擁戴不共戴天的敵人不死者為王嗎？他們目前保持沉默反而更讓人害怕。除此之外還有鄰近諸國的神殿勢力，一個弄不好，各國神殿勢力也有可能獨自發動聖戰，魔導國的神殿勢力再以內應的形式行動。

在場沒有代表神殿勢力的人物，也是因為他們的立場不透明，兩人擔心隨便叫他們來恐怕會遭受波及。

只不過，兩人都不認為神殿勢力能戰勝魔導王。他們是怕這樣會引發大屠殺，而且如果逼得飛飛成為魔導王的爪牙對他們痛下殺手，那該怎麼辦？還有，之後又該如何撫慰這個國家的人民？

魔導王就是在兩人大感頭痛時來到的。

「不過，魔導王陛下察覺到你在了。」

證據就是魔導王看了隔壁房間的門，用鼻子發出了嘲笑。

「說不定我們平常的密談，也從哪裡洩漏出去了。」

「什麼，那麼？」

「恐怕是吧，我看他同時也是講給你聽。」

這個房間只要動點手腳，聲音就會傳到隔壁。因此，躲在隔壁房間的拉克希爾一定聽到了兩人的對話。

「會不會是你多心了？」

「不，不可能。至少他應該察覺到有人在，說不定以為是神殿勢力。」

那時事出突然，艾恩扎克太過驚愕、混亂，現在回想起來只覺得懊惱。自己偷偷摸摸將同伴藏起來，使得心胸狹窄一事遭對方嘲笑。

那時候應該把拉克希爾叫進來，三個人開誠布公地談話的。

魔導王應該也不是坦懷相待，但他是以符合王者風範，光明正大的態度與一介平民長談。相較之下，自己又是如何？

拉克希爾對皺著眉頭的艾恩扎克冷淡地說：

「那麼你打算怎麼辦？不，不用說我也知道。因為你剛才還叫那個男人為魔導王，現在卻加了敬稱。」

「你不認為是因為我們的談話遭到竊聽嗎？」
「如果是，你應該會給我一句忠告吧？」
「你沒考慮過我可能是被魔法魅惑嗎？」
「不能說沒這可能性，但不太可能。魅惑魔法有時間限制，就算是魔導王，應該也不能無限維持。」
「也許魔導王陛下就辦得到喔。」
「別說了，就是真的有可能才傷腦筋，畢竟他很可能會用神之領域的第八位階魔法。」
兩人笑了笑，艾恩扎克恢復嚴肅表情。
「我覺得可以協助魔導王陛下。」
「你要幫助他的侵略行動？」
「……強國逐步吞併弱國，不是理所當然的情形嗎？」
「明知會造成不幸，卻還是默認？」
「不一定會不幸吧，首先自從魔導王陛下統治這個國家以來，有誰變得不幸嗎？」
拉克希爾沉默了。
事實上令人驚訝的是，他無法斷定有哪個人變得不幸。
「不是有冒險者丟了工作嗎？」

「哎，是沒錯，但那有點……你也是，別酸我了。」

「沒錯，是有點過於挖苦。他難得來了，你怎麼不問他打算怎麼處理神殿勢力？」

「別說了，這樣亂問，要是他說『對耶，的確礙事，那就毀滅掉好了』怎麼辦？我可不想抱著點燃大屠殺導火線的罪惡感活下去。」

「你覺得那人會這麼做嗎？」

「不，正好相反。那位大人非常理智，老實說讓我驚訝，我甚至還在想那張不死者的臉是不是用魔法變出來的。對——整個人的氣質跟飛飛閣下很像。」

「這樣對飛飛閣下太失禮了吧。」

聽到朋友不悅地扭曲著臉吐槽，艾恩扎克苦笑。

「說得的確沒錯，把人類英雄與不死者魔王相提並論是很失禮。不過，就兩者都是超越人類領域的強者來說，不是一樣的嗎？可以說……對，我感覺到超越者才能散發的獨特氣質。」

「原來如此，這我有點可以明白。」

兩人感慨地想起那位英雄（飛飛）的身影。

「好了。」艾恩扎克先頓了頓，然後正眼注視著拉克希爾。

「——拉克希爾，如果你無意協助魔導王陛下，以後可以請你別來了嗎？」

理由不用說也知道，因為今後艾恩扎克的房間可能會放有魔導國國家營運的相關資料，不適合讓外人進入。

魔導王的一席話就是給了艾恩扎克這麼大的衝擊，讓他對朋友講出這種話來。

他描述的冒險者新形象燦爛耀眼。的確有些人是為了走遍未知之地而成為冒險者，但大多數不是死了，就是屈服於現實。因為只有極小一部分人，才能踏上如此危險的旅程。然而，如果魔導王這位擁有絕對力量的魔法吟唱者（Magic Caster）提供支援，就能看見新的可能性。

真正的冒險者即將誕生。

拉克希爾輕聲說道：

「我說啊，艾恩扎克，你知道本地的魔法師工會幾乎形同解散嗎？」

「嗯，當然知道。」

「那麼我就以過去同伴的身分，提供全面支援吧。然後等結束之後，我們也踏上追求未知之旅如何？」

「——哈哈。」艾恩扎克笑著。「考慮一下我們的年紀吧，呵呵——真的要嗎？」

「說什麼都要，為此麻煩你先跟魔導王陛下講好，讓冒險者工會沒有年齡限制。」

兩人的開朗笑聲響遍房間。

第二章 里・耶斯提傑王國

1

收在內側口袋的魔法道具振動，克萊姆把它拿出來。

這是個大小能收在手心裡的懷錶，錶盤刻著三根針——時針、分針與秒針——以及圍繞這三根針的十二個數字。

有的大型時鐘會採機械式，不過個人攜帶的尺寸，在王國就只有魔法道具。由於鐘錶與生活有著密不可分的關係，以魔法道具來說售價還算低廉，但也不是庶民能輕易買得起的。

克萊姆拿著的懷錶是他借來的，因此與普通魔法道具時鐘不同，具有特殊魔法力量。

時鐘名稱為「十二種魔法力量（Twelve Magical Power）」，每天一次到了訂好的時刻，就會發揮該時間對應的魔法力量。

只不過想享受這種恩惠，至少必須擁有懷錶一天，因此才剛借用的克萊姆無法發動魔法之力。

「嗯，時間到了？好快喔。」

身旁漫不經心地望著藍天的女性對他說。

「好像是的。」

克萊姆回答這位女性——精鋼級冒險者小隊「蒼薔薇」的成員緹娜。

「是喔——像這樣悠悠哉哉的，會搞不清楚時間經過呢。」

這句話有一堆地方可以吐槽。

首先緹娜並沒有悠悠哉哉的，她是在這個地點——克萊姆身後建築物的正面入口當警衛。而且她雖然說什麼「時間到了」、「好快喔」，但她應該擁有相當準確的生理時鐘。

冒險者當中有些人擁有異常準確的生理時鐘，尤其是盜賊系的職業特別多，這是拜訓練所賜。因為他們負責暗中進行調查，常常需要單獨行動，時間感非常重要。

「嗯，你有話想說嗎？」

「不，沒有。」

聽了他的回答，「這樣啊——」緹娜再度仰望天空。

克萊姆不可能特地問她為什麼要說謊，揭穿她隱瞞的事。

他本來是沒錢僱用緹娜等人的，但她們說目的地正好一樣，克萊姆是利用人家的好意，不能做出讓人家不高興的言行。

「那麼我去跟公主說一聲。」

「慢走——」

克萊姆轉過身去，走向至今背對著保護的建築物。

工程中克萊姆看過幾次，不過今天是他第一次進入完工的建築物內。克萊姆感覺到這棟建築物的大小——其中蘊藏的自己主人的心意，心中一陣暖意。

打開門，一股可以形容成新屋氣味的獨特木頭香，搔弄著克萊姆的鼻子。

他繼續往前走，穿過通道，打開最深處的房門。

自己的主人就在那裡。

豔光照人的公主拉娜。

而她的周圍有好幾個小孩。

她對吵鬧的孩子們投以溫柔微笑，傾聽童言童語的模樣正有如聖女。

面對這有如一幅畫的光景，克萊姆說不出話來。

他怕自己會破壞了這副神聖不可侵犯的光景。站在窗邊，僱用來在這設施工作的幾位女性似乎也是同樣心情，誰都沒動一下。

不過，這個房間裡只有一個人似乎不這麼想。

「喂，小子來嘍，時間到了。」

面具下傳來的冰冷聲音，讓拉娜抬起頭來，正眼看著克萊姆。

克萊姆確定那雙藍寶石般的眼眸中，映照出了自己的身影。

「……非常抱歉，拉娜大人，回王宮的時間到了。」

「這樣啊——那麼雖然捨不得，但我該走了。」

「咦——」孩子們依依不捨地叫了起來。若不是完全掌握了孩子們的心，是絕不可能讓他們發出這種聲音的。

孩子們的反應讓幾位女性慌張起來，這才有了動作。她們安撫孩子們，實在不聽話的孩子就硬是抱離拉娜身邊。

「我還能再來找大家玩嗎？」

對於拉娜的詢問，孩子們一齊精神飽滿地答應。

「那麼，下次我來做菜給大家吃喔——克萊姆，我們走吧，伊維爾哀小姐也一起。」

「哼，用不著妳說，我是妳的護衛——不對，我並沒有接受委託，所以只是個同行者罷了。不用在意，我跟在你們後面。」

一行人一起走出建築物時，停在附近的馬車正好也到了。

緹娜沒說一聲就先坐進馬車。看起來似乎很不懂禮貌，但她是為了確認安全。接著是拉娜，然後是克萊姆，最後伊維爾哀上了車，馬車開始移動。

匡噹匡噹晃動的馬車裡，伊維爾哀輕聲說道：

「……不過，妳也真辛苦啊，還蓋那種孤兒院。」

「會很辛苦嗎？」

「會啊，應該有很多人跟妳說吧。說現在世局動盪不安，沒錢幹這種事。」

拉娜一根手指抵在下巴上，偏了偏頭。

「不會啊，哥哥馬上就答應了我的請求，而且正因為世局動盪不安，才更該保護孩子們。」

伊維爾哀揚揚下巴，要她說下去。

「是，就如妳所知道的，魔導國的君王造成了大量死傷。我想會有很多孩子因此失去父母親，所以為了保護這些孩子，我才成立了孤兒院，況且也需要給失去丈夫的女士們新的工作機會。」

「魔導王啊……這事之後再談，但與其把錢花在死小孩身上，難道不該用在更重要的地方嗎……我倒覺得弱者會死是沒辦法的喔。」

「話不能這麼說。」

拉娜斬釘截鐵地斷言，跟之前的說話方式不同，語氣堅定。

「強者本來就該拯救弱者，再說……」

克萊姆感覺到拉娜稍微瞄了自己一眼。

（也許是——）

克萊姆的腦中浮現出兒時的自己。

公主是知道自己那時的模樣，才會想到成立孤兒院嗎？也為了不再增加更多克萊姆這樣的人。

他胸口一瞬間發熱。

當然，克萊姆並未確認拉娜的真實心意，但他覺得自己想得沒錯。

「好吧，這也是一種想法，再說我也不該把自己的觀點強加在他人身上。可是，有必要蓋那麼大一間嗎？」

「是的，因為我預計會有很多孩子進來。而且我預定從皇家直轄地招募孩童，那樣的設施還算小了。孩子們是我的寶物，我必須長期照料他們，以免他們走上歪路。」

「哦——公主殿下好聰明喔。」

「妳想說什麼，緹娜？」

「伊維爾哀，妳覺得失去父母親的孩子能怎麼生活？」

「這個嘛……原來如此……國內人手不足，不能將珍貴的勞動力拿去填補士兵空缺，所以要用其他辦法阻止治安惡化？……原來如此啊。」

「『有些人只要有人照顧就能活得清正廉潔，沒人照顧時卻可能輸給欲望。而當他的犯罪行為成功時，就會越陷越深，小小的犯罪會像雪球般越滾越大。對這方面本來應該加緊預防，但是很難，所以要用這種方法減少漏洞。』」

「哼，『——不是每個人都一樣堅強』是吧。」

「伊維爾哀也被說了啊——她是不是很喜歡這番話啊？」

「……同一番話我大概聽那傢伙講過三遍喔。」

後半是只有伊維爾哀與緹娜才懂的對話，不過前半部分講了那麼多，克萊姆也聽得懂。

失去雙親的孩子們，很多都會為了討生活而染手犯罪行為。這麼一來本來已經削弱力量的八指恐將死灰復燃，王都治安也會變得更糟。

自己敬愛的君主是為了將來做準備，未雨綢繆吧。

然而——拉娜一臉不解地問伊維爾哀：

「——妳們在說什麼？」

「喂……是我們想太多了嗎，還是說她在演戲？」

「嗯——看起來是說真的。」

「既然妳都這麼說了，那大概就是吧。總覺得白佩服她了。」

「呃，我的評價好像兀自大漲大跌的……可是呢，我也有仔細想過喔。這次創辦的孤兒院如果進行順利，給孩子們施予某種程度的教育，從中出現了優秀人才的話，其他貴族應該也會倣仿。也是因為如此，我需要夠多人數的孩童……這理由不太值得誇獎就是了。」

「不，如果是因為這樣而募集死小孩的話我能理解，也覺得很佩服。若是將來能獲得成果，那的確值得讚賞，再說不求回報的奉獻只會讓人起疑。」

「伊維爾哀因為吃過苦所以心態扭曲。」

「喂！妳明明就跟我一樣！」

「沒那種事，我很純潔，只有妳心靈汙穢。」

嘖！面具底下傳來好大一聲咂嘴。

「對了對了，我之所以會成立孤兒院，是因為布萊恩先生給了我靈感。」

「布萊恩．安格勞斯啊。那傢伙在做什麼？今天沒看到他。」

「布萊恩先生現在為了別件事在王都中奔波。」

「哦，有別的事比護衛公主更重要？」

「是的，他正在為了實現戰士長的遺願行動。呃，關於戰士長那件事，那時給各位添麻煩了。」

緹娜稍稍瞇細眼睛，以隱藏內心情感。

「竟然讓我們魔鬼領隊的漂亮臉蛋受傷，真氣人。」

「真是萬分抱歉，我代替父王向妳致歉。」

「我知道妳有直接向老大道歉，所以原諒妳。」

「謝謝妳。」

「……死者的話語有時比生者的話語更有力量呢。」

伊維爾哀的視線一時似乎拋向了馬車小窗外，但只是短短一瞬間。

「回到正題吧，妳說布萊恩·安格勞斯在做什麼？」

「戰士長似乎說過希望布萊恩先生『繼承戰士長職位』，但他本人好像認為自己辦不到。所以他說要找出適合繼承戰士長職位的人，由自己來鍛鍊。」

「如果由沒有貴族門路的人來找……原來如此，葛傑夫與安格勞斯都是平民出身，所以才會有這種想法吧。而妳從這裡獲得靈感——」

「——是的，所以我才想到成立孤兒院。我在想，下次或許可以請布萊恩先生來見見孩子們。說不定在那些孩子當中，有人擁有才能。」

「我沒看那麼多——」這是緹娜說的。「伊維爾哀呢？」

「光用看的看不出有沒有魔法才能。如果做個幾次魔法訓練，等那人能用魔法了，多少還能看得出來，但也只限魔力系魔法。就算那個死小孩擁有精神系或信仰系等才能，讓我來看也看不出來。」

「嗯——」拉娜發出了煩惱的聲音，然後展露花朵綻放般的笑容。

「將來我想請各方人士蒞臨孤兒院，讓大家看看孩子們有沒有才能。」

拉娜的視線朝向兩人，她的視線比言詞更能傳達心意。

「……真是天真的想法，如果是那傢伙的話，啊——」

「很遺憾，伊維爾哀，如果是那個魔鬼領隊的話——」

「——也是，但就算由她提出來，我也不會輕易點頭喔。我要收取相應的報酬——既然受了僱用，最起碼得收錢。每次都不收報酬，對其他人實在說不過去，也違反了冒險者的規定。再說我可是要傳授技術，委託人當然得支付相應的代價。」

「我想妳說得完全沒錯，我只能表示同意，但真的很抱歉，其實我沒有錢……」

拉娜沮喪地說。

第三公主是備用品的備用品。拉娜唯一受到的期待就是嫁給貴族，為對方家族帶來皇室血統，沒有貴族想成為她的後盾，因此至今幾乎沒有錢可供她自由花用。因為拉娜生活簡樸，因此目前還沒遇過問題；但換成第一公主或第二公主絕對受不了。

正因為如此，克萊姆更能感受到自己的鎧甲中蘊藏了她的心意。

「我聽說公主殿下都是穿著閃亮華麗的服飾，過著優雅生活耶——」

「現實情形沒那麼簡單的，不過，的確也有那樣的公主就是了。」

真令人嚮往。看到拉娜兩眼閃閃發亮地說，一種難以言喻的情感襲向克萊姆心頭。

克萊姆希望這世界上最美麗，心地最善良的她能過著那種生活。

但另一方面，他覺得正因為拉娜是這樣的人，自己才能獲救，也才有現在的自己。就在這時，拉娜一轉頭，用散發美麗光輝的眼眸，與偷看她側臉的克萊姆四目交接。

「——你在想什麼，克萊姆？」

「啊，不，沒什麼，拉娜大人。」

「是嗎，有什麼事要跟我說喔，有困難時必須互相幫助才行。」

「呃，是！謝謝大人！」

「喂，不好意思打擾你們談情說愛，但我還是不喜歡免費教導技術。就算由那傢伙提出來，到時候我也要收取某種程度的費用喔。」

「屆時還請提出我也能支付的金額。」

拉娜低頭行個禮。

「嗯——不過公主想知道的是有沒有才能吧？我來看身手，那伊維爾哀要做什麼？」

「……唔。唉，我就老實說了。只做幾次練習是看不透那個人的才能的。魔法才能著重的不是外在因素，而是內在因素。再說以魔法才能來說我是天才，但也僅止於此，沒辦法像帝國那個大魔法吟唱者一樣使用能力。」

「以天生異能(Talent)看清才能啊——」

「天生異能啊……」拉娜唉地嘆了口氣：「這個也是，要是從小就看得出來就好了，這麼一來貴族輕視平民的僵硬思維應該也能減輕些。」

「這樣的話只要建立體系，使用能看穿所有孩童的天生異能的魔法不就行了？如果只要是看清有無天生異能，第三位階就有這種魔法。只不過若是要查出詳細內容，似乎會是更高階的魔法──哎，只能算夢話吧。」

「是這樣嗎，天生異能是能解讀的嗎？」

「我不知道妳眼睛在發亮什麼，不過可別太期待喔。我只是聽過要用到精神系的第三位階魔法，才能勉強判斷眼前對象有無能力。就算看出有能力了也很麻煩，還得查出怎樣才能發揮能力。不只如此，調查了半天，很可能根本是個不怎麼樣的能力。」

「這樣啊……」

拉娜眼中的光輝消失了。

「比起這樣做，還不如多方嘗試。例如到瀑布下沖水，或是聞些不會太危險的藥物讓他出神。天生異能好像都是突然知道的，感覺就像什麼東西組合起來了。」

「是這樣嗎……唔，那時是這樣嗎？」

「哎呀，伊維爾哀小姐也具有天生異能嗎？」

本來講個不停的伊維爾哀，突然散發出岩石般的氛圍，看來是講到她不想被問到的話題了。

但克萊姆的主人卻天真無邪地問道：

「可以告訴我妳的是什麼能力嗎？」

克萊姆有時也會覺得她意外地敏銳，但大多數時候她都是這個調調。或許可以說不會看場合吧，有時候能若無其事地問些不方便問的事。

「妳幹嘛啊，這麼讓妳感興趣？」

她應該不是沒顧慮到對方的心情，只是王族生活養成的習慣使然。

「我身邊沒有幾位擁有天生異能的人士，所以很想知道伊維爾哀小姐擁有什麼樣的天生異能——」

「是嗎？既然如此，好吧，我就告訴妳。」

伊維爾哀突然探出上半身，神情雀躍的拉娜也一樣探出身子。

天生異能有時能夠成為殺手鐧，尤其是冒險者想必更是如此。克萊姆不覺得拉娜會大嘴巴說出去，但還是覺得這種事不該輕易告訴別人。

「這事我不想讓別人聽到，耳朵湊過來好嗎？」

「好的。」

拉娜將自己的耳朵朝向伊維爾哀。

然後——

「這麼重要的事我怎麼可能隨便說出去啊！」

怒吼聲響遍了馬車內。

身旁的緹娜似乎早就料到，已經用手指塞起了耳朵。

「好過分！耳朵都嗡嗡響了！」

拉娜就像撲進克萊姆的胸前般倒向他身上，要是加個聲音形容，應該會是輕輕的「砰」一聲吧。

拉娜眼角噙淚，從胸前抬頭看向克萊姆。

好可愛，好香。克萊姆用力拋開自己的無聊想法。竟然對自己的主人懷抱這種邪念，真是太不像話了。

「伊維爾哀大人，我明白您的心情，但還是請您多多包涵——」

「——啊——？小子，都是你太寵她，這小丫頭才會變成這樣吧？」

「沒……沒有的事，我怎麼敢寵公主……」

就算想寵，他也辦不到。

「就是啊！克萊姆可以再寵我一點的，我贊成伊維爾哀小姐的意見。」

「呃，不，公主，這樣說似乎有點不對……」

「沒那種事！只要你多寵我一點，這種時候被罵了，我也比較能坦率接受啊。所以請你多多寵我，總之先像小時候那樣跟我一起睡午覺吧。來，伊維爾哀小姐，請再多講他幾句！」

「夠了，是我太笨了……總之小丫頭，我不會把我的天生異能告訴別人，知道了嗎？」

「真有那麼危險嗎？」

「是啊，這是我的殺手鐧。一旦使用了……對，就像我們領隊的劍失控一樣，擁有能輕易破壞一座都市的力量。」

伊維爾哀這番話很有份量。

但克萊姆的胸前傳來了「嗯──？」的狐疑聲音。他很想往下看看，但這樣勢必會強烈感受到拉娜依偎著自己，他把持不住。

就算想推開拉娜，她身子骨太柔嫩了，克萊姆不知道該使多少力道。

克萊姆的心臟正在怦怦狂跳時，話題仍在繼續中。

「妳是說拉裘絲那把劍嗎？」

「對，據她的說法，那把劍一旦失控似乎會不可收拾。足以消滅一個都市……不，好像是國家？她說她為了壓抑它，分出了不少力量。」

「原來是這樣啊……我都不知道……」

克萊姆還沒將魔劍的事告訴主人或任何人。

「妳還是別放在心上比較好，魔鬼領隊是不想讓妳擔心才什麼都沒說。希望妳裝做不知情。」

「……說得也是，我明白了，我會這麼做。」

「說到這個，艾因卓大人最近怎麼了？這陣子都沒見到那位大人。」

「嗯，沒人告訴你嗎？喂，公主，妳沒告訴他嗎？」

「……我忘了。呃，是這樣的，克萊姆，她在陪格格蘭女士與緹亞小姐修行。」

伊維爾哀接在拉娜後面說：

「那兩人在與襲擊王國的魔王亞達巴沃交戰中喪命。當然復活是復活了，但復活之際失去了大量生命力。為了恢復生命力，她們現在正將自己置身於危險當中，以跨越生死關頭的方式恢復力量。」

「其實我們本來也想去。」

「但我們去了會讓她們內心深處產生依賴感。少數人戰鬥才是短期變強的最佳手段。」

「這個說法也很值得懷疑。」

「唔——我聽說這是有效率的『昇級』手段……哎，總之也只能相信這種說法多多鍛鍊，不然如果那傢伙再度襲擊王都，說不定連爭取時間都辦不到。」

「爭取時間？啊——伊維爾哀，妳是說替妳最推的那個人？」

「沒錯！就是等那位大英雄到來！」

突然間，伊維爾哀的氛圍變了。

從面具底下可清楚感受到她興奮般的熱情。

「記得是叫飛飛先——大人對吧。」

「正是！就是大英雄飛飛大人！雙手持握巨劍，彷彿揮動樹枝般運用自如的最強戰士！不會錯，那絕對是鄰近諸國最厲害的戰士！只要有那位大人在，就算亞達巴沃再度來襲，也一定能剷除敵人！上次很可惜讓對手跑了，但照那位大人的個性，一定已經想好對策了！」

「呃，是。」克萊姆被她的熱烈演說逼得只能應聲附和。

「可是那個人這次能來嗎，他不是成了那個魔導王的部下？」

看到伊維爾哀握緊雙手，緹娜難得表情有些疲累地出聲問道。

「啊——！飛飛大人！可惡的魔導王！竟然敢控制那位大人，就算上天允許，我伊維爾哀也絕不饒恕！要是能打倒那魔物，解放飛飛大人就好了！他是不是有什麼打算，我看我還是去耶．蘭提爾一趟，聽聽飛飛大人的想法吧？」

「……等她們倆恢復力量再說。」

「我只是去一下，記住地點了我就用傳送回來。單程利用『飛行』的話，也不會花太多時間！」

「伊維爾哀，妳真的一講到飛飛就會發狂……魔鬼領隊不是說了不行嗎？」

「只要妳保密就好啦！」

「我其實口風很鬆的，膨鬆柔軟。」

「從妳的上個職業來想，怎麼想都不可能吧？」

「很遺憾，現在的我是冒險者『蒼薔薇』的緹娜。綽號是『大嘴巴』。」

這時緹娜的眼光變得嚴肅。

「……好機會，我想趁現在問妳。伊維爾哀，妳殺得了魔導王嗎？」

伊維爾哀頓時僵住了，剛才那種興奮情緒不復存在，在那裡的是冒險者最高階的魔法吟唱者。

「如果傳聞全數屬實——那人已經超越了一個魔法吟唱者能擁有的力量。後來我也稍微查了一下卡茲平原發生的事，仰賴各種人脈——還聯絡了那老太婆分析情報，老實說實在太荒唐了，真希望只是小子中了幻術。」

「那絕不是幻術，死了那麼多人……」

拉娜的神情悲痛地扭曲。

「那場戰爭有二十六萬人上戰場，其中死者多達十八萬人。此外我還聽說有些人精神失常，變得無法過正常生活。來到那所孤兒院的孩子當中，也有人的父母親是這樣的。」

「……聽到小子的說法，我只能這麼覺得。你們竟然被那樣可怕的魔物追殺……」

「……是的，那完全是地獄。幸運的是我跟布萊恩先生還有……戰士長這兩位強者在一起，才能免於發瘋；但直到現在，我有時候還是會忍不住回頭看看背後。民兵的話恐懼感恐怕更強，就算發瘋了也不奇怪。」

「你真的該感謝自己的幸運。」

克萊姆只點了一次頭。

「那麼，緹娜，我誠實回答妳的問題吧。我不可能戰勝魔導王。」

這是早就料到的答案。

「果然。」

「是啊，如果只是那個召喚出來的怪物或許還有辦法，但還是要實際看到才說得準。不過，能召喚好幾隻那種怪物的魔導王，說實在的，不應該存在於這個世界，那是擁有神代力量之人。」

「有沒有可能不是魔導王個人的力量，而是用了某種道具召喚？」

「是有可能，但不能妄下結論。不過也沒有辦法確認就是。」

「要是他能跟亞達巴沃狗咬狗就好了。」

「誰都希望能變成那樣，再來如果能由飛飛大人殺了魔導王，那就更好了……」

「飛飛大人與魔導王，您認為哪個比較強呢？」

克萊姆雖然這樣問，但他個人認為能召喚那樣強大魔物的魔導王要比飛飛強多了。然而伊維爾哀卻陷入沉思，讓他相當驚訝。

「不知道，我個人希望擊退了亞達巴沃的飛飛大人比較強，但魔導王的力量也超乎想像。兩者的力量都與我們相差太遠，連想像都想像不來。」

「那樣的人物成了魔導王的部下，真是糟透了，誰都不敢惹他們。」

正是如此。

唯一或許能跟魔導王抗衡的人物成了魔導王的部下，情況令人苦惱。若是向魔導王挑起戰端，就等於要對抗兩個魔導王。

就在馬車內的氣氛變得有些陰沉時，有人敲了敲車夫座隔板上的小窗，將它打開。

「即將抵達王宮。」

聽到車夫的聲音，拉娜慢慢撐起身子，然後輪流看看坐在前面的兩名冒險者。

「今天真的很謝謝妳們，等拉裘絲回來了，我想跟妳們吃個飯兼表示謝意，可以幫我轉達她嗎？」

聞報妹妹回來了，第二王子——賽納克．瓦爾雷歐．伊格納．萊兒．凡瑟芙離開房間前去迎接。

兄長——巴布羅．安德瑞恩．耶路德．萊兒．凡瑟芙第一王子下落不明已經過了一段時日，被認為不可能生還，因此他幾乎已內定為繼任國王，這樣的他主動前去迎接妹妹，本來是不合理的。因為即使是兄妹，也有著明確的身分差距。

即使如此他仍然親自前往，是因為有事想緊急討論。失去了優秀左右手的他，雖然不怎麼喜歡這個妹妹，但也只有她能靠了。

不久，賽納克看到了妹妹的身影。

妹妹身邊還有身穿純白鎧甲的克萊姆侍立。拉娜不管去哪裡，克萊姆大多都會隨侍左右，因此這景象並不奇怪。

拉娜撿來的貧民小孩克萊姆。

以前他認為拉娜是耍花痴一時興起才會撿個小孩回來，然而自從他知道了拉娜的怪異與無比智慧後，就開始覺得她這樣做或許有其理由。

而這點從亞達巴沃襲擊王都之時，以及魔導王大屠殺的結果當中，漸漸變得明顯。

在這王都當中，很少有士兵比克萊姆強。就連葛傑夫挑選的戰士團當中，與克萊姆同等或在他之上的人都寥寥可數。

再加上拉娜還與克萊姆帶來的布萊恩·安格勞斯以及精鋼級冒險者小隊「蒼薔薇」領隊拉裘絲建立了個人的友好關係。自己的妹妹在王都內是擁有最大物理力量的存在，這是無庸置疑的事實。

——她該不會是想用武力推翻政權吧？

賽納克會這樣懷疑也是理所當然。

就算拉娜不會這麼容易使出直接手段，也得多加戒備。因此賽納克為了以防萬一，正大費周章跟山銅級冒險者與祕銀級冒險者祕密建立個人聯繫。

賽納克對自己的王子長兄表達感謝之念。

是因為長兄失蹤，自己幾乎確定成為王儲，才能夠這樣想方設法。長兄的年薪轉給了自己也是一大因素。

話雖如此，巴布羅第一王子的遺體尚未發現，也的確讓賽納克感到些許不安。要是被魔導國俘虜了會很棘手，如果是受傷躲在哪個村子，那也很傷腦筋。

「真的……到最後都給我找麻煩。」

他在口中喃喃自語，不讓侍從聽見。

直到獲得更穩固一點的地位之前，應該避免刺激貴族們。

目前的賽納克在後盾方面有所不安。

約好一同促進王國發展的雷文侯爵拒絕了賽納克的勸留，回自己領地去了。他有很多領民喪命，這樣做是理所當然的，但他卻給人一種永遠不會再回來的感覺。

驕傲地談起的平民出身的軍師，以及珍藏的前山銅級冒險者死亡等等，肯定也成了原因之一。

賽納克感到自己的胃附近產生一陣輕微痛楚。如果找妹妹談談，這陣痛楚是否能舒緩一點？

賽納克這幾週以來，懷抱著一個問題。

那就是該不該贈送貢品給魔導王；如果要送，是要以建國紀念為名義，還是用別的理由贈送。

目前比較妥當的選擇應該是不送，送禮給奪走我國領土建國的國家，就算被鄰近諸國理解成從屬的證明也怪不得人。然而與魔導國加深友好關係，卻是非常重要的一件事。

雖然魔導國的戰力依然不明，但光憑魔導王一個人就足以毀滅國家，這是已知的事實。

無論如何都得避免他的目光繼續朝向王國。

正因為如此，賽納克才會想到贈禮——他個人覺得被理解成從屬關係也無所謂——以盡量爭取時間。

但麻煩的是貴族們不可能同意。

沒錯，很多人都知道了魔導王的力量。但他們恐怕不會允許繼任國王（賽納克）對這種強者表現出臣服態度。

貴族們蒙受巨大損失，正在尋找能夠發洩不滿的犧牲品。

心腹葛傑夫・史托羅諾夫戰死沙場，使得現任國王（蘭布沙三世）因悲嘆與動搖而心慌意亂。看到國王出醜的貴族們似乎是消了點氣，但對於大敗的國王，以及更進一步對王室的怨恨可不會因此消失。

（如果是那傢伙的話，應該能想到更好一點的主意吧。）

如果可以，賽納克很希望能自己想出答案，但時間已經拖得太久，差不多該做出結論了。

賽納克停下腳步，並大聲踏響鞋子。

拉娜對這聲音做出反應，臉轉向自己這邊。然後她轉換方向，往賽納克這邊走來，這樣上位人士的面子就保住了。

不久妹妹站到了他面前，但他不主動說什麼。目前是敏感時期，得繼續讓許多人明確知道誰才是王。

「我回來了，哥哥。」

「妳回來了，妹妹。」

妹妹保持著公主的儀態行禮，賽納克高傲地回答。他眼角餘光看到克萊姆也行了一禮，不過他不會對區區一介士兵答禮。

「一起走到半路吧。」

「樂意之至，哥哥。」

賽納克帶著拉娜邁出腳步，他下巴一比，要侍從離遠點。一看，拉娜也用動作要克萊姆離遠一點。

「那麼哥哥，您似乎有急事，究竟是怎麼了呢？」

拉娜仍舊面帶笑容，小聲向他問道。

「是不是魔導國的使者蒞臨了？」

賽納克感覺心臟重重跳了一下，他只顧著想自己的行動，完全沒想到對方會對自己說出這種話來。

拉娜大概是判斷對方差不多該開始行動了吧。

賽納克將此事記在心中的記事本裡，搖搖頭。

「不是。」

「其他還有什麼事能讓哥哥特地來見我呢？」

「嗯，我在想該如何贈禮。」

「我想使者蒞臨時，只要贈送哥哥目前所想禮品的一倍就行了。一半是慰勞使者遠道前來，剩下一半是——不用特地說了吧。」

賽納克一語不發，細細玩味拉娜所言。

這招真是太妙了。

只要說這是對使者特地前來的賞賜，貴族們也不能說什麼，就算他們內心知道有別的含意也一樣。

看到拉娜立即想出辦法解決自己想破頭的問題，賽納克再度感受到她的可怕。然而武力方面是拉娜的部下比較強，就算他想用手段殺掉拉娜，也只會反遭擊退。既然如此，就只能選擇懷柔。

「……等我當上國王，我會選個窮鄉僻壤給妳做領地，妳就去那裡吧。」

「是，我願聽從哥哥所言。」

「一旦我將妳送出去，就不會再把妳喚回王都了。或許會有點不自由，但我預計選個生活不愁吃穿的領地給妳，妳就在那裡終老一生吧。」

「是，謝謝哥哥。」

不用再多說拉娜應該也懂，但賽納克還是說出口，以賣個人情。

「妳可以在那裡收養個無父無母的孩子當自己的小孩，任憑妳高興。」

「謝謝您，哥哥。」

拉娜回得很快，大概是她也在想這件事吧。

賽納克不明白妹妹為什麼這麼愛克萊姆這個平民，相貌平平又一無所有，怎麼想都配不上妹妹。

（喔，對了，那時候聽過這小妮子講過自己的性癖好。）

賽納克想起了很想遺忘的妹妹的可恥之處，有點可憐起克萊姆來。

「我會期待哥哥登上王位，等您成了國王，若您偶爾還能想起我住在鄉下，我會很高興的。」

「嗯，我會的，妹妹。不過，如果妳偶爾還能給我出點主意，我也會很高興——唔？」

賽納克看到有個士兵小跑步往這邊跑來。

那個士兵是葛傑夫戰士團的一名倖存者。

他在那個戰場上對國王盡心盡力，因此即使如今失去了戰士長，他的地位仍然安泰，並受到國王深度信賴。順便一提，國王也同樣信賴拉娜的兩名部下。

賽納克想起了自己父親枯槁的面容。

「王子，陛下召喚。」士兵喘口氣後看向拉娜：「也請公主一同移駕。」

「什麼事？」

「是，據報魔導國的外交使節團即將前來。」

賽納克視線只看了拉娜的側臉一眼，回答：

「知道了，告訴父王我馬上過去。妹妹，我先走一步，妳準備好再過來。」

「我明白了，哥哥。」

直到剛才都待在孤兒院的拉娜穿著不顯眼而簡樸，這樣會在貴族面前丟臉。

說完，賽納克就露出險峻神色，比拉娜先邁出腳步。

「……呵呵，這提議已經完全不吸引我了，您提得太晚了。」

2

報告說魔導國的使節團將會花一星期從耶・蘭提爾來到王都。

而今天就是第七天，若是按照預定，使節團就會在這天抵達。

賽納克穿著穿不慣的鎧甲，與左右列隊的騎士們一起在王都往耶・蘭提爾方向的門前整隊。

持續數天的陰天難以相信地變得晴朗，春天舒爽的天空遼闊無際。

然而遠處仍然籠罩著厚厚雲層，只有王都上空才有藍天。

情況實在太異常了，實際上，王城裡的氣象觀測師也扯著頭髮說「不可能」。

他從很久以前就在王宮服務，如果是預測隔天的天氣，準確率隨便估計也超過九成。既然他都這麼說了，這片藍天應該不是自然現象。

賽納克在頭盔底下呼出一口氣。

他沒聽老師說過操控天候的魔法，但最好認為這對那個魔導王來說輕而易舉。

賽納克沒有一個部下對魔法或各種異質力量擁有足夠知識，這讓他傷透腦筋。更正確來說，他以前太依賴雷文侯爵了。

雷文侯爵從冒險者身上取得知識，並彙整編纂成參考書。內容包括他們所知道的魔法道具的種類與形狀、魔物的種類與能力，以及魔法的種類等等。

至今這些知識，身為同盟者的賽納克也能拿來運用。然而如今雷文侯爵不在王都，參考書也沒了。

賽納克在其他貴族當中尋找像雷文侯爵一樣從冒險者身上獲得知識的人，但很遺憾地沒有這種人。並非因為其他貴族愚蠢，而是冒險者的生活對貴族們來說簡直是不同的世界。有貴族會試著拉攏冒險者，但那只是想依賴他們的力量，而不是想了解他們的社會與知識。

在王國兩百年的歷史當中，貴族一直是如此。就這層意義來說，雷文侯爵才是特異分子。

（引退的冒險者——而且還要祕銀以上的人，真有這麼容易找到嗎？）

他曾聽說冒險者大多厭惡政治相關的麻煩事，的確，政治領域與自由相差甚遠。這樣厭惡政治的冒險者，會在引退後來到自己身邊嗎？

賽納克不禁心情黯然。

「——王子。」

身旁騎士的聲音讓他回過神來，往道路前方一看——就在那裡。

看起來像個黑點，但的確是魔導國的使節團。

賽納克已經施加壓力，禁止今天任何人通過這條道路。也沒有人從背後大門來到這條道路，只有今天大門是關閉的。

「好，我再確認一遍。對方等同於國外貴賓，任何人企圖對魔導國的使節團做出任何行為都是重罪，立刻處以死刑。」

「是！」

排成一列的騎士們氣勢十足地回答，一齊發出拍打腰際佩劍的聲響。

「好！那就盡最大禮節，來場競爭雙方國威的戰爭吧！」

「是！」

一行人維持不動姿勢，直到使節團抵達。

不久，使節團的前導先抵達了。

這是個黑鎧騎士，騎在紅眼熠熠的漆黑獨角獸上。然而鎧甲底下恐怕並非人類，散發出的氣息有如縷縷熱氣般搖曳，讓人感受到生命危險。穿著的全身鎧（Full Plate Mail）更像有生命般脈動著。

賽納克感覺到自己底下的戰馬抖動了一下。

對方如鳥爪般的金屬手套放開轡繩，啪一聲拍打胸前。

「恕我騎著馬發言！我們是安茲．烏爾．恭魔導國的使節團！」

若要比喻的話，那聲音就像快要腐朽的弦樂器般刺耳。光聽就讓人害怕，受到不安所苦。賽納克為了揮開恐懼，高聲說道：

「我乃里．耶斯提傑王國第二王子賽納克．瓦爾雷歐．伊格納．萊兒．凡瑟芙！陛下已命我等帶領各位前往王宮，請各位隨我等來！」

「了解，那就聽從各位的帶領吧。我的名字是——請見諒，由於我沒有名字，因此請容我以種族名回答，我乃死亡騎兵（Death Cavalier）！」

聽到種族名三個字讓賽納克瞠目結舌，但不能遲了回答。

「可以呼喚你為騎兵閣下嗎？」

「再好不過了。」

「知道了，那麼首先，能否讓我在此向使節團團長閣下致意？我是第二王子，負責團長閣下在王宮內的行動，希望能現在就讓閣下記住我。」

「了解，我這就去請示團長閣下。」

「感激不盡。」

前導掉頭回去。

雖然已經有一堆地方讓人想吐槽，但對方可是那個魔導國。對於支配不死者、役使魔物的國家，最好別以為一般常識還能通用，期待使節團團長能長得像人類一點恐怕也太傻了。

「好了，繃緊神經，千萬不能失禮了。」

「是！」

聽了騎士們的回答，賽納克將力氣灌注進丹田。

使節團往王都而來的途中經過了幾個城市，因此他很清楚使節團的陣容。

馬車數量有五輛。

每一輛都是由馬型的可憎魔物拖拉，而護衛周圍的也是魔物。有很多死亡騎兵，但也有其他形狀的魔物。

他不知道這些魔物叫什麼名字，有多危險。但不管知不知道，己方要做的事都不會改變。來者是那個魔導王派出的使節團，絕不能有所失禮。

使節團靠近過來，從中走來一名死亡騎兵——應該就是剛才那個人。

「久等了，團長閣下——安茲．烏爾．恭魔導王的左右手雅兒貝德大人表示願意見您。賽納克閣下，請走這邊。」

賽納克做個手勢要周圍的騎士們留在原地待命，然後邁出腳步。

老實說他很害怕。

因為他要走在至今從未看過的魔物當中。

即使如此，他仍然有身為皇室成員的志氣。賽納克想必不久就會成為國王，今後勢必還會多次與魔導國使者相見，不能在對方面前丟臉。自己反而必須趁此機會好好表現，讓對方回去告訴魔導王里．耶斯提傑有著傑出人物。

賽納克一邊覺得滲出的汗水很不舒服，一邊下馬，站在馬車前。

「那麼，這位就是使節團團長，雅兒貝德大人。」

他振作起精神，不管出現多令人作嘔的怪物，都不能改變表情。

車門打開，一個身影慢慢下了馬車。

那是個——好美的女人。

不，賽納克是沒有更好的形容詞，只能說她是個絕世美女。

不可能有人的美貌能與拉娜相比。賽納克一直是這麼想的，但看來他錯了。兩人的差別，可以說相較於拉娜的月貌花容，雅兒貝德屬於陰柔的妖豔美女。

雅兒貝德踏上了馬車的台階，鞋跟發出的輕微聲響將賽納克拉回現實。

賽納克立刻下跪低頭。

雖說是外國使者，但貴為本國王子之人下跪或許有點難看。然而考慮到王國與魔導國的國力差距，這種行為是正確的。現在王國需要的不是什麼驕傲。

是實際利益。

「可以請您抬起頭來嗎？」

頭上傳來靜謐優美的嗓音。

「是！」

抬頭一看，美女正漾著沉靜笑容，低頭看著賽納克。

那是慣於管理部屬之人的態度——不，她是人嗎？

賽納克目光不動，悄悄觀察她。首先，長在腰上的羽翼是否為魔法道具？還有側頭部的犄角狀物體也是。

不管是魔法道具還是異種族，想到魔導國的國家性質，兩者都有可能。

「我叫雅兒貝德，以安茲．烏爾．恭魔導國的使者身分前來。雖然只有短短幾天，但仍請您多多關照——好了，請站起來吧，王子殿下，別這樣一直跪著。」

「感謝您。」

賽納克一邊站起來，一邊卻想「這下問題來了」。

即使面對面交談，對方仍然只說出雅兒貝德這個名字，大概表示她只有這個名字吧。

在王國——帝國也是——平民會有兩個名字，如果是貴族就是三個——加上稱號是四個。王族是四個——加上稱號是五個。

所以他們才會嘲笑只有四個名字的吉克尼夫．倫．法洛德．艾爾（・）尼克斯不是王族，但聽到雅兒貝德這個簡直像假名或通稱的名字，貴族們會不會對她做出蠢事？

他很希望自己是杞人憂天，但又不敢斷定。

這是因為很多貴族捐軀沙場，由於當家或是一家老小死傷慘重，很多家族都是讓備用品的備用品繼承家業。

稱之為備用品的備用品，也就是說當上貴族的盡是些不太受期待的人，既沒格調也無知識，因為沒受過那樣的教育。

本來應該由隸屬派系的上級人士教育這些人，但同樣是因為上一場戰爭，使得大家沒有這個餘裕。結果造成無能之輩被扔著不管，無能與無能集合起來，無能派系於焉誕生。

目前王國貴族的格調一口氣低落，在這種狀況下，他們能從容有禮地接納名叫雅兒貝德的女性嗎？

「……恕我失禮，該如何稱呼雅兒貝德大人呢？」

這問題問得有點勉強。

其實他是想問：「雅兒貝德大人擁有何種爵位，或是在魔導國位居何種地位？」但是這樣說，人家搞不好會說「你們這個國家怎麼連鄰國使者的地位都不知道」。

不過，這得怪魔導國。

這是因為魔導國完全不肯洩漏國內有什麼樣的人。建國已經幾個月了，幾乎都只是內部作業，這恐怕是他們的首次主動外交。

關於雅兒貝德，賽納克只有剛才聽說她是使節團的團長，也是魔導王的左右手，如此而已。

（帝國八成知道些什麼……但沒有傳來任何情報……也是，都能要求對方使用那種魔法了，大概真的很憎恨我國吧。）

雅兒貝德似乎看穿了他的迷惘，回答道：

「本人猥當大任，獲賜安茲．烏爾．恭魔導國的樓層守護者、領域守護者以及全體總管的地位。」

「哦，原來如此。」

賽納克雖說著原來如此，卻不知道總管指的是什麼，應該說他不懂樓層是什麼意思。對方似乎看出了他隱藏的困惑，接著說道：

「這麼說吧，我有幸擔任安茲大人——不，擔任恭魔導王陛下的次席，守護者總管的地位。」

「哦，原來是這樣啊！」

（聽說她與魔導王的關係親密到能稱其為安茲大人，看來是事實了。侯爵……不，是公爵嗎？這件事得盡早回去向眾人說明。不過她說守護者……總管？）

「那麼雅兒貝德大人，我先帶您前往王宮。我想將位於王城一隅的貴賓館做為各位逗留王都時的宿舍。父王——蘭布沙三世年事已高，只能在王城入口迎接各位，還請見諒。」

「沒關係。」

笑容完全沒有失色。

若是以一般關係來說，她應該要對王子表達謝意。她這種態度明確傳達了彼此的上下關係。

賽納克的背部冒著汗，因為他明白到要與對方建立友好關係很難。

「……此外，本來我國應該鳴鐘祝賀，但由於我國與貴國想法上的不幸差異造成了悲劇，使我方無法鳴鐘，還請見諒。此外我們並未告知民眾各位蒞臨，這點也希望您原諒。」

「當然沒關係。」

要是知道魔導國的使者來了，不知道民眾會做出什麼事來，因此他很感謝雅兒貝德如此回答。

（我應該當作欠了對方一個人情吧……）

對方看起來一點都不像是怕暴徒襲擊使者團，不只是剛才那個死亡騎兵，在場的人物恐怕都是魔導國首屈一指的強者。就算他們說每個人都能與葛傑夫·史托羅諾夫匹敵，他也能相信。

「那麼我也可以問些問題嗎？」

「是！只要是我能回答的，請儘管問。」

「首先可以告訴我到了王宮之後的預定行程嗎？」

「是！首先，今晚預定請您與我等王族進行宮廷晚宴。接著明天是舞台鑑賞會，明晚是召集王國貴族舉辦的自助式宴會。後天是宮廷樂團的音樂會——之後我們安排了外交交涉的時間。」

「原來如此……可以再安排個參觀王都的行程嗎？」

「當然可以，我們精挑細選了一批騎士保護您的安全。」是護衛，但也是監視與屏障。

「您有哪些感興趣的地點嗎？」

當天必須完全封鎖該地點，不讓平民靠近。

「不……沒有特別哪個地點。我不知道王國有哪些名勝，如果可以，希望能請各位擔任嚮導。」

「好的，那麼我會如此安排。」

雅兒貝德面帶笑容點頭。

3

菲利浦在這一個多月裡，一直覺得自己是王國前幾名的幸運兒。

他個人覺得搞不好是最幸運的，不過謙虛才是美德。況且說不定有哪個貴族比自己更幸運，所以還是收斂點才是聰明人。

（貴族——是吧。）

菲利浦抿緊差點笑出來的嘴角，拉整衣服的皺褶。

他是第二次參加貴族們的這種聚會，不過不愧是皇室主辦，鋪張程度絕非上次參加的宴會能比。

參加者身上的服飾也比上次更精緻耀眼，不知道一件衣服花了多少錢。

菲利浦看看自己不起眼的服裝，感到有點煩躁。

高階貴族們的穿著就是精美。

身穿華美服飾的貴婦們正在微笑，但那會不會是在嘲笑自己的窮酸打扮？他忍不住毫無根據地這樣想。偷看一下周圍，就覺得在場所有貴族好像都在取笑自己。

（都是沒錢害的。）

要是領地有錢，就能穿更好的衣服了。然而菲利浦的領地並不怎麼富庶，現在穿的這件衣服也是緊急拿哥哥穿過的修改而成，因此肩膀部分有點緊。

（沒錢是因為至今為止的每個統治者都昏庸無能，所以我這個次任統治者可要做得有聲有色。）

菲利浦生於貴族家庭，是三少爺。

就跟平民一樣，即使在貴族家庭裡，三男也不怎麼受歡迎。不管是多富裕的家族，過度分割財產都會失去力量。所以無論平民或貴族，基本上都會將全財產給長男繼承。

如果是富裕的貴族家庭，三男或許也能得到金錢支援等等獲得自立，有門路的貴族家庭說不定會將三男送出去當養子；但菲利浦家並非如此。

當長男迎接成年之時——病死的可能性減少時——三男就幾乎成了無用的存在。要不就是拿到一點錢被趕出家門，要不就是得到一棟破房子，像個農夫一樣幹活。菲利浦的人生應該只有這兩條路，但事情並沒有變成這樣，他還得以在如此華麗的社交場合初次亮相。

所以才說菲利浦是幸運的。

第一個幸運是次男——他的二哥在成年前患病而死。

本來在長兄——長男——成年時，次男就已經沒多少價值，再加上領地貧困，沒錢請神官。因此家裡以藥草為次男治療，但始終不見好轉，就這樣過世了。

如此菲利浦的立場就提昇到了備用品，價值從農夫上昇到管家。

這還不算稀奇。

菲利浦之所以覺得自己在王國是前幾名幸運兒，是因為後來發生了更幸運的事。

自己成年過了幾年後，就在兄長即將繼承父親的領地時，王國與帝國之間爆發了那場戰爭。若是按照往年慣例，應該只會以互相示威告終。就某種意義來說，這是一場正好讓兄長累積功勳的安全戰爭，他也是為了這個目的而出兵。

然而，兄長沒有回來。

他被魔導王的魔法波及，與同行的二十名農夫一同捐軀。

菲利浦忘不了自己接到這份死訊時的喜悅，不再是備用品的喜悅。

只是，遺體沒送回來，代代相傳的全身鎧沒回到家裡一事，讓菲利浦有點不高興。不過冷靜一想，就覺得這沒什麼大不了的，只要用領地的稅金做一件更好的鎧甲就行了。比起這種事，能夠繼承原本遙不可及的領主地位更讓他高興。

時機也剛剛好。

如果兄長是在繼承家業後才死，菲利浦這個當家頂多只能當到兄長的孩子長大。多謝他還沒繼承就死了，自己才能確定成為領主。

好像魔導王是為了菲利浦而這麼做的一樣。

為此，菲利浦甚至對從未謀面的魔導王產生了親近感，如果可以，真想把這份感謝傳達給魔導國使者。

不——

（對，我應該更進一步利用這份幸運。我正在走運，怎麼能錯失這個機會！）

菲利浦心中的怨氣熊熊燃燒。

他至今看著父親與兄長的所作所為，覺得他們真是蠢到家了。他總是想：為什麼不這樣做？這樣做明明可以獲得更多利潤。只是他從沒開口跟兄長們說過。

因為他知道就算說了，從中產生的利潤也不會分給自己，讓領地富庶的名譽也是。所以長久以來，他一直把經營領地的點子藏在心裡。

（我要讓近鄰的領主們知道我才適合當領主，讓大家知道父親瞎了眼才會讓兄長當繼承人。我要把高品質的麥子與蔬菜強賣給眾多商人——不對，該怎麼做？要是因為這樣而引人注目，我想出的劃時代創意被盜用怎麼辦？可是不賣就賺不了錢，我得找口風緊，值得信賴的商人——那傢伙不行。）

菲利浦想起御用商人那個男人的嘴臉，表情變得扭曲。

儘管在這樣華麗燦爛的會場，自己原本心情興奮，但想起御用商人的嘴臉，不愉快卻勝過了興奮。

（竟敢瞧不起我！現在我就忍忍，但我一定要在王都找到優秀商人，攆走那傢伙！我已經有門路了！）

菲利浦稱讚來王都才幾星期，卻已經漸漸建立人脈的自己，趕走不愉快的感受。

（真不愧是我，已經建立了這麼大的人脈。我一定要讓我的領地富庶起來，賺到大把金幣。我要讓瞧不起我的所有蠢蛋知道，他們是把誰當蠢蛋！）

菲利浦正在想像指日可待的光輝未來時，會場響起了男人的聲音：

「各位來賓！現在為各位介紹魔導國使節團團長雅兒貝德大人！」

演奏著沉靜曲調的樂團停止奏樂，本來在談笑的人們安靜下來。

一看，禮官站在門扉旁，似乎叫到了這次皇室主辦自助式宴會的主賓名字。

「雅兒貝德大人在魔導國被稱為魔導王陛下的左右手，身任相當於宰相職位的守護者總管地位，本次是獨自入場。」

菲利浦附近傳來女性小聲說：「哎呀，一個人嗎？」站在身旁看似富裕的貴族規勸著她：「不可無禮。」菲利浦露出有點不可思議的表情。

（一個人也不會怎樣吧？話說回來，竟由地位如此崇高之人擔任來使！魔導國對王國這麼有興趣？）

菲利浦想看看來者是個什麼樣的男人，眼睛看向禮官身旁的門扉。

「那麼歡迎使節團團長雅兒貝德大人入場！」

門扉打開，室內悄然無聲。

在那裡的是個美若天仙的女子，姣好容顏比菲利浦至今見過的農民、來到王都後前往的妓院的女子都要美。剛才見到的公主的確也很美，但菲利浦比較喜歡這一型的。

服裝也無可挑剔，白銀禮服配上金色髮飾，禮服的下半部覆蓋著黑色羽翼般的物體。反射著自上方飄落的魔法燈光，看起來就像她自己散發光彩。

菲利浦側眼看看剛才說話的女人，她像是愣住了，露出一副白痴相。

（怎麼，怎麼？連偉大貴族的女伴都露出這種表情啊，簡直跟四處可見的農民沒兩樣。）

菲利浦心中湧起了勝利情感，他本來就對魔導國有些親近感，來自該國的使者贏了，引起了他心中的喜悅。

「歡迎，雅兒貝德閣下。」

蘭布沙三世從座位站起來，迎接雅兒貝德。

「陛下，感謝您的邀請。」

看著雅兒貝德側臉的菲利浦，看到她臉上笑容滿面。

（真是難以言喻的美啊……）

「抱歉我年紀老邁，必須使用椅子。好了，王國的各位貴族。主賓已經蒞臨，今晚你們不用拘束。來，也請雅兒貝德閣下盡情享受。」

「謝謝陛下。」

雅兒貝德微笑著。

菲利浦瞄了一眼剛才那個女貴族，她正在說著「她沒低頭」等莫名其妙的話。菲利浦忘掉笨女人的胡言亂語，目光追著絕世美女。

她與拉娜公主親密說話的模樣，讓人想烙印在眼底。

（要是能把那種女人據為己有，那就太棒了……）

即使是菲利浦也知道這是很難的，但也覺得不無可能。

（只要讓領地富庶，自然會有貴族家族想把自己的女兒嫁給我。要是更富庶，當然會有更好的女人來。那個公主或那個使者，也不是一定不可能。）

菲利浦感覺到一股熱情從下腹部湧昇而上。

（高高在上的貴族似乎還會納妾……要是能同時享用那麼漂亮的兩個女人，那可是棒透了。）

雅兒貝德與拉娜。菲利浦交互看看兩人。

淫猥幻想差點就要膨脹起來，菲利浦急忙去拿飲料，再怎麼說也不能在這種場合鼓著褲襠。飲料滑落喉嚨的冰涼感，使他恢復冷靜。

（不過這冰塊是怎麼做的？應該是魔法吧，但是……）

在菲利浦的領地，頂多只有神官會用魔法。他們能治病療傷，但是會索取費用。如果要製作冰塊，應該會索取同等的金錢吧。

（既然待在我的領地，我應該叫他們免費為我治病療傷。區區領民還敢跟領主收錢，豈不是很奇怪嗎！）

菲利浦在心中記下對神官的這項要求，做為一項新政策。

等回到領地後要從哪裡著手？真令人期待。每一項好主意都將為自己帶來黃金的光輝。

（——哦？）

將視線轉回雅兒貝德那邊，就看到她一個人站著。

周圍雖然有一些貴族，但看起來就像不知該如何攀談。

（魔導國啊……王國今後會怎麼樣？）

他才不管王國以後會怎樣，但自己的領地若是出問題就傷腦筋了。

既然如此——

菲利浦為自己的想法背脊一震。

（——喂喂，不要有這麼危險的想法啦。可是……這招似乎還不錯……嗎？真是太強了……竟然能想到這麼厲害的點子……）

他看得見雅兒貝德有些寂寞的側臉。

（第三名不行，第二名也沒意義，就是要第一名才有意義。）

魔導國使者看起來像是因為沒人找自己講話而無地容身，菲利浦從書上知道女人最怕這種狀態。

（我得踏出一步，要下賭注才有報酬。要讓狀況產生變化，才有往上爬的機會。我是幸運兒，應該善加運用這份幸運。）

菲利浦家從很久以前就隸屬於一個派系，但順序從下面數比較快，他不覺得隸屬於那個派系有受到什麼恩惠。

菲利浦想起最近人家對他說過的話，某個削瘦的女主人說過：「不如由您發起一個新派系吧？」

菲利浦下定決心，將原本喝不完拿在手上的酒杯一仰而盡。

這跟家裡喝的那種摻水淡酒不同，燒灼著喉嚨與胃。如同受到腹部湧昇的熱量推動，菲利浦踏出腳步。

「雅兒貝德大人，方便打擾一下嗎？」

菲利浦上前搭話，雅兒貝德對他露出了笑容。

他的臉紅絕非起因自酒力。

「哎呀，初次見面——」

她皺起眉頭想了想，菲利浦馬上明白到她要的是什麼。

「我叫菲利浦。」

「咦？啊，菲利浦卿——不對，大人，很榮幸能見到您。」

「我才是，能見到雅兒貝德大人，是我無上的喜悅。」

菲利浦能感覺到周圍的氣氛起了些許變化。

視線稍微移動一下，看到就連遠遠旁觀的高階貴族們都一臉驚訝。

在這王室主辦的自助式宴會裡，此時自己受到所有人的矚目，這種實際感受真是愉悅的極致。

（我……我現在，正站在眾人的中心！）

坐冷板凳的自己，如今受到王國貴族——王國大人物們的注目。這麼一想，難以置信的興奮支配了菲利浦。

（沒錯！我就是菲利浦！看清楚了！看清楚今後將站在王國中心的人是什麼模樣！）

菲利浦拚命動腦，做出了一輩子一次的賭注。

那就是幾天後，想邀請雅兒貝德參加舞會。

●

「你這個笨蛋！」

這句怒罵對興奮的菲利浦潑了一桶冷水，但同時也具有一口氣點燃心中怒火的力量。怒火以菲利浦一輩子累積至今的燃料為糧食，熊熊燃燒。

菲利浦不屑地看著眼前滿頭白髮的男人。

「我讓你去不是為了做這種事！你這大笨蛋！」

將王宮自助式宴會上發生的事告訴了父親的菲利浦嘆了口氣。

「王室主辦的自助式宴會根本不可能寄請帖給我們家，我費盡心力弄到請帖，是為了安排機會讓你向伯爵與其他人士致謝——並且把你介紹給他們！」

像王室主辦的自助式宴會這種大場合，會有各種派系的人聚集。在這當中隸屬於自家派系的家族當家換人，是優先順序很低的話題。因此這種事不會受到太大重視，都是糊里糊塗就受到認可了。而一旦受到認可，之後就很難再挑毛病。

說穿了就是父親不信任菲利浦的能力，他是認為照一般方式將菲利浦介紹給派系的人會出問題，所以才這麼做。

菲利浦明白了這一點，拚命壓抑住不悅，臉上浮現假笑。

「不不，父親大人。請您別這麼激動，我是為我們家——」

「——什麼叫我們家！你的所作所為完全是專橫跋扈！」

什麼叫做專橫跋扈？菲利浦在心中不屑地說。只不過因為盡是些沒種付諸行動的膽小鬼，自己才會第一個行動而已啊。

整天顧慮那些無能之輩與膽小鬼，難道是要永遠滿足於這種卑微地位嗎？

「父親大人！請您稍微想想！雖然遠離主要道路，但我們的領地就在魔導國與王都之間。如果魔導國與王國之間爆發戰爭，不難想像會蒙受戰禍，因此我們應該與魔導國加深友好關係。」

「你……你這笨蛋！」

父親更加漲紅了臉怒吼：

「魔導國那些王八蛋可是殺害你哥哥的凶手啊！你竟然要跟那些人同流合汙！這豈不是背叛王國的行為嗎！」

那又怎樣？菲利浦心想。

如果魔導國比較強，就算背叛王國也不會怎樣，只要成為魔導國的屬臣就行了。弱者跟隨更強的強者有什麼不對，誰會責怪他們？

「你究竟在想什麼啊！」

菲利浦對自己父親的愚蠢感到厭煩。

他覺得要把這麼理所當然的事講出口很白痴，但看來還是非講不可。

「很簡單啊，父親大人。這是為了保護我──」

菲利浦把說到一半的「我的」吞回去。不久的將來就會是「我的」了，但目前還不完全屬於自己。

「——這是為了保護我們的領地，保護領民啊。魔導國強大無比，比王國更強盛。因此將來對手就算攻打過來也不奇怪，不是嗎？所以現在就要建立人脈，為到時候做準備。」

「唔！什麼人脈！這樣做周圍地區的領主們會怎麼想！」

「他們不敢在這種時局攻打過來的。」

即使在菲利浦的領地內，也有很多人死於那場戰爭，周邊領地內想必也是一樣。既然如此，不可能有人還有餘力攻進菲利浦的領地。

「你沒有其他想法了嗎？」

「啊？」

菲利浦不懂父親問這什麼意思，因而回問。

「所以我就說你的想法太膚淺了，只會妄想，就以為已經成真了。你這——」

「——還是適可而止吧。」

至今一直在父親身後靜靜待著的男人插嘴道。

他是長年侍奉父親的管家，屬於喜怒不形於色的那一型，菲利浦也很討厭這個男人。等自己做為當家的權力穩固了，他預定將這傢伙也攆出去。

聽管家這麼說，父親調整了一下呼吸。漲紅的臉頰漸漸轉淡，恢復成原本氣色不好的臉色。

「……呼，呼。菲利浦啊，我想問你。除此之外，你不擔心與周圍貴族為敵，會有其他問題嗎？」

「不會啊？」

父親變得垂頭喪氣，這種態度讓菲利浦既焦躁又不安。

難道自己忘了什麼嗎？可是他什麼也想不到。

「卡茲平原的戰爭當中死了很多年輕人，幾年內想必會出現各種問題。為此，我們必須從現在就跟周圍貴族建立互助關係。例如這個領地內生產糧食，那個領地內生產布料等等，大家必須互相幫助。沒有人的領地大到能在自己領地內生產所有物資，也沒那麼多錢。那麼在這種狀況下，你覺得誰會想跟與魔導國談條件的家族互相協助？」

菲利浦感覺到背後滲出冷汗，父親說的確實沒錯。

「你應該也知道吧？我們的領地內並沒有生產其他領地不可或缺的物資——也就是特產品。所以就算把我們排除在互助體制之外，對他們也沒有影響。」

菲利浦拚命動腦，自己可是很聰明的，隨便都能講到這個白痴父親無法回嘴。

「——所以才需要魔導國啊，父親大人。」

父親要他繼續說下去。

「只要跟魔導國建立關係，讓他們援助我們就行了。」

「……那你告訴我，如果你是魔導國的人——不，假設你是某個國家的國王，敵國的村莊請你送糧食等物資給他們，你會送嗎？」

「當然了，我一定會送。」

「——為什麼？」

「這還用說嗎，可以證明我是仁君，對不對？」

「除此之外呢？」

「……沒有其他特別理由了。」

父親微微張開了口，是在佩服自己嗎？可是反應好像有點奇怪。不，實際上菲利浦覺得魔導國應該也想要仁君的評價。尤其魔導國統治了前王國領土的耶・蘭提爾周邊地區。為了這些地區的民眾，他們一定很想裝好人。

「是嗎……你是這麼想的嗎。我大概也會提供援助吧，為了當成攻打敵國的藉口之一。我可以說自己是為了解放民不聊生的王國村莊，才對王國發動戰爭。」

「豈有此理，您疑心太重了。最重要的是，這種藉口怎麼可能被接受？」

「是嗎，你不這麼認為嗎。」

「更重要的是，如果有父親說的這種可能，那不是更該與魔導國加深關係？」

「你——」父親的表情像是愣住了。「你沒有身為王國貴族的驕傲嗎？」

「當然有，但是就算沒有，也總比毀家滅族好吧。」

「那些人擁戴的君王，可是用了令人作嘔的魔法，殘殺了你哥哥以及眾多王國人民的魔王喔？」

「那是戰爭啊，父親大人。死在劍下跟死在魔法下又有什麼不同？」

「……你為什麼這麼相信魔導國的國王？」

菲利浦並沒有相信他們，的確是有親近感，但更主要的原因是，他們可以用來創造自己的價值，只不過是提昇自己地位的棋子罷了。

（棋子！沒錯！對我而言王國人民眾所畏懼的魔導國之王，也不過是棋子罷了！）

菲利浦彷彿看到自己正在玩無比巨大的——國家等級的棋盤遊戲，而興奮不已。

（話雖如此，父親擔心得也的確有道理。但也不過就這點程度，一下就被我駁倒了……話雖如此，下次還是跟雅兒貝德閣下說一聲吧。）

「我對你已經無話可說了……在自助式宴會上有沒有向伯爵大人致謝，感謝他允許你成為當家？」

這件事最讓菲利浦無法接受。

憑什麼因為伯爵是派系領袖，自己就得跟個外人低頭？

決定下任當家屬於領主自治權的範圍內，跟伯爵無關。如果伯爵在兩個哥哥還在世時推薦身為三男的自己，結果讓自己當上領主，菲利浦或許會去道謝；但又不是這麼回事，菲利浦目前的地位全是來自幸運。

換句話說，他沒理由跟人低頭。

所以菲利浦根本沒去跟伯爵低頭，但如果這樣說，父親又要激動了。他是考慮到父親身體不好，才會撒這個謊：

「當然了。」

「是嗎？那就好。這樣的話還有挽回餘地，有問題時請伯爵提供協助就行了。」

就在菲利浦心想事情終於告一段落時，管家從父親背後插嘴：

「——還有一個問題，菲利浦大人一開始提到的問題尚未解決，菲利浦大人說邀請了魔導國的使者參加家裡主辦的舞會……您打算怎麼辦呢？」

「對了，菲利浦！你究竟在想什麼啊！我們家可沒有能開舞會的場地。」

地方領主在王都擁有宅邸。

這是為了讓領主旅居王都時居住，屋子很小。

當然，是沒有平民的家那麼小。雖然一年只會用到幾次，但至少要大到能證明做為貴族的力量，而且能讓同行的領民逗留。不過充其量只是大，並沒有打造能舉辦舞會的空間。

不過，這個問題已經解決了。

「不要緊的，在這個家裡的確是不能辦，但有人願意借我場地。」

「哦，難道是伯爵大人？」

看到父親稍稍轉愁為喜地問，菲利浦搖搖頭。

「不是的，是我在王都認識的人家，那戶人家的女主人說願意借我場地。實際上我回來之前去見過她，她說沒問題。」

「禮金方面呢？」

管家的詢問讓菲利浦在心中嘆氣。

他想：第一個問題怎麼會是這個？

「免費。」

「您說免費……有這種事？」

「就是有。」

菲利浦腦中浮現出女主人說過的話：「你看起來很有前途，所以我要對你投資。相對地，將來要加倍還給我喔。」

「我不覺得有這麼好的事……您是不是被騙了？」

菲利浦一陣惱火，但他知道管家備受父親信賴，目前還不能大聲罵他。

「我是欠了人家人情，但同時也想好了償還的辦法，這方面沒問題。」

「……那麼先不論會場，請帖呢，要請伯爵大人代發嗎？」

父親在說什麼啊，菲利浦在心中嘆息，就是要主辦才能提昇菲利浦家的名聲啊。都做這麼多事前準備了，幹嘛一定要把風頭讓給別人？

（這就是奴性嗎？真可悲……我可不想變成這樣。）

「不要緊的，我已經處理好，請借我會場的女主人發請帖。當然，貴賓名單由我負責挑選。」

「……不跟伯爵大人講一聲太失禮了吧，現在還不晚，你應該告訴伯爵大人請他幫忙。真要說起來，你知道你能請哪些貴族家族，而不至於失禮嗎？」

「某種程度上知道，而且這次我想請幾位特別嘉賓，名字已經聽女主人說過了。」

「你……」父親眼中浮現懷疑之色：「……你是不是被那個女主人操縱了？」

「父親大人！您這樣講也太失禮了吧！整件事是由我籌劃，由我實行！沒錯，我是請了人家幫忙。但女主人是聽了我的計畫，認為有好處——覺得我的計畫可行，才會支付相應的代價！而您從剛才就百般刁難，究竟是什麼意思！本來以您的立場，應該全面協助我這個次任當家才對！」

實際上正是如此，女主人說過「只要你能讓與我親近的幾位貴族參加這場舞會，我就幫助你」。是因為對方明確地要求利益，他才會請對方幫忙，才不是什麼被操縱。

女主人才不像握住父親鎖鏈的伯爵等人，只顧獨占利益，什麼都不給他們。

菲利浦很想告訴父親，他才是被操縱的那一方。

「……抱歉，不過，那個女主人叫什麼名字？」

菲利浦壓下怒火，對方奴性還沒完全消散，必須以寬大的心原諒他。

「她的名字叫希爾瑪·敘格那斯，您有聽過嗎？」

「不，我沒聽過。你呢？」

管家也搖搖頭。菲利浦因為自己比長年置身於貴族社會的父親更早認識這個名字，而感到心滿意足。

「伯爵大人的事，我也想問問她的意見。不跟她說一聲就拜託伯爵大人，說不定會有麻煩。父親大人，您還有什麼問題嗎？」

一臉疲憊的父親沒作聲。

雖然心有不滿，但菲利浦的計畫已經啟動了。再來只要邀請魔導國的使者雅兒貝德小姐蒞臨，再想想加強自己立場的方法即可。

4

豪華絢爛的會場在菲利浦的視野中鋪展開來，不輸給他記憶中的王宮會場——不，感覺甚至比那更棒。

他真想隨便抓個人來炫耀。沒錯，這個會場是交給希爾瑪準備的。但她曾經這樣問過菲利浦：「是要準備普通程度的舞會會場，還是無與倫比的高級會場？若是後者的話，這個人情債會很大。」菲利浦一聽，毫不猶豫地選了後者。

換句話說，這個會場是菲利浦欠下一大筆人情債而準備的——也就是他辛苦準備的會場。而他召集而來的眾多貴族，就在這會場裡。

太完美了。正因為如此，只有一件事讓菲利浦不愉快。

請帖要寄給誰——雖說多少借用了希爾瑪一點智慧——是自己決定的，也用自己家族的紋章做了封蠟。最重要的是，到場的所有人都是來見魔導國使者，而這個魔導國使者也是菲利浦找來的。

換句話說，對於自己這個主辦人兼大功臣，他們應該低頭致謝才對。他們必須感謝菲利浦邀請自己，並讚揚菲利浦勇敢地邀請了誰都不敢上前攀談的魔導國使者。

然而現實又是如何呢？

來到這裡的所有人第一個致意的對象都不是自己，而是希爾瑪，之後才好不容易來向自己致意。而且還是希爾瑪提到了菲利浦的名字，才終於知道要致意。要是希爾瑪沒提到他的名字，真不知道會變成怎樣。

由於菲利浦欠了希爾瑪一大人情，他必須忍耐希爾瑪比自己引人注目，但貴族們就只是讓他很不愉快。既然是貴族，照常理來想，應該知道第一個該跟誰致意。

（所以你們才會是廢物。嘖！也許接受希爾瑪的提議是做錯了。）

這次叫來的貴族們，是借用了希爾瑪的智慧挑選的名單。

挑選出來的，都是與魔導國交戰後成為新一代當家，或是不久即將成為當家的人，也就是說立場上跟菲利浦是一樣的。

之所以接受了希爾瑪的提議，是因為菲利浦以為這種人大多能跟自己感同身受。他認為當家維持不變的家族，很有可能像他的父親一樣對魔導國懷有惡感。

然而——

（全都是些無能之輩嗎？）

就在他眼前，剛剛抵達的客人又第一個跑去向希爾瑪致意。

菲利浦覺得自己搞砸了。

出不了頭的蠢蛋終究只是蠢蛋，所以才會弄錯第一個該致意的對象。應該說除此之外，他想不到其他可能性。

（……不，不過，就是這樣才好不是嗎？都是蠢蛋我才能掌握主導權吧，如果對方是個比我更聰明的貴族，我就當不了新派系的領導人了。況且很遺憾，我家還不是有力量的家族。）

這也是個機會，沒有第一個向自己致意是這些人的失態，菲利浦可以當作賣他們一個人情，將來有什麼狀況時再讓他們還就好。

菲利浦正在打如意算盤時，希爾瑪來到他的眼前。

真是個皮包骨的女人。

她病態地削瘦，看起來像生了重病。要是再長點肉應該會是個美女，但那已經是過去的事了。

「菲利浦大人，招待的賓客差不多都到了喲。」

「是嗎。」

也就是說所有人都把自己當第二。

面對刺激著自卑感的事實，菲利浦以為自己巧妙隱藏了情緒，但似乎被希爾瑪看穿了。

她輕聲一笑。

「您似乎很不滿意呢。」

「不，沒那種事。」

菲利浦微微一笑，他好歹也是個貴族，自認為還滿能把話藏在肚子裡。

「請您別這樣瞞我，我與菲利浦大人合作，是要從您身上嚐到甜頭，我們之間不該有祕密。」

這句話帶有阿諛諂媚的氣息。

就是這個。

菲利浦心裡一陣感動。

這才是貴族與平民之間的正確模樣。

他實際感受到，自己現在正坐在長久以來嚮往的立場，感覺至今的不悅漸漸消失得無影無蹤。

「您怎麼了嗎，菲利浦大人？」

「沒有……這個嘛，我並沒有不高興，只是有點不安。」

「是什麼樣的不安呢，有缺了什麼嗎？如果是這樣的話，我可以在使者閣下蒞臨之前準備好，如何？」

「不是這樣的。」菲利浦趾高氣昂地乾咳一聲，並回答她的問題：「來到這裡的人，我覺得好像都不怎麼優秀。我擔心就算召集這些人成立派系，或許也贏不過別派。」

「原來是這麼回事呀。」

希爾瑪臉上浮現笑容。

雖然因為骨瘦如柴而絲毫感覺不到肉慾，但仍然有種蠱惑的魅力，讓菲利浦喉嚨差點發出咕嘟一聲。

「正因為如此，只要由菲利浦大人來領導不就行了？請菲利浦大人想想您的領地，住在那裡的平民們都是些智者嗎？」

「不——」

「正因為如此，才需要由智者來當領導人，不是嗎？」

「對，沒錯，妳說得對。」

「我相信如果是菲利浦大人，一定能巧妙操縱派系的，我也會盡我所能協助您。」

「為了嚐到甜頭，對吧。」

「這是當然，我是確定能得到利益，才會幫助您的。」

希爾瑪微微一笑。

菲利浦心中的怒火已完全消失。

希爾瑪說得很對。

菲利浦感謝自己的幸運，讓自己有機會認識希爾瑪這名女性。

交際廣又有財力，還有王都內的門路等等，不只擁有菲利浦所沒有的許多優勢，而且清楚說出像這樣跟自己友好往來有好處可拿，這樣該付什麼報酬就很簡單，能夠放一百二十個心加以利用。

「只要妳幫助我，我會讓妳比任何女人都更富裕。」

希爾瑪似乎稍為睜大了眼睛，然後滿足地笑著：

「那真是太高興了，我早就想做一條貴族女士佩帶的那種大顆寶石項鍊了。請您多加油喔，菲利浦大人。」

「嗯，包在我身上……那麼我只有一個問題想問合作者閣下，可以嗎？」

「是，請說。」

「……妳為什麼這麼瘦，身體哪裡不好嗎？」

菲利浦之後還得繼續讓她幫忙，不然就傷腦筋了。如果是連神官都治不好的病，菲利浦得盡快找到代替她的人選，或是讓她介紹她的繼承人，不然就麻煩了。

「並不是身體哪裡出問題，只是……」

「聽說大戶人家的千金小姐會為了瘦身而做所謂的減肥，妳也是嗎？」

希爾瑪臉上浮現笑靨，那是菲利浦第一次看到的，難以言喻地，令人感到強烈不安的笑容。

「不是的，其實我不能吃固體食物。所以我只能攝取飲料，但因為攝取不了太多的量，以及一些其他原因……我如果生病了會請人使用治療魔法，所以這方面請您別擔心。」

很快地，她給人的感覺又恢復了原狀。

「直到從菲利浦大人身上嚐到夠多甜頭之前，我絕對不會死的。」

「呃，喔，這樣啊，那就好。可是……妳怎麼會變得不能吃固體食物呢？」

他只是隨口問問，但造成的結果卻非常大，情感似乎從希爾瑪的表情上脫落。

比剛才更大的變化讓菲利浦一陣焦急。

「呃，妳——您怎麼了？」

「啊，噢，失禮了，只是不小心想起了一些事。」

希爾瑪邊說邊按住嘴巴，臉色很糟。

「啊——真是抱歉，讓妳想起痛苦的回憶。」

究竟要經歷過什麼事，才會懷抱著不能吃固體食物的心理創傷？看她現在似乎擁有不小門路，過著奢侈的生活，但以前是否有過一段糲食粗餐的時期？菲利浦很想問，但恐怕不該問。

「菲利浦大人，我想差不多該請使者大人來場了。只要菲利浦大人護送她入場，大家一定都會對您另眼相看。比起千言萬語，這樣應該更能明確傳達誰才是這場舞會的主辦者——最有力量的人。」

「哦！差點忘了。」

她在王宮的自助式宴會是一個人現身，菲利浦本來以為那很正常，看來似乎並非如此。因為不知道太丟臉了，所以他假裝自己太迷糊，現在才終於注意到。

「大家一定會很驚訝，許多沒來跟菲利浦大人致意的人，必定會焦躁不安。」

菲利浦心中浮現出嗜虐的喜悅，聚集於此的貴族們當中，有人比自己地位更高，也有人領地比自己更大。這些人會用什麼表情排在自己面前？而且是過去吃家裡閒飯的自己面前——

「說得對，也不好讓她久等，我這就去請她。」

「那麼我讓人帶您走到半路。」

菲利浦讓希爾瑪叫來的服務生帶領著，前往魔導國使者雅兒貝德等待的房間。

他敲敲門，然後才開門。

房裡有位美貌過人的女子。

她身穿不同於王宮那件的漆黑禮服，露出的肩膀散發著白石光輝。脖子戴著大顆寶石排列成的項鍊，但毫不庸俗，只是為她的美貌起了小小錦上添花之效。

（真美……）

菲利浦不禁臉紅。

「──那麼我們走吧？」

「是，容我護送您前往會場。」

他執起戴著黑蕾絲手套的玉手，讓雅兒貝德站起來。

站到她身邊，就聞到一股怡人的芳香。這是什麼香水？香味令人心情快活。菲利浦產生一種想抽動鼻子多聞幾下的衝動，但實在不能那麼做。

兩人並肩走向會場，但始終沒有對話，讓氣氛有點沉重。菲利浦拚命思索有沒有什麼好話題，來到宴會會場的門扉附近，才好不容易想到話題。

「──會場裡聚集了眾多貴族，大家都很想見到雅兒貝德大人。」

這話題雖然唐突，但她立刻配合著回答：

「是這樣呀，感謝菲利浦大人的幫助。」

雅兒貝德對他露出親密的笑容。

菲利浦的心臟重重跳了一下。

照理來說應該不可能，但她會不會是對自己有點好感？

自己再過不久就會是大派系的首腦。魔導國雖然擁有壓倒群雄的武力，但畢竟是只有一座都市的國家。

這麼想來，自己或許條件相當不錯？

而且正好還沒娶妻。

「對了，雅兒貝德大人是否已有夫婿？」

雅兒貝德表情一愣，睜大眼睛。菲利浦看過她的溫柔笑靨好幾次，但這種表情還是第一次看到。

菲利浦知道自己問了個怪問題，覺得有點難為情。

「真是個獨特的問題，菲利浦大人。非常遺憾，我沒有良人，還是個寂寞單身之人。」

「這樣啊，我以為像雅兒貝德大人這樣美麗的女士，不用自己開口，多的是男士爭相求婚呢。」

「呵呵——很不可思議地，並沒有這樣的事。話雖如此，要是有也很傷腦筋，所以我也覺得慶幸就是了。」

「原來是這樣啊。」

菲利浦來到門前，將手繞上雅兒貝德的肩膀，將她摟向自己。

他聽見奇怪的「嘰嗤」一聲，為了找尋聲音來源而轉頭。

「……怎麼了嗎？」

面帶笑容的雅兒貝德一問，這點小疑問就從腦海中消失了。

「沒有，沒什麼，那麼容我領著您進會場。」

●

他們的眼中都看到了什麼？

對於這些穿金戴銀的貴族們是怎麼看這個舞台的，希爾瑪抱有些許興趣。

一流的料理、一流的服務、一流的用品、一流的音樂，以及三流以下的垃圾貴族們。

聚集於此的很多人都是米蟲或三男以下備用品的備用品，因為各種原因而出不了頭，心中懷著不滿的人。

看他們的臉就知道了。

很多人一臉獲得解脫的開朗神情，也有很多人被欲望之火焚身。

對於這些人來說，這個會場正能滿足自己的虛榮心。

然而，這裡本來應該是飼料場才對。

目前，王國的貴族社會正處於混亂當中。

即使經過了幾個月，與魔導國之戰造成的傷痕仍然很大，未曾治癒。幾個派系解散，新的派系誕生。原本居於高位的貴族家族，被下面的貴族取代。

目前王國的混亂，對於那些因為各種理由而無法加入派系的人來說是個大好機會。不，應該說這是最後機會。因為一旦派系再度整合起來，他們又會被趕到角落。所以這場聚會對他們來說，應該是個巨大的飼料場才對。

飢腸轆轆的魚群展開行動，欲將小魚吞進腹中。

對於這個狀況，小魚是否會無法察覺眼前對手的目的，而被一口吃掉？還是會察覺危機而巧妙游走？抑或是——有沒有哪個貴族能反過來咬住對手，貪婪吞食？

希爾瑪望著會場的動向幾十分鐘，結論是她可以斷定，這裡沒有一個稱得上一流，會讓她想全力拉攏的貴族。

不過，她並不失望。要是有哪個一流貴族若無其事地出現在這種危險的會場，那極有可能是間諜。

雖說寄送請帖時已經過濾了，但希爾瑪也不覺得能百分之百排除乾淨，一定已經有哪個派系的人潛入了會場。

那樣也很有意思，她想。

因為這樣能讓交出的報告書更有深度，提昇自己的價值，對她來說不是件壞事。

（好了，差不多是時候了吧？）

舞會開始已過了一個半小時，指定的時間到了。

希爾瑪真正的工作現在才要開始。

——好可怕。

方才的傲慢難以置信地逐漸消失。

用可怕這種溫和詞語不足以形容的恐懼從胃裡往上湧昇。一想到要是惹大人不高興，那個地獄或許又會等著自己，她就想卯足全力逃離這裡。當然她要是這麼做，就連那個都有如天堂的殘忍刑罰想必將會等著自己。

身為八指成員之一，她一直以來下過無數次殺人指示，有時還會命令手下要讓對方嚐盡痛苦再死。然而不管是哪次命令，比起那些怪物對待她的方式，簡直都是慈悲心腸了。

「——希爾瑪。」

背後有人出聲叫她，令她肩膀差點一震。

回頭一看，是會場內最愚蠢的男人。

「嗯，怎麼了？」

「沒有，菲利浦大人，沒什麼。」

希爾瑪將真心話藏在笑容底下，她氣自己竟然被這種廢物嚇到。

「雅兒貝德大人說想休息個十分鐘，正在找妳。」

「我看大人一直在和各位貴族談話，都沒休息，會累也是當然的呢。我明白了，那就由我帶大人前往休息室。」

「是嗎？那我也跟去吧。」

這人在說什麼啊，希爾瑪實在受不了他。不，還是說他察覺到什麼了？

希爾瑪懷著戒心，但繼續演戲：

「我想最好不要。」

「為什麼？我剛才一直待在雅兒貝德大人身邊，跟她一起去也不奇怪吧？」

希爾瑪確定這個男的是真的不懂。

換個說法就是白痴中的白痴，毫無身為貴族的禮儀與知識，是個無能之輩。

「一般來說，丈夫以外的男性陪伴女性去其他地方休息，會讓各位人士閒言閒語的。」

「喔——但我只是帶她過去，馬上就回來啊。」

「還是會讓人講閒話的。我明白您身為主人會擔心，但我也是提供會場之人，會將雅兒貝德大人平安帶到休息室的。」

「嗯……」

看他好像還想說什麼，希爾瑪等他繼續說下去。

其實希爾瑪很想叫他快說，但這個白痴好歹也是主辦人，態度不能太失禮。

「妳覺得我該怎麼做，才能跟她成婚？」

「啊？」希爾瑪聽到他的下一句話，一時忘了演戲。「咦，您說什麼？」

「我是說有什麼辦法讓我跟雅兒貝德大人結婚。」

「這傢伙是認真的嗎！」希爾瑪死命壓抑住想這樣大叫的心情，真沒想到這人可以白痴到這個地步。依照希爾瑪收集的情報，對方可是那魔導王的左右手——地位如同宰相。對這樣的貴人，鄰國的低級貴族實在不該說出這種話。

問希爾瑪怎樣才能跟拉娜公主結婚，她都不至於這麼驚愕。

「呃，我是覺得我有辦法召集這麼多貴族，再怎麼想也不比她差，妳覺得呢？」

希爾瑪不知不覺間，用力按住了自己的喉嚨。

即使知道那個不會沿著喉嚨滑下，深銘肺腑的心理創傷帶來的不安與恐懼，仍然讓她做出這種動作。

不，用心理創傷還不足以解釋。

女人看來毫無魅力的一個男人口出如此戲言，要是那位大人聽到，不知會作何感想。如果她的矛頭朝向菲利浦的話還無所謂，但要是朝向自己，那個黑色地獄也許會等著自己。

「我……我想這實在辦不到。聽說那位大人在魔導國相當於宰相地位，就算與王國的公爵等同視之也不為過。」

「可是，魔導國不是只有一座都市的國家嗎？」

「呃，不，不是這種問題……」

輕視魔導國的發言讓希爾瑪渾身起滿雞皮疙瘩。

的確即使將卡茲平原等地算進去，魔導國的領土也不算大，但他們的武力可是無人能及。就算在貿易或外交方面如何努力，國與國的關係終究還是以蠻力強弱決定。領土再怎麼大，一旦打輸就只能拱手讓人。

這個白痴連這都不懂，要怎麼講才能讓他接受？

希爾瑪左思右想，但想不出答案。因為常識與白痴是兩極的存在。

所以她只能拿出結論說服他：

「沒辦法，她絕不可能跟菲利浦大人結婚。」

「……我覺得我們之間氣氛還不錯啊，像我跟她一起走進會場時，看起來不是滿親密的？」

這傢伙當時站在那裡，是在想這種事？希爾瑪大吃一驚。

（不是在用態度強調「魔導國是自己的後盾」，拉攏客人們加入自己的派系？這傢伙真是白痴到極點了……拜託饒了我吧，不要刺激那位大人啊。）

希爾瑪感覺一股苦味從胃裡湧了上來。

同時她也產生一種心情，想讓這傢伙也嚐嚐流進胃裡的那種感覺。

「……話似乎講得有點久了，我會陪雅兒貝德大人去休息，請菲利浦大人留下來，以主辦人的身分讓大家盡興吧。」

「……既然如此也沒辦法了，雅兒貝德大人就拜託妳了。」

不用你說我也知道。希爾瑪沒說出口，輕輕低頭。然後她不想再聽更多蠢話，就一直線往雅兒貝德身邊走去。

雅兒貝德正在與一名貴族說話，平常希爾瑪會察言觀色，找個恰當的時機出聲，但她剛才被白痴搞得很累，於是馬上就向雅兒貝德說道：

「恕我冒昧，雅兒貝德大人，我想您差不多該休息一下了。」

「也是……恕我失禮，我想稍微休息一下。」

她讓雅兒貝德跟在後面，走出會場。

「呼……啊，真噁心。」

聽到背後傳來的聲音，希爾瑪轉頭看了看。她是在想如果雅兒貝德真的不舒服，自己該怎麼辦。

一看，她正在用手帕擦自己的肩膀。

雅兒貝德與希爾瑪四目相接。

「我被噁心的男人摸了啦。這世界上能帶著情慾碰我的，明明只有一位大人……臭王八蛋，那個沒智商的臭東西。」

希爾瑪聽見了咬牙切齒的嘰嘰聲。總是維持著溫柔笑靨的她表示出明顯的不悅，看來那男人真的令她反胃至極。

希爾瑪猶豫了，跟她講話不會有問題嗎，還是說這是在為懲罰做準備？

「……怎麼了？我們說說話吧。」

「好……好的……」希爾瑪內心嚇得魂飛魄散，開口道：「我能體會雅兒貝德大人的心情。」

「哎呀，既然如此……能不能把那個捨棄了，現在再換另一個人？」

「只要雅兒貝德大人有意，我立刻另外準備一個人偶。」

雅兒貝德啟唇，又合起來，重複了幾次這個動作。

看來這項提議真的很吸引她，令她不禁猶豫。

無論選擇哪一個，都只有地獄等著愚蠢的菲利浦，但希爾瑪只覺得他自作自受。

「呼……別放在心上，我只是抱怨兩句。他的愚昧程度在王宮的自助式宴會上，已經給了許多貴族深刻印象。從這層意義來說，換人好像也有點可惜……如果那人是想到這一切才這樣行動，那還滿有意思的，但我看不可能。」

希爾瑪想起剛才的對話，想起那個狂人胡說什麼要跟雅兒貝德結婚。

要是把那件事告訴雅兒貝德，不知道會有什麼後果。

希爾瑪怕得要命，絕對不敢告訴雅兒貝德。搞不好自己還會遭到池魚之殃。

「明明一事無成，卻自命不凡，真是個無可救藥的無能之輩。」

「就是啊，再過一陣子，我們就狠狠把他打落地面吧。竟然敢用髒手亂摸安茲大人的女人，我可得好好懲罰他才行。」

後來兩人都沒開口，也沒見到任何人，希爾瑪帶著雅兒貝德來到一個房間前面。

來到門前，希爾瑪恨不得能安心地一屁股跌坐在地。由自己一個人面對她——面對連亞達巴沃都心悅誠服的魔王的近臣，不知道磨損了她多少精神。但對方不可能准許她癱坐地面。

希爾瑪振作起全副心力，暗自決定等這件事結束了，要睡個一整天。

「就是這裡。」

希爾瑪打開房門後，坐在椅子上的男人們一齊站了起來，每個男人都跟希爾瑪一樣削瘦。

這些人是她的同僚，是八指各部門的五名首腦加上議長，總共六人。

換句話說，這些是她在這世界上最能信任的自己人。過去他們曾經互相爭鬥，但如今已經沒人這麼想了。既然大家都知道了亞達巴沃與魔導國的關係，就是坐在同一條船上。他們必須一起做牛做馬，直到這個國家被吞沒，獲得解放之時。

這些甚至讓希爾瑪感到親密的同伴們，一看到恐懼（雅兒貝德）的化身到來，全都壓低了頭行禮，隱藏不住的懼意顯現在顫抖的肩膀上。

雅兒貝德讓希爾瑪關上門，在放在房間上座，最昂貴的椅子上坐下。男人們與希爾瑪都不敢坐，維持立正不動的姿勢，等著她發號施令。

「好了，我要給你們命令。首先，我要你們將各種物資運進魔導國。」

「遵命，我很樂意獻給大人。」

走私長毫不遲疑地回答，不可能有所遲疑。當他們被叫到這裡時，對於所有一切命令都只能回答「遵命」。

身為走私長的他在亞達巴沃騷亂中被奪走許多物資，失去了對商人公會等組織的影響力，但地位仍然無可撼動。這是因為他在與參加魔導國戰爭的貴族做生意時，徹底堅持即時付現。或許該說如今答應事後付款的商人們苦不堪言，才會讓他的權力再度浮上表面。

「不是這樣，我要你以適當價格賣給我們。然後用賺來的錢買進糧食，為王國即將面臨的糧食危機做準備。王國軍沒能運走的大量糧食——不，就進行糧食的期貨交易吧。安茲大人已經為這件事開始推動糧食的大量生產了。」

如今王國失去了大量勞動力，她所說的情形將來必然發生。

「遵命，我立刻讓商人們前往。」

「特別需要的是這些東西，讓第一批人好好帶著。」

走私長恭敬地接下扔在桌上的紙。

「是！」

「還有，關於魔法道具的情報怎麼樣了？」

另一個人像被電到般動起來。

「非常抱歉！」

他彎下腰，把額頭狠狠撞在桌上，發出的聲音大得驚人。

「我已經派手下潛入魔法師工會，正在詳細調查！請再給我一點時間——不，如果有需要，我可以立刻提供中間報告！」

「那沒關係，你盡快行動。再來嘛，對了，你們的新同僚人選決定了嗎？決定的話，我得把他帶回去進行洗禮才行。」

所謂的同僚，指的是填補空缺的八指新部門長。

希爾瑪想起洗禮指的是何種行為，忍住反胃感。同伴們雖然拚命壓抑表情，但也都是同一副表情。

那種惡魔的洗禮能令人心志頹喪，完全失去敵對念頭。如果有人叫在場的所有人再去受一次那種洗禮，他們絕對會像小孩一樣大哭大叫。

「很遺憾，還沒決定。」

議長開口了。

這是實話，同時也是謊話。

這是因為再找個新人來當頭子也沒意義。空出的位子是警備長與奴隸買賣長，以後者來說，現在幾乎沒人在做奴隸生意，就算新安排個負責人也沒太大好處；前者更是令人懷疑有沒有存在意義。再說──

「向大人借用的各位人士非常優秀，或許可以由他們來擔任部門長。」

魔導國向他們提供了不死者，而且每個都具有難以置信的力量。

聽到六臂已死，出現了一些以工作者出身為主的冒失鬼，於是他們派不死者過去；結果才一隻就殺掉了將近四十人，沒讓任何一個人逃走。

另外還有一個好笑的理由，就是在場所有人都不願有人跟自己遭到同樣的命運。指示殺人從不為所動的黑社會支配者們竟然袒護他人，不希望有人跟自己一樣嚐受那種絕望滋味。

「……我知道了，只要不會影響組織運作，這樣也行。那麼，你們有沒有什麼想拜託我們的？」

「恕我斗膽，骷髏們在我向大人借用權利的礦山做出了相當好的成果。因此，希望能讓我再借用他們一陣子。」

「嗯，當然好。只要支付適當金額，就可以繼續租借。」

「多謝大人。」

開口說話的男人用手帕擦拭額上汗水，手帕溼到都變色了。

魔導國的可怕之處，在於恩威並濟。

他們不是恃強欺弱，搶走弱者手中的一切，而是有如精明商人般談生意，而且遵守規定。事實上只要不表示出叛心，他們甚至會給人一種受到強大存在保護的安心感。當然像這樣站在自己面前時，還是會害怕得想逃走就是。

「好了，我之所以直接來見你們，理由不用說也知道。我想應該跟你們說過了，為了將來讓魔導國吞併王國，你們必須全面配合。為此，你們在一般社會也得穩定扎根。」

「遵命！」

所有人急忙低頭行禮。

他們不可能反對魔導國吞併王國，既然那些怪物如此斷言，那就只是時間早晚問題，是必然的結果。

起初也有人提過請蒼薔薇、朱紅露滴或漆黑前來救援，但當他們聽說魔導王的力量無人能及，連亞達巴沃都是他的部下，就知道已經沒有任何希望了。他們只能俯首稱臣，等待最後的時刻到來。

「對了對了──」

希爾瑪與其他成員都肩膀一震。

「我忘了講一件事，希望用你們的情報網絡幫我找個魔法道具。然後定期把結果寫在羊皮紙上，寄給魔導國的雅兒貝德。只不過關於它的外觀等等，我沒有任何情報就是了。」

「……那是個什麼樣的道具呢？」

「是能夠控制對方精神的道具。」

「控制精神……是不是魅惑等魔法的短杖呢？」

「不，我想是更強力的道具。我希望你們打聽的，是一般市場不會流通的傳說級道具。不管任何芝麻小事都要告訴我，知道嗎？」

精神控制具有非常可怕的效果。

他們心想雅兒貝德會提高警戒也是理所當然，立刻表示了解。

「公……公主殿下。」

女僕態度慌張地進了房間。

連門都不敲，態度實在不可取，但這也證明了她的確相當慌張。

拉娜立刻猜出發生了什麼事，但是在女僕面前，拉娜是個天真無邪的小公主。她用符合這種角色的表情與傻氣態度問道：

「怎麼了嗎？」

女僕的外眼角動了一下。

大概是心中湧起了憤怒情緒吧，很可能是因為自己這麼慌亂，這個小公主卻一愣一愣的關係。

拉娜悠哉地把茶杯放回小碟子上。

以輕敲的聲響為契機，女僕動了起來。

「那……那……那個——」

「好的，不要緊的。冷靜下來，做個深呼吸。」

女僕聽從拉娜所言，重複做幾個深呼吸，讓喘吁吁的呼吸恢復平順。看到她稍微恢復平靜，拉娜才問道：「怎麼了，又有惡魔出現了嗎？」

「不……不是的。魔導國的使者閣下表示想晉見拉娜大人！」

「對方是女性嗎？」

「是的，是位非常美麗的女性。」

魔導國就只有這麼一位使者，拉娜這樣問應該很奇怪。她本來是故意說錯，想讓女僕覺得「這人在說什麼啊」，但女僕心都亂了，回答得很認真。

拉娜心想：「好吧，無所謂。」這種小細節累積起來，會帶來可供利用的評價，一切都是布局。

近旁待命的克萊姆，鎧甲發出了摩擦聲。

也許他是偏了偏頭吧。

想到可愛小狗的天真行動，拉娜胸中湧起慈愛之情。

拉娜猜想，克萊姆一定是不明白使者為何要來找拉娜。拉娜與使者已經互相致過意，克萊姆也看到了。所以他應該不覺得使者特地找只是個花瓶的第三公主說話，能為魔導國帶來什麼好處吧。

拉娜在心中溫柔微笑。

愈笨的孩子愈可愛的確是事實。不對，嚴格來說應該是情人眼裡出西施吧。大概兩個都對。

因為如果是克萊姆以外的人這樣做，拉娜心中湧現的就不是這種情感了。

拉娜巴不得能一直看著克萊姆閃閃發亮的眼神，但現在必須忍耐，直到她用甜蜜的糖衣將克萊姆包裹起來那瞬間。

「雅兒貝德大人究竟為什麼要來見我呢？」

重要的是要偏偏頭，經過幾次實驗，拉娜知道這樣會讓心急的人產生反感。

事實上，女僕眼中的確搖曳著微微火光。

是怒火。同時，克萊姆的鎧甲再度發出細微聲響。

大概是察覺到女僕的情緒，心裡有點意見吧。但聲音馬上就停了，一定是又恢復了不動的姿勢。

真可愛。

就像猶豫著該不該上前保護主人的小狗。

克萊姆大概是判斷如果拉娜沒發現，就不要行動比較好吧。他一定是想：女僕是家世顯赫的貴族千金，要是出身不明的自己說些什麼，女僕搞不好會跟父母告狀，結果給拉娜造成困擾。

信賴拉娜的他，想必心中正在流淚：要是我的家世好一點，哪裡會讓女僕這麼放肆。
拉娜強壓住想看站在背後的克萊姆的欲望，因為礙事的女僕開口了：
「這我也不知道，對方只說想見您。」
「這樣啊……雅兒貝德大人也是位女性，或許有些女人家的事想聊聊吧……會不會是化妝的話題呢？」
她天真無邪地——應該說像個白痴似的問道。
「這我無從知道，那麼我可以帶使者閣下過來嗎？」
「當然了！」
拉娜裝出開心的模樣回答後，轉向克萊姆那邊：
「呃，克萊姆。不好意思，我們兩個女人有話要講，可以請你離開房間嗎？」
「遵命。」
雖然有點遺憾，但沒辦法。克萊姆不用知道任何困難的事，只要用那雙清澈的眼睛看著自己就行了。
雅兒貝德走進房間時，裡面只有一人。
雅兒貝德來到王都有四個目的。

第一是讓人運送物資，第二是製造引發戰爭的契機，第三是為個人目的布局，而第四是與這個房間的主人做交易。

不，交易這個說法不太對，應該稱之為賞賜。

雅兒貝德沒徵求房間主人的同意就橫越房間，坐在放著的椅子上。

然後對屈膝跪在自己跟前，低垂著頭的少女開口道：

「抬起頭來。」

「——是。」

名為拉娜的少女抬起了頭。

「妳做得非常好。」

「謝謝雅兒貝德大人。」

「哎呀——」

她與至今見面時截然不同的反應，大大刺激了雅兒貝德的興趣。

這才是迪米烏哥斯談到的拉娜。

即使背叛了自己的家人、血統與子民，表情仍沒有後悔之色。這個存在似人非人，應該稱之為精神異類。她的頭腦應該能理解善與惡，但純粹只是理解，屬於不受善惡觀念束縛，能平靜自若地達到自己目的的類型。

「……安茲大人讚賞妳的功勞，命我帶來獎賞。」

雅兒貝德從空間當中取出她的主人交給她保管的道具。

小盒子施加了好幾層封印，除非滿足特定條件，否則盒子絕對打不開。

「這就是……」

少女滿懷感激地接過盒子，雅兒貝德用研究者看白老鼠的冰冷目光看著她。

她正是一隻實驗白老鼠，所以雙方的利害關係才會一致。

「謝謝大人，也請您向安茲．烏爾．恭大人傳達我的謝意。」

「我答應妳，關於妳想要的另一個東西，不用我多說了吧？」

「當然，等我支付了合理的代價時，只要大人能慈悲待我，就是我無上的喜悅了。」

少女微笑著。

那笑容相當可愛。

所以雅兒貝德問她：

「……只要打開那個盒子，妳的心願就會實現，但妳能打開它嗎？」

雅兒貝德竟然會擔心人類，要是讓納薩力克的成員們知道了，他們不知會怎麼想。然而，當她的心願實現之時，已經安排賜予她與領域守護者同等的地位。多少擔心一下將來的部下候補，也不會遭天譴吧。

「是，雅兒貝德大人，我已經在做準備了。」

「是嗎？那麼在我們進攻之前，妳得做好一切準備。」

「遵命，偉大的貴人。」

雅兒貝德的目光從再度低頭的少女轉向她的影子。

潛伏在那裡的暗影惡魔滑溜般現身，跟少女一樣低頭行禮。

雅兒貝德本來在想也許該給點追加兵力，但又把話吞了回去。

如果在魔導國進攻王國之前，這個少女的所作所為曝光了，那也只不過表示沒有將她拉攏進納薩力克的價值。

說起來，這等於是一項測試。

「那麼嚴肅話題就到此為止吧。」

雅兒貝德的語氣變了，拉娜露出不解的表情。

「現在離開還太早了，我們聊聊——來話家常好了。來，坐吧，跟我聊聊妳的小狗狗好嗎？」

她露出滿面的笑容迎向雅兒貝德。

「樂意之至，雅兒貝德大人。還有，如果可以的話，能否也請您跟我說說安茲・烏爾・恭大人的事呢？」

過場

在斯連教國的最深處。

很少有人獲准進入這個神聖不可侵犯的房間。

首先是位居斯連教國最高地位之人——最高神官長。

接著是身為六尊神——六個宗派最高負責人的六位神官長。順便一提，次任最高神官長會從這些成員當中——從目前最高神官長在籍宗派以外的五人當中選出。

火神官長——貝妮絲．納格亞．桑蒂尼。

她是這場集會當中唯一的女性，年過半百，也許是年紀關係，體型豐滿。胖臉洋溢著慈母的笑靨，讓見者為之安心。

水神官長——席內丁．德蘭．圭爾菲。

這是位老樹枯柴般的老人，臉龐老化到看不出年紀，肌膚已呈現土色。雖然看了讓人擔心他的健康，但知識與智慧方面卻無人能比。

風神官長——多明尼克・伊雷・白多士。

此人雖一副溫厚老者的外型，但過去隸屬於陽光聖典，曾消滅過無數異種族。據說其憤怒有如烈火，殺意如同冰雪。

土神官長——雷蒙・札克・洛朗桑。

他是個眼神犀利的男子，在成員中最為年輕。雖說如此，但也四十多了，然而精力充沛，不讓人感覺到年紀。過去隸屬於漆黑聖典，是個征戰沙場十五年以上的護國英雄。

光神官長——伊翁・加斯納・德拉克羅瓦。

眼角修長加上瘦骨嶙峋，看起來極為陰險，但在場所有人都知道這並非事實。此人做為信仰系魔法使用者的能力，在這場集會中數一數二。

闇神官長——馬克西米利安・奧力歐・拉居耶。

這人利用改良「漂浮板(Floating Board)」而成的魔法，讓好幾本書漂浮在自己身邊，是個戴著圓框眼鏡的男人。這位神官長由於原本是司法機構出身，書籍很多都與法律相關。

這七位再加上教國司法、立法、行政機構的三位長官，一手包辦魔法開發等事宜的研究機構長官，以及軍事機構的最高負責人大元帥。

總共十二名成員組成的這場集會，正是教國的最高執行機構。

他們齊步走進房間，使用手上的清掃用具開始打掃房間。有人用撢子撢掉灰塵，有人負責乾擦，有人負責溼擦，有人用魔法道具吸掉灰塵。其動作乾淨俐落，熟練地清掃房間。

這些人雖然立於人口超過一千五百萬人的斯連教國之頂點，卻沒有任何人偷懶，滿頭大汗，讓塵埃弄髒他們乾淨漂亮的長袍，一直打掃到不留一點髒汙。

等房間打掃完畢後，本來就很乾淨的房間，如今更是光亮潔淨。

所有人也不擦掉額上汗水，排成一列，對佇立於房間前方，彷彿看顧著眾人的六尊雕像深深鞠躬。

「感謝神今天仍讓我們人類存續生命。」

跟在最高神官長後面，全體成員整齊劃一地唱和：

「感謝神。」

他們抬起深深壓低的頭，開始把清掃用具整理到房間角落，然後發動「清潔（Clean）」魔法，消除自己衣服與清掃用具的髒汙，連擦過汗水的毛巾也散發出剛洗好的氣味。

這種魔法屬於第一位階魔法，一用就能瞬間消除所有髒汙與灰塵，擴大範圍使用就能輕鬆清潔整個房間。但在他們當中，沒有任何會做這種事的不信神者。

最後他們將自己也清潔乾淨，到圓桌坐下。

教國地位最崇高的最高神官長也一樣。

坐在這桌旁的人，在這裡一律平等。不分上下，互相幫助，都是自己人。對，為了人類的繁榮。

「那麼會議現在開始。」

擔任今天會議司儀的，是土神官長雷蒙．札克．洛朗桑。

「第一項議題，是關於占領王國的要塞都市耶．蘭提爾，兩週前以該地為中心建國的安茲．烏爾．恭魔導國。」

沒有哪個議題比突然建國的謎樣國家更重要。

只是，知道詳細情形的人很少，得到的情報也只是流言蜚語。

首先魔導王是不死者，且是強大的魔法吟唱者，他毀滅了王國軍，役使數量龐大的不死者做為軍隊，而役使的不死者當中有一隻死亡騎士，諸如此類。

關於這些的詳細情報，指揮六色聖典，擔任本日司儀的雷蒙將會提出報告。

有人輕聲說了：

「當初還是該介入戰爭而非默認，不是嗎？」

「……這是什麼話，當時不是有人提出意見，說與支配死亡騎士的魔法吟唱者正面為敵太危險了，大家不也同意？你那時好像持反對意見，但別再翻舊帳了……不過，沒想到竟然真的建國了。」

所有人都點頭。

「帝國打算如何行動？他們以魔導國的同盟國身分結盟支援建國，是不是完全成了魔導國的走狗，還是被魔法操縱了？」

「不可能，帝國有帕拉戴恩在。」

「那麼我們以為那個皇帝可以信賴，是我們看走眼了？」

「……比起這個，那皇帝沒能善用少數偏常者之一才是問題。是不是可以開始實行將那人拉進我方陣營的計畫了？」

「好了——」

傳來「啪」一下拍手聲，逐漸昇溫的現場氣氛這才冷卻下來。

「——漆黑聖典『占星千里』監視了帝國與王國的戰爭。然而由於諸般問題，報告晚了點，請各位見諒。」

大家心裡都想：所謂的諸般問題，指的八成是她突然躲在房間裡，好一段時日不肯出來的那件怪事吧。

「首先，我現在將她目睹到的內容的紙張傳給大家。上面寫的都不是之後才查明的事情，完全是她看到戰場上魔導王的軍勢後口述而成。」

大家雖然覺得真是多費工夫，但沒說出口，接過紙張的人依序開始閱讀幾張紙。

幾個人翻到最後一張紙，手停住了，把同一個部分重看了好幾遍。

所有人的表情不約而同地逐漸僵硬，臉色也越來越糟。

雷蒙笑著旁觀這種變化，那是只有嘗過同樣痛苦之人才有的，充滿連帶感的表情。

不久，馬克西米利安彷彿代表所有人般叫了起來。他因為嘴巴張得太大，圓框眼鏡都滑落了，但他看起來甚至無暇去在意。

「胡扯！竟然有這種事……怎麼可能！」

「我剛才也說過，這些紙張如實記載了她口述的內容。」

雷蒙平靜如常的應對口氣，讓馬克西米利安為之語塞。

馬克西米利安正在調適彷彿全速奔跑過的紊亂呼吸時，貝妮絲向同僚詢問確認：

「可以再問一遍嗎，你說這是事實？」

「只要你們信得過『占星千里』說的話。」

所有人一臉苦澀，目光再度落到手中紙上。

他們所有人看到一半停下來的段落，寫著魔導王的軍勢。

「死亡騎士數百——最低兩百。噬魂魔（Soul Eater）數百——最低三百……是嗎。這支軍勢……可不是一句危險了結喔……？一旦這些魔物暴動起來，王國、帝國、城邦聯盟與聖王國都將覆滅。」

「……我們也一樣，要是這種魔物大軍壓境，恐怕要花數百年以上的時間，才能從戰災中振作起來。」

死亡騎士，推測難度一百以上。他能製造出隨從殭屍，再由這些隨從做出更多殭屍。殭屍本身可謂毫無戰鬥力，但可能引發更強殭屍的自然誕生。

噬魂魔，推測難度一百到一百五十。這種不死者具有周圍擴散型的能力，會藉此殺害生者並吞噬其靈魂，而且能力會隨著吞噬的靈魂數量而增強。不只如此，他還能散播令人產生恐懼的靈氣。除非至少能使用第三位階的魔法，否則連正面對抗這種魔物都有困難。

這兩種不死者光是一隻就能毀滅都市，甚至能讓小國滅亡。

「是不是她看錯了？或是魔導王注意到我方的監視，其實沒有這麼多魔物，只是以幻術等伎倆迷惑了我方……」

伊翁豎直一根枯枝般的手指，道出了可能性。

「哦！」有人出聲認為有可能，但雷蒙立刻加以否定。

「漆黑聖典學過各種魔物的知識。的確，他們不見得全都記得住，但她——『占星千里』在該部門除了監視，也負責知識方面，不可能看錯。不只如此，在魔導國的首都——前耶．蘭提爾也已經確認到了死亡騎士與噬魂魔的存在。」

眾人之間傳出好幾道疲憊不堪的嘆息。

不得不承認的事實擺在眼前，這些人開始以充滿疲勞感的聲音交頭接耳：

「怎麼辦？身為人類守護者的我們，該採取的最佳手段是什麼？面對一隻就能攻下一個國家的五百隻怪物，你們覺得該怎麼做？」

「換算成兵力相當於五百個小國……太扯了吧！這國家的國力平衡簡直嚴重崩潰。」

「問題在於魔導王要用這份兵力做什麼？如果只是用做防衛力量，暫且還不會有問題。」

「說什麼傻話，那個遠遠超出了自國的防衛戰力範圍。首先，魔導王可是憎恨生者的不死者，想必會用這份力量攻打鄰近諸國。」

「思考魔導王會如何運用這份兵力也沒有意義，現在應該摸索對策才是。」

「說得有理。」議論方向產生了些許改變。

「那麼……最重要的是漆黑聖典能不能加以應對。」

漆黑聖典是斯連教國最強的殺手鐧，是一群英雄組成的特種部隊。他們有點類似精鋼級冒險者，但有著決定性的差異：冒險者進行了宛如英雄譚當中描述的探索之旅，才好不容易獲得諸神遺留下來的武具，漆黑聖典的成員們卻每個人都擁有一件以上。

假設……他們打不贏，再來就只能以大儀式召喚最高階天使，痛擊對手。

如果是最高階天使的話，想必不會輸給死亡騎士與噬魂魔。只是考慮到對手的數量，仍令人十分不安。

所有人的目光朝向雷蒙。

他輕輕一笑，那笑容讓一些人差點回以笑容，但他的下一句話令這些人凍住：

「不可能，容我以前漆黑聖典第三席次的身分說一句，對付五百隻那種魔物根本是瘋子的戲言。當對方數量超過漆黑聖典人數時，就已經毫無希望了。不對，要不是這樣，『占星千里』也不會對未來感到悲觀，把自己關在房間裡了。不過……」

笑容的種類變了。

「神人就另當別論。」

眾人之間傳出「哦」的歡呼聲。

「如果是那兩人的話，即使死亡騎士與噬魂魔的軍隊進犯我國，也必定能輕鬆對應。當然為了以防萬一，還是要做好十全的後援準備就是。」

「有那兩人在就不用愁了。」

「那真是讓人放心。」

現場歡呼四起時，席內丁「唉……」地嘆了口氣。注意到他那凝重而疲倦的氛圍，所有人的音量都降低了。

「……你隱瞞了什麼？」

「席內丁大老，您指什麼？」

「誠然，法律並未禁止在此處做偽證、謊詐或隱瞞事實。然而我們是畢力同心的同志，應該已暗自將虛偽定為一種大罪。基於這個認知，我再問一遍：你隱瞞了什麼？」

「席內丁大老，您究竟在說什麼呢，您怎麼會這麼想呢？」

「多明尼克啊，我有一個疑問：占星千里為何會閉門不出？」

知道誰都無法回答後，他繼續說：

「大概是陷入悲觀而閉門不出，或是受了打擊吧，也或者是被不死者大軍嚇到了。但是，她好歹也是漆黑聖典，會因為這點程度就閉門不出嗎？……她是看到了連神人都無法戰勝的力量。這份報告書不是這樣就結束了吧？」

眾人的視線在雷蒙與席內丁之間飄移。

「……你瞞著大家想怎麼樣？我相信你，知道你不會只為了私人目的而利用聖典，但是有什麼事不能在這裡說出來呢？」

「太厲害了，不愧是席內丁大老。我本來是想先尋找可能性……但既然如此，我就告訴大家吧。畢竟我一個人放在心裡只會胃痛，若能在此與各位分享，那是再好不過了。」

雷蒙環顧齊聚一堂的各位成員：

「關於王國與帝國——不對，關於魔導國之戰，各位聽說了多少？」

最高神官長代表眾人開口：

「只聽聞魔導王使用了強大魔法，導致王國軍瓦解敗北。結果王國如同開戰前所說，將耶・蘭提爾讓渡給對方，魔導王因此建國。」

「死者人數呢？」

被雷蒙一問，最高神官長搖搖頭：

「這就沒聽說了。連我都沒收到報告，各位應該也是一樣吧？」

「是的，正是如此。自從耶・蘭提爾成了推戴不死者為領袖的魔導國都市，神官與商人們都不再前往該地，因此只收到一些真假不明的風聲。」

「這就該由聖典——這個情形比起風花，應該由水明聖典出面吧？」

「正是，因此身為六色聖典整合者的你才能得到這類情報，我們只能得到些間接耳聞的消息。」

「……是嗎，那麼接下來我將『占星千里』看到的完整戰況寫成的紙張交給各位。」

看完交到手中的紙張，房間裡只有絕望的沉默。

最後也許是覺得這樣下去不是辦法，伊翁輕聲向他問道：

「原來如此，原來如此……你起初沒讓我們看這個，是怕我們心臟嚇停吧？」

「沒那種事，各位大人的心臟都是鐵打的。只是我擔心一開始就把這個拿給各位，大家也無法置信。」

伊翁勉強點點頭。

「的確，縱使一開始就看到這份報告，我也只會懷疑，絕對不會採信。然而，既然我已經明白寫在剛才那張紙上的魔導王軍勢乃是事實，也只能相信她看到的這些了。」

「但是……我可不願相信，竟然只靠一次魔法就讓王國軍死了一半以上。這次戰爭當中王國軍動員了二十六萬兵力，一半以上就是至少十三萬喔！我是聽說王國軍全軍覆沒，但這……」

「這只是她看到的吧？把被害情況看得太大是常有的事。」

「就算是這樣，光看一次魔法殲滅了軍隊一翼這段文字，少說也造成了八萬人死亡。然後以這些為犧牲品，召喚了醜惡怪物是嗎……」

「我們已無法否定她看到的光景，這恐怕是諸神的魔法，第十一位階魔法吧？如果是，那果然是那個了。」

「神的降臨嗎……」

「紙上寫說對方模樣有如那位神明……有沒有可能是再度降臨？」

「不可能，死神斯爾夏那大人根據口傳，已經被令人厭惡的八欲王所弒，此人肯定是其他存在。再說斯爾夏那大人如果再度降臨，那位大人應該會對我等有所告知，因為那位大人是斯爾夏那大人的第一隨從。」

「那麼，時候終於到了嗎？」

「恐怕是的，有兩百年之久了吧？」

「根據口傳，差不多有這麼久。只不過在這中間，也許已經在大陸的某地出現過了。」

「都是那個垃圾導致計畫大幅出錯，才會讓國力提昇得如此緩慢。」

「王國那些蠢貨……」

這句話讓在場所有人眼中蘊藏了憎惡。

王國就地理條件而言，是在最安全的地點建立的國家。教國為此盡心盡力，是期待王國能成為解救人類的國度。原本安全而肥沃的大地應該能孕育眾多子民，其中出現眾多優秀人才，培育出對抗異種族入侵的勇者們。然而安樂與富足卻招來墮落，王國從內部腐化已極。

非常令人頭痛的是，他們還生產毒品，並且逐漸散播到另一個優秀的國家——帝國。

到了這個地步，教國改變了方案。

第二個方案是讓帝國併吞王國，在他們內部教育優秀人才。

教國之所以不自己併吞王國，是因為這麼一來國土將與評議國接壤，可能導致民意偏向消滅評議國。

教國主張的理念是：人類才是神選種族，其他種族都應該殲滅。他們灌輸人民自己周圍滿是外敵，必須團結一心的想法，將國力集中在一點上，藉此富國強兵。然而一旦與評議國接壤，這項理念有可能走向危險方向。

在場所有人是因為知道各國國力、本國國力與優先順序等等，才能思考今後斯連教國的行動綱領。然而一般民眾為了達到消滅人類敵對種族的目的，將會高聲要求與評議國開戰，這是不難想像的。

這樣一來情況就嚴重了。

評議國很強。

更正確來說，強悍的是評議員之一「白金龍王」。龍王是赫赫有名的龍帝之子，相當危險。他是現存最強的龍王之一，若是與他開戰，可能讓國家化為焦土。但不知道這一點的人，對於近鄰就有必須消滅的一群敵人，卻只能眼睜睜看著，會做何感想？

靠在場所有人的力量壓制民意並不困難，但之間關係勢必產生裂痕，導致國力衰退，也無法否定將來因為偶發事件而爆發戰爭的可能性。

所以教國不能與評議國接壤，也不能直接支配王國。而想從背後支配，王國又太巨大了。

「我們只將重點放在魔導王身上，依序思考吧。首先殲滅了我們派出的陽光聖典之人，應該是魔導王不會錯吧。」

氣氛為之冰凍。

「幾乎於同一時間現身村莊的魔法吟唱者是這麼自稱的，所以錯不了。」

「那麼，漆黑聖典遇到的吸血鬼是什麼人，魔導王的手下嗎？」

「可能性很大，但我認為可能是與魔導王立場相同的那些存在，否則那種力量說不過去。」

「的確，既然如此，過去曾經有過大量出現的例子，所以亞達巴沃會不會也是其中之一？若是這樣的話，對王國行使的力量，以及突然出現擁有那種力量的怪物的理由，就都能夠理解了。」

「那麼飛飛又是什麼人？他似乎在追殺吸血鬼，不過如果剛才的猜測正確，那就是與魔導王一樣的存在了。這麼一來，他擁有與亞達巴沃相同的強大實力也就能夠理解。問題在於飛飛是不是魔導王的同夥……」

「飛飛殺死了吸血鬼，並與亞達巴沃為敵。雖然很可能是相同的存在，但會不會兩者是敵對關係，或是當時還是敵人？然後與魔導王談條件，成了同夥。」

「他只是殺死了吸血鬼，是否與魔導王為敵還說不準喲。也許是吸血鬼受到至寶所控制，才會殺了她。但是，他是基於什麼理由才跟亞達巴沃為敵呢……有沒有可能飛飛跟魔導王是一夥的，所以才跟亞達巴沃為敵？」

「……一個可能性是吸血鬼與亞達巴沃為同夥，魔導王與飛飛為同夥。另一個可能性是吸血鬼、亞達巴沃、魔導王與飛飛全都各自為敵，其他還能想到各種可能性，這方面情報實在太少了。」

「最糟的情況是四人都是同夥，但可能性應該很低。飛飛態度相當低調，照常理來想，他應該會以那種武力為背景，更積極地行動才對。沒錯，就像那八欲王，或是我們的神那樣。」

「原來如此，他們沒這樣做是因為互相戒備嗎……不，也有可能是擔心有其他同等級的存在。」

「這樣的話，我們或許該認為魔導王既然已站上舞台，建立國家，應該會有一些人為了讓戰力能互相抗衡而採取行動。若是相信飛飛所言，赫妞佩妞子還另有同夥。包括亞達巴沃在內，這方面都得提高警戒。」

「整體來說都不超過想像的範圍啊，只能試著直接接觸魔導王或飛飛了，可是……」

「太危險了，實在太危險了。首先應該從帝國之人身上引出情報，我認為現在應該試著跟皇帝接觸。」

「這樣做最好，只要那個皇帝沒對魔導王搖尾巴就好了。」

「多少只能下點賭注，膽怯會流於被動。」

「可是，『多少』就夠了嗎？一個弄不好，會不會被用來對我國宣戰？首先應該向皇帝做個輕微接觸，調查他採取何種態度吧。」

就在所有人對這些提案逐漸表示同意時，有個人提出了合理的疑問：

「……不過，受到不死者統治，耶．蘭提爾的人民都不會起而反抗嗎？該不會是被屠殺殆盡了吧，還是他們施行了完美的恐怖政治？」

雷蒙被這麼一問，說出了實在教人無法置信的答案：

「根據報告指出，當地正和平進行統治。」

啊？不適合他們的聲音此起彼落地傳出也是理所當然的。

「到了這把年紀會耳背是事實，但似乎突然惡化了，我好像聽到雷蒙閣下說『和平』？」

「唔嗯，唔嗯，我也聽到啦。哈哈，不死者會和平統治人類……哼，不死者會和平統治人類？」

「明天太陽恐怕要打北方升起了。」

「……玩笑就開到這裡，如果雷蒙閣下所言屬實，我還真難想像啊。送來情報之人是不是有人格障礙，還是喜歡語帶諷刺？」

「根據報告內容，當地由死亡騎士擔任警備，死者大魔法師進行行政作業，噬魂魔拉馬車搬運貨物。」

雷蒙以外的所有人都張口結舌。

「不，不，等等。什麼，你可以再說一遍嗎？」

圓框眼鏡還沒扶正的馬克西米利安一問，雷蒙一字一句照著重說一遍。

啊？這次所有人都發出了不適合他們的聲音。

照理來講，這些應該都是特級不死者。然而冥府騎士像個小吏巡邏市街，迷宮之主坐辦公桌管理物流，毀滅城邑的怪物代替驢子，這種國家與本國只隔著一條國境。

「這是什麼狀況啊，這是……哪個地獄啊……」

這種不死者大搖大擺營運市政的都市，怎麼想都覺得人類應該滅亡了。

「不，前耶．蘭提爾市民——魔導國的國民們在這種狀況下，過著普通的生活。的確剛開始有些混亂情況，但目前似乎保持平靜。」

「……我們也許太看輕王國了。」

「唔嗯……精神真是太強韌了。」

憎恨生者的不死者就在自己身邊大搖大擺，想到這種光景，所有人都不寒而慄。

那就像是身旁有隻飢餓猛獸，一般人當然應該害怕。

「想來民眾應該是信賴那位大英雄——英雄級的冒險者漆黑的飛飛，才能撐得下去。」

雷蒙講起耶．蘭提爾第一天對魔導王開城投降時發生的事。

大家神情肅穆地傾聽這段話。

「說飛飛與魔導王本來就是同夥，看來是不可能了。」

「哎呀，這反而才是飛飛與魔導王一夥的證據吧。我記得他們還是在同一時期出現的，對吧？」

「唔──」所有人抱頭苦思。

兩種都有可能，無法斷言。

「能不能想想辦法讓飛飛與魔導王反目成仇？利用耶·蘭提爾的人想點辦法的話──」

「太危險了，實在太危險了。這樣可能會讓魔導王與飛飛都與我們為敵。」

「說的一點也沒錯，我們現在蒙受了巨大損失。漆黑聖典雖然已經復活，但人員有所空缺；陽光聖典瓦解，失去頭冠，巫女公主與凱瑞死亡；恢復國力可能得花上好幾十年。沒必要在這種狀況下，在沉睡的巨龍身邊烤肉吧。」

「正是，首先，我們應該避免維持兩個戰線的風險。」

敵意霎時膨脹起來。

「那些骯髒的背叛者嗎。」

「可恨的森林精靈們。」

教國正在與南方大森林的森林精靈國家打仗。教國與森林精靈的國家原本是互助關係，但關係破裂後，教國就傾盡全力與森林精靈交戰至今。

現在他們已經在森林精靈王都的所在地——新月湖附近建造了前線基地。按照計畫，幾年內就能毀滅敵國，但這項計畫也漸漸開始出錯。

「要不要與那些傢伙暫時停戰？」

「少說傻話了，你以為我們至今流了多少血？最重要的是，我們得為那位大人報仇。」

「那孩子——」

說出這話的老人臉上浮現苦笑。

因為外貌的關係，老人總是不小心把她當成孩子看待，實際上她的年齡比在座所有人都大。

「——她現在在做什麼？」

「她就跟平常一樣，在附近房間待命。」

「嗯，也得給她機會為母親報仇雪恨才行。」

「唔嗯，否則實在太可憐了。復仇結束後，她的心應該也會平靜點吧。」

在場所有人無不露出悲痛神情。

「……說真的，我很想跟當時的神官長們苦言一句，竟然把可憐的女孩教成那種個性。」

「真要說的話，到頭來罪魁禍首還是那些森林蠻族吧，神官長們應該也是覺得不能將她跟母親拆散。」

「……真不容易啊。」

「不過如果讓那女孩出動，龍王也有可能行動。」

「不同於毀滅龍王，那人能使用原初魔法，恐怕就連那神力……傾城傾國也奈何不了那人。既然如此……對魔導王使用如何？」

現場籠罩一片沉默，這個點子誰都想到了，只是沒說出口。

「……這招還算不錯，但目前魔導王的手下力量還是未知數，不安因素太大。」

「……要是能不受限地魅惑敵人就好了。」

「真是大不敬！諸神庇護我們與人類而捨棄了性命，而你竟然對諸神留下的祕寶表示不滿！得寸進尺了嗎！」

怒罵聲飛來，發言的老人深深低頭致歉。

「失禮了。」

「講話小心點！」

「回到正題吧，這麼說來大家都反對對魔導王使用傾城傾國，是嗎？」

「太危險了。」

「要是毀滅龍王出現了，就能加以支配，當成先鋒了……」

強求沒有的東西也沒用。

「這也沒辦法。關於森林精靈一事，就派使者去那龍王身邊談談吧。」

「不知道對方會做出多少要求喔？」

「就給對方一點通融吧，這是為了那女孩內心的安寧。」

沒人提出異議，在場所有人似乎都以各自姿態回憶過去。

「呵呵——」有人輕聲笑著，除了當事人以外，所有人視線都集中在那人身上。「呵呵，知道當時情形的人明明都已不在人世……你們真是溫柔。」

講話雖然諷刺，語氣本身卻完全不同。

「……包括那女孩在內，我們是共同保護人類不受其他種族傷害的同伴。為了解救同伴，多少濫用一點職權，就請睜一隻眼閉一隻眼吧。」

「……只要沒有人因此而死，我不會阻攔。」

大元帥所言讓那人臉上浮現苦笑。

「是否應該不用口傳的方式，而是讓這個知識廣為人知？顯眼的敵人是沒問題，但若是潛藏在地下就麻煩了。不如讓這事廣為人知，才能更快收集到情報。」

這項提案從幾百年前就頻頻拿出來討論，而這次也一樣遭到否決。

「我們生存的世界是一艘被扔在大海上的脆弱船隻，這種事情知道的人越少越好，別讓民眾知道每隔百年，就有可能來場巨大的暴風雨。否則民眾恐怕連安心入睡都辦不到喔。最重要的是，強者無法永遠潛藏於暗處，就算正常度日也會引人矚目。」

「如果確是如此，那位前神官長閣下會如何行動？」

所有人臉上浮現複雜表情。

「雖然不清楚，但很可能採取行動……也許準備了某種殺手鐧？」

「說不定前第九席次疾風走破會知道些什麼，只是……」

「真是傷腦筋，這次竟然出現在我們附近，給人找麻煩……」

現場傳出好幾陣「唉」的嘆息聲。

「為了恢復戰力……不，為了嚴加戒備，不如請引退的漆黑聖典們協助，讓他們當龍王國的救兵吧？只要他們出面，應該能減少死亡人數。」

漆黑聖典由於經常投身危險案子，因此死亡的可能性很高，但只要有屍體就能復活。只不過死而復生會削減生命力，想取回與死前相同等級的身手，需要不少的時間與訓練，因此自然也有人選擇引退這條路。

當然也有人感覺到能力隨著年紀衰退而辭職，不過無論是哪種理由，引退後都能優先分派到想要的職位。其中也有人不再就職而過著自我墮落的生活，但只是少數。因為大體來說，這些人受到好幾個妻室的白眼與孩子們「爸爸為什麼不工作——？」的疑問，大多會承受不了而重回職場。

為了讓這些人取回實戰的感覺，必須安排訓練時期，而且有些人年紀大了，不能期待能像極盛時期那樣活躍，但比起一般人，無庸置疑地還是可靠多了。

「總之，先將現況與請求傳達給各位成員吧。不過請各位不要期待所有人都會再度拿起武器。」

「當然了，他們過去在最危險的地方出生入死，只有惡人才會將這些引退者當牛馬使喚。」

「正是，我們只能懇求。不過對於答應我們請求的人，必須提供比他們提出的更多的報酬才行。」

「應該支付他們與我們同等的薪資。」

眾人發出嘲諷的笑聲。

他們的薄薪向來是個笑料。

在教國身分地位高於一定以上的階級，薪資會隨著階級減少。這是為了自淨，警惕身居高位者不可成為滿腹私欲之人。因此昇到最高階級的，大多只有願意為了保護國家與人民而粉身碎骨的人。

笑聲停止後，最高神官長開口道：

「那麼各位，進入下一個議題吧。雷蒙，麻煩你。」

第三章 巴哈斯帝國

Chapter 3 | Baharuth Empire

1

雅兒貝德出發前往王國那天，天氣十分晴朗。安茲為了替她送行，待在宅邸的院子裡。那裡整齊停著五輛豪華馬車，包括雅兒貝德乘坐的馬車，以及運載她行李的馬車。而其餘馬車當中，一輛是運載餽贈王國國王的禮物。禮物是用來讓王國知道兩國的國力差距。圍繞馬車的是安茲生產的死亡騎兵，也一共有二十騎。

雖然使用傳送魔法前往王國比較簡單，但他們不打算這麼做。

雅兒貝德一行人還有另一項使命，就是誇耀魔導國的力量。用魔物取代馬車馬匹也是為了這個目的，也就是所謂的宣揚國威。

「那麼安茲大人，我將暫時離開納薩力克。」

「唔嗯，當心點。到現在仍未發現對夏提雅洗腦的那些人的蛛絲馬跡，不能保證他們不會企圖操縱妳，給予納薩力克乾坤一擲的大打擊。」

「這是當然，屬下會特別注意，絕不讓這件道具離身。」

雅兒貝德緊緊抱住的是世界級道具。

「只要有了這個，我想世界級道具的洗腦應該也會失效，但對手不見得只有那件道具。重點是妳這件道具雖然是對物最強的世界級道具，但對人幾乎沒有用處，這點可別忘了。」

「是這樣的嗎？我的主武器是這件道具變化形態而成……」

「但還是比不上特別強化的神器級道具。好吧，就絕對不會遭到破壞、不會劣化這兩點來看，確實很強就是。我想說的是，不要因為自己是強者就大意了。我是覺得雅兒貝德妳不會犯這種錯就是……」

仔細想想，雅兒貝德至今從未外出過。

安茲總是將她配置在納薩力克內，讓她鎮守後方，所以安茲就像第一次讓小孩跑腿，心裡不禁擔憂起來。

「妳要隨時保持警戒，不可大意，只要感覺到些許危險性就要即刻撤退。有沒有帶傳送系的道具？一部分傳送道具發動需要花時間，有沒有能即時傳送的道具？有的敵人會用攻擊阻撓傳送，有沒有想好如何應對？有的對手還會用誘餌引開妳的注意力，趁機悄悄接近，不要被敵人的實力欺騙了喔。我聽說妳為了提昇應對能力，有在做戰鬥訓練，不過還得多加鑽研才行喔。除此之外——」

安茲一邊心想要是當時也有這樣提醒夏提雅就好了，一邊思考如果自己是ＰＫ會使出什麼戰術，對雅兒貝德投以連珠炮似的叮嚀。

不知道講了多久想得到的各種攻擊，安茲才注意到雅兒貝德一臉喜孜孜的，同時回過神來。

自己這樣真是太丟臉了。

安茲乾咳一聲：

「就講到這裡吧，我相信雅兒貝德妳一定做好了萬全對策與準備，以應對這些問題。抱歉把妳拖住，路上小心。」

「遵命，安茲大人。」

「在妳去之前問這個或許不太好，不過迪米烏哥斯那邊——不，沒什麼。」

「沒關係嗎？」

安茲點點頭。

如果迪米烏哥斯有所聯絡，他有一大堆事情想若無其事地問問。例如雅兒貝德沒表示反對的冒險者工會一事等等，但這些等他回來再直接問就行了。雖然雅兒貝德一臉不解，不過大概是察覺安茲無意回答，也就恢復了平時穩重的神情。

「那麼安茲大人，屬下這就出發，一定會有所表現，不負守護者總管之名。」

「妳的表現向來不負這個名字。」

說完安茲才想起被推倒時的事，不過用不著在這時候提起。

「最後有件事我得叮嚀妳，妳對疾病應該有著完全抗性，但難保這個世界沒有能夠突破完全抗性的疾病。多注意身體，聽說季節交替的時期很容易感冒。」

在鈴木悟生活的世界，沒有這麼明顯的四季變化。

無意間，他想到如果藍色星球在這裡，不知會做何反應。如果是他的話，應該會跟眼前的雅兒貝德一樣，浮現燦爛的笑容吧……先不論那個外貌能不能做出表情。

如此露出花朵盛開般笑靨的雅兒貝德提議道：

「安茲大人！我知道一種對疾病非常有效的預防藥。」

「哦？」

她竟然知道這個世界特有的預防藥，令安茲很驚訝。

雅兒貝德跟藥師恩弗雷亞應該沒接觸過，這樣的話，說不定是ＹＧＧＤＲＡＳＩＬ的知識，或是翠玉錄的知識？好奇心受到刺激的安茲期待她的回答。

「就是接吻！」

「……………接吻？」

「是的，接吻能減緩壓力，活化副交感神經。副交感神經的作用提昇，免疫功能也會跟著提昇。換句話說，只要接吻就不會生病了！」

「經妳這麼一說，好像在哪裡聽過啊。」

安茲記得在玩ＹＧＧＤＲＡＳＩＬ時，有人提過副交感神經的相關話題，一定就是這件事吧。但安茲不覺得那在這世界也有效。

「所以，請吻我！」

雅兒貝德閉起眼睛，嘟起嘴唇。

一隻章魚站在眼前。

安茲本來以為美女會因此顏面崩壞，沒想到還能維持幾分美貌。他不合場合地想：美女不管做什麼表情都是美女呢。

安茲停止逃避現實，思考著。

他很想吐槽「哪有這種的」，但誰都看得出來雅兒貝德希望安茲吻她。既然如此，在某種程度上，他希望能實現即將出差洽公之人的心願。況且冷漠拒絕翠玉錄的女兒的心願，也會令安茲心痛。

安茲一手固定住雅兒貝德的下巴，親吻了她的臉頰。說是親吻，但安茲沒有皮膚，因此也沒有嘴唇，所以安茲的吻只是把門牙抵在她臉上罷了。而且也沒有唾液之類的，所以感覺起來應該就只是乾乾硬硬的東西貼在臉上。

雖然實在有夠糟，但只能請她忍耐了。

（雖然什麼都沒吃，但幸好有好好刷牙。）

安茲放開雅兒貝德的下巴，與瞠目而視的她四目交接。

「怎……怎麼了？我是覺得接吻太過度了，所以改親臉頰，有什麼不妥嗎？」

「……我以為您絕對不會理我的。」

安茲還來不及問清楚雅兒貝德的真正心意，她的眼角先泛出圓圓水珠。

「嗚嗚——」

雅兒貝德哭了出來，而且不是裝哭，是真的掉眼淚。

安茲好久沒受到必須強制鎮靜精神的衝擊，慌了起來，手足無措。但慌也沒用，他完全不知道該怎麼辦。

以前在寶物殿弄哭了雅兒貝德時，安茲馬上就想到該如何安慰她，但安茲可不知道親吻弄哭她時該怎麼應對。這種時候帥哥皇帝（吉克尼夫）會怎麼做？安茲想了半天，但他沒有偷看到這種場面。

「雅兒貝德，別哭。」

安茲很想用視線對後面待命的本日安茲班女僕求救，可是光是現在這樣都夠窩囊了，不能再做更丟臉的事。

「雅兒貝德，別哭了。」

安茲抱住雅兒貝德，輕輕拍拍她的背。

就這樣過了一會兒，雅兒貝德吸了一下鼻子，看來眼淚是止住了。

安茲放下心來，鬆開繞到雅兒貝德背後的手。

「妳還好嗎，雅兒貝德？」

「是，安茲大人，抱歉讓您見笑了。」

她臉上雖然還留有淚痕，但笑容非常燦爛。

她之所以落淚，理由恐怕只有一個。

安茲體會到自己做出的事情有多可惡，理應不存在的胃陣陣絞痛。要不是自己胡思亂想什麼「反正遊戲就快結束了」，也不會害得她這樣流淚。

「是嗎……時間差不多了，沒有問題的話妳就去吧。」

「遵命，飛鼠大人！」

馬車窗戶的窗簾被拉開，可以看到雅兒貝德在揮手，安茲也揮揮手回應。

簡直就像以前在電視上看到的電車離別場面。

馬車開始慢慢行駛，警衛人員們隨後跟上。

安茲目送雅兒貝德的馬車，直到再也看不見，然後望著遠方沉重地說：

「忘記這裡發生過的事。」

「遵命。」

安茲經過低頭行禮的女僕身邊，他沒能確認女僕露出了何種表情。

2

鮮血皇帝吉克尼夫·倫·法洛德·艾爾·尼克斯正抱頭苦思。

不是這一兩天的事了，他最近都是這樣。

不管是肅清哪種貴族，聽到撼動帝國的叛亂計畫，或是與鄰國關係惡化時，這個男人從不慌張也不混亂，然而現在面臨無解的問題，卻只能抱頭煩惱。

「那個可惡的傢伙！去死！死了爛掉算了！」

魔法詛咒能夠咒死對手，但吉克尼夫沒有那種力量。因此他這些話只不過是咒罵，不過如果能抹殺幾個月來給自己內心與胃造成負擔的可恨男人，他還真想去修行學會這種技術。

「……不對，等等，我應該咒他去活嗎，還是應該詛咒他被破壞？聽說神官能夠以神聖力量破壞不死者。」

他甚至開始產生這些無聊念頭。

吉克尼夫之所以會胃痛，早上起床整個枕頭都是落髮，全部原因都出在安茲．烏爾．恭魔導王身上。

他無法對魔導王引發的問題採取沒有漏洞的對策。

第一個問題，是關於帝國騎士團在卡茲平原之戰的戰死者。

人數有一百四十三名。如果是正面與敵人交戰，這點程度的損耗或許無可奈何。然而卡茲平原造成的死者，都是自取滅亡。

不只如此，回到帝都後，共有三千七百八十八人希望能退出騎士團。這就表示參加了卡茲平原之戰的六萬名帝國騎士當中，有百分之六喪失了勇氣。

除此之外，已經有數千人表示內心不安，或是晚上害怕得睡不著覺。上呈的報告書指出，至少有兩百人產生焦慮症狀。

騎士是專業戰士，光是培育一個人就要花上不少經費。

不只是錢的問題，還需要訓練時間。不是路上隨便抓個人說「你從明天開始當騎士」就行了。

為了補充人員，又要從哪裡籌措資金填補帝國的支出？

在這種狀況下，用肅清貴族沒收的家產補洞太危險了。

這是因為還有第二個問題：帝國騎士們提出的請願書。

騎士團獲得皇帝吉克尼夫允許，可以直接向皇帝進言。名義上是說有些事只有親自流血奮戰的人才知道，但也具有緩和文官與武官衝突的目的，以及讓身為吉克尼夫武力靠山的騎士團感覺自己受到特別待遇。

當然做為名義的理由也有它的實際意義在，但最近的請願書內容實在太糟了。

請願書由騎士團高層聯名，寫著希望能避免與魔導國交戰。

這種事不用說吉克尼夫也知道。

敢跟那種國家正面交戰的已經不是愚者，而是瘋子了，他哪裡敢跟用個魔法就能蹂躪二十萬兵力的對手起衝突。

即使如此，騎士團仍然呈上了請願書，是因為他們不再信任吉克尼夫。

騎士團高層知道卡茲平原開戰前，吉克尼夫曾經請魔導王「使用最大的魔法」，認為之所以會引發那場悽慘的人間地獄，最大的一個原因出在吉克尼夫身上。

也就是說他們把吉克尼夫當成始作俑者。

知道這件事時，吉克尼夫真的動怒了，暴跳如雷。

他要是知道有那種魔法，才不會說出那種話來。

最重要的是，吉克尼夫會拜託可恨的魔導王使用最強的魔法，是為了知道他的魔法有多大能耐。

騎士團本來應該反過來感謝吉克尼夫：「謝謝陛下引出了魔導王的一部分力量，這樣我們就知道不能輕易對他出手了。」畢竟要是運氣不好，那種魔法也有可能在都市裡爆發威力。

然而，騎士團卻不這麼想。因為他們認為吉克尼夫是英明睿智的皇帝，所以才會對他投以懷疑的目光，認為他是知道有那種魔法，而故意讓對方施展。

吉克尼夫第一次覺得自己的名聲這麼可憎。

但是發牢騷也沒用，要是有人願意代替吉克尼夫想想辦法，他真想大哭大鬧，然後休息到胃痛治好；但沒有人能用吉克尼夫這種工作水準代勞，他必須事必躬親。

「可惡的魔導王！都是他害的！」

吉克尼夫按住痛起來的胃，心想：不對——

會不會這不是「魔導王害的」，而是「魔導王的陰謀」？

帝國目前的狀況有可能全是照著他的計畫在走。冷靜一想就覺得這個可能性非常高。

吉克尼夫掏出鑰匙，打開桌子的抽屜，拿出裡面排列整齊的一只瓶子。

他將戴在左手的銀戒指湊了過去。

以獨角獸戒指(Ring of Unicorn)——能夠探測毒素、強化對毒素與疾病的抗性，並且一天僅能治療一次傷口的戒指測試過，確定沒有任何反應，他才一口氣將它喝乾。

吉克尼夫將瓶子靜靜放在桌上，鼻子用力擠出了皺紋。

為了消除在口中擴散的熟悉澀味，吉克尼夫只喝了一口桌上杯子裡的水，然後再度按住胃的附近。

也許是安慰劑效應，抑或是真的治好了患部，胃痛漸漸消失了。

「唉——」

他呼出一口儼然成了每日例行公事，極為沉重的嘆息，繼續處理事務，先從累積的文件著手。

彷彿在等他伸出手指的那一刻，室內響起拘謹的敲門聲。

一名祕書官走進室內。吉克尼夫挑選的祕書官都是些優秀人才，其中這名男性更是能與羅內相比。

順便一提，祕書官當中沒有任何一名女性。在他的認知當中，很遺憾地，女性只有自己的那個側室能當此大任。

「陛下——」

吉克尼夫揮手制止長篇大論的致意。

「——免了免了，不用致意，浪費時間。有什麼事說吧。」

「是，陛下。是這樣的，我們聯絡上那個國家的商人了。對方似乎帶著相當好的商品來到了帝都。」

「是嗎！」

吉克尼夫聽到這幾週以來最好的消息，破顏而笑。

「那個國家」指的是斯連教國，商人不用說，當然是教國使者。

這個房間雖然做了間諜對策，但見識過魔導王的魔法後，就覺得像紙糊的一樣教人不放心。事實上，他有時的確覺得有人在監視自己。

他讓幾個人調查過，但沒有人能發現監視者，甚至還說是吉克尼夫有被害妄想。的確經他們這麼一說，他也覺得自己神經過度緊繃，或許產生了這種錯覺，然而彷彿被人窺視的不協調感卻始終揮之不去。

若是以前，他會讓夫路達擔任部分間諜對策，但如今他已經窩裡反，不能用了，所以只能以間諜已經潛入皇城為前提行動。

因此做為對策之一，他們在談重要事宜時會使用指示代名詞。可想而知，這樣也造成了幾個問題，但總比反安茲・烏爾・恭同盟計畫曝光好。

「那麼什麼時候？」

「是，對方似乎希望能在近日內晉見。」

本來他很想將對方請進皇城，但那樣太顯眼了。

（最好能裝做偶然與他們見面，但是要在什麼地方才不會引起疑心？）

即使吉克尼夫覺得已經無計可施，也不能像玩遊戲一樣輕言放棄。他不能放著使用那樣殘忍至極的魔法，對寧布爾說「我是不死者，奪走生者性命純屬理所當然」的存在不管。盡可能提高勝算，才是巴哈斯帝國皇帝的職責。

為此，其中一個手段就是與斯連教國祕密結盟。教國歷史比帝國更悠久，以信仰系魔法為國脈之一，是尋求對抗不死者的對策與協助時的最佳對象。

然而，若是讓魔導國知道帝國與教國聯繫，將會非常不妙。

帝國擁有協助魔導國建國的同盟國立場，之所以採取協助立場，是為了得知魔導國的力量、組織以及其他一切。若是被對方知道他們做出反魔導國行動，魔導王的力量會第一個對準帝國，是不言自明的。

「可否准許臣插個話，陛下？」

吉克尼夫沉默地用下巴一比，指示對方繼續說下去。

「竊以為與魔導國動干戈，已經是一種不智的行為，不是嗎？」

吉克尼夫眼神尖銳地瞪了祕書官一眼，心想：連你也說這種話？他瞥了一眼扔在專用垃圾桶裡的羊皮紙，問道：

（簡直是想完全粉碎我快要一蹶不振的心……可是……）

「那麼，你說該怎麼辦？」

「這……」

看到祕書官喉嚨發出咕嘟一聲，吉克尼夫苦笑了：

「放心，不管你說什麼我都不怪罪，說出你的看法吧。」

「是，那麼恕臣失禮。」祕書官乾咳一聲清清嗓子，講出自己的看法：「臣認為應該強化同盟國的立場，如果魔導國對我國有任何要求……也只能屈膝了。」

雖然吉克尼夫已經答應不怪罪，但祕書官仍然鐵青著臉。

大概是說出了可能被解讀成賣國的話來，害怕自己會沒命吧。

吉克尼夫再度苦笑：

「你說得對。」

「——啊？」

祕書官張口結舌，吉克尼夫正因為知道他的優秀，這副模樣也就更讓他好笑。吉克尼夫露出不同於剛才的笑容，接著說道：

「我說你說得對，我若站在你的立場，也一定會如此提議。不對，任用不做這種提議的傢伙當祕書官才有問題。」

講得明白點，魔導國太強了。

雖然目前只查出了軍事力量，但光是這個就太過異常，到了無法應對的等級。

魔導王安茲・烏爾・恭一個人就夠可怕了，他帶上戰場的不死者軍團當中，甚至有著聽說一隻就足以毀滅國家的魔物。

層次相差太遠，連認真思考都嫌太傻。

「我也認為這是最好的辦法，但也得準備其他方法才行，不是嗎？假使魔導王想毀滅帝國，到時候光是屈膝求饒，對方還不見得會放過我們呢。」

目前還沒聽說耶・蘭提爾開始了屠殺行為。

本來以為是城裡沒有不死者，打聽情報後，卻又聽說不死者滿街跑。又說各處都配置了不死者，該地已化為一座魔都。

也許他們無意殺害統治地區的人民，但還不能妄下定論。有傳聞說是因為赫赫有名的精鋼級（飛飛）冒險者遏止了不死者，因此若是以為魔導王的慈悲也會用在帝國身上，那就太危險了。

「陛下所言甚是，臣似乎因為害怕魔導王壓倒性的力量，沒想到更多理所當然的事，請陛下恕罪。」

「不用道歉，我也想過一樣的事……回到正題吧，那個國家的商人在哪裡暫住？」

「是，據說在四之二的最大地點。」

四之二指的是火之神殿，最大地點不是一個暗號，指的大概是帝國最大的神殿——中央神殿吧。

後來，兩人若無其事地聊了一些夾雜虛偽情報的事。

他們不時隨便講些意味深長的話，這樣如果有人在偷聽，可以讓對手費一番工夫調查情報的真偽。

吉克尼夫心想：這種造成大腦負擔的工作，恐怕還得持續一陣子了。講了幾分鐘後，他提起關於正題的話題：

「那麼你的家人怎麼樣了，現在都還好嗎？」

「啊？啊，是，大家身子都健康。」

「這樣啊，那很好，健康是很重要的。其實我最近身體欠佳，吃藥也只能一時減緩症狀。我想找神官來，你覺得呢？」

「神殿對最近的陛下似乎略有微詞，若是擺出高壓態度，恐怕會引來反感，不如由陛下親自前往，與神官見面如何？」

「好主意。」

對於對抗不死者的神殿——神官們來說，鄰近地區出現力量強大的不死者統治的國家，是值得高度戒備的狀況。為此對方已經多次捎信，表示想跟吉克尼夫問個清楚，但他每次都加以拒絕。

渴求幫手的吉克尼夫之所以沒馬上答應，一個原因是不信任他們的保密防諜能力。另一個原因，是吉克尼夫無法預測自己說出所知的一切後，他們會採取何種行動。

提供協助後，如果神官們只因為對方是不死者，就向擁有那樣強大力量的魔導王下戰帖，結果不言自明，吉克尼夫等於是陪他們自殺。

結果說到底，最深層的問題是一旦吉克尼夫與神殿做接觸，要是魔導王判斷他有敵意就傷腦筋了，也就是沒那膽子。

吉克尼夫又嘆了口氣。

他很希望神官們能靜待時機，但對方沒能體察他的心情。但如果教國外交團祕密進入帝都與神殿勢力接觸，也許有機會扭轉局勢。

「那麼這幾天我就去神殿，給神官看看吧。」

「臣也認為這樣最好，那麼臣會做好準備。」

「嗯，麻煩你了。那麼競技場那邊怎麼辦呢。我想不久應該有個觀戰的預定行程，能不能照常進行？可別因為我剛說要去看病，就阻止我去觀戰喔。如果你們當中有人想一起觀賞，我特別准許與我一同在貴賓室觀賞。」

祕書官的眼中，蘊藏了想看穿真意的銳利光輝。

（對，沒錯，你的疑問很合理，看穿我背後的意思吧。）

吉克尼夫不想在神殿與教國的人見面。

神殿裡保管了治療等各類知識，如果讓對方挑上這裡做先制攻擊，損失會相當慘重。有些時候長久累積的知識比什麼都重要。

「遵命，競技場一事我明白了。不過，我記得那天陛下不是預定前往收容傷兵的醫院探望？」

沒有人知會吉克尼夫這件事，肯定是假。

也就是說，祕書官在建議醫院比競技場好。

吉克尼夫之所以選擇競技場，是因為他記得之前聽說，神官們曾經被請去競技場治療傷患，所以他想也許可以讓使者混進神官們之中過來。

「探病就先緩緩吧，比起這個，先進行剛才說的行程。」

說到這裡，對於商人的事講到一半斷尾，如果有間諜在偷聽，不知道會怎麼想。光靠四之二這個數字，間諜能查到多少？

除此之外，關於魔導王究竟擁有何種惡魔般的智謀，也得多收集情報，否則無從應對。而魔導王的手下不可能人人都有如他一般的睿智，間諜人數一多也容易穿幫。既然到目前都沒掌握到任何情報，就表示間諜人數應該很少。不，應該說他希望如此。

魔導王無人能敵的魔法掠過腦海，他心中某個角落在低語：「魔導王的部下各個都是相應的精銳。」在那王座之廳，一字排開的盡是擁有壓倒性力量的強者，也許間諜們也是同等級的存在。

（若是這樣的話，那我也沒轍了……如果成為屬國就能了事，或許這是最好的辦法？）

吉克尼夫剛剛才喝過藥水，胃卻已經微微抽痛起來。

●

兩週後，載著吉克尼夫的馬車一路駛向競技場。

表面藉口是到競技場觀戰，但真正目的是跟約好的教國使者以及帝國內高階神官們做協議。

為了避免引人注目，他沒有動員近衛兵，只讓四騎士中的兩名──「雷光」與「激風」同乘馬車擔任護衛。

其實他很想讓萬夫莫敵的四騎士都擔任護衛，但只有「重轟」他信不過，因此以保衛皇城為名義讓她留下。不對，嚴格來說不是信不過。更正確來說，是吉克尼夫隱約看出她想去魔導國，所以不願讓她接近能帶去敵國當禮物的情報。

她這人曾公然宣稱「只要能解除詛咒，我可以對陛下刀劍相向」，而吉克尼夫明知道這一點，還是將她收為部下。因此就算她背叛帝國，吉克尼夫也無法責怪她。但即使如此，也不能任由她帶著帝國的重要情資逃亡。

假使她帶著重要機密逃走了，吉克尼夫只能派出追兵。但是想殺掉她這帝國最強的一名戰士，必須派出實力相當之人。以劍術對抗，只能派出「雷光」與「激風」，不夠格的追兵只會反遭擊退。若是採用人海戰術，又會減弱帝都與皇帝的保護。

這麼一來，就只能派出夫路達的門徒或者是工作者，再不然就是以伊傑尼亞為代表的暗殺者等擁有近身戰以外特殊技能之人；但不管選擇哪一個，都得做好巨額開銷的心理準備。

由於夫路達的門徒們是以年俸制——不過自從夫路達背叛後，吉克尼夫給了他們領地，封其為貴族——支付薪資，因此不免給人不會產生追加費用的印象。但是調動他們，會使得原本派給他們的工作停擺等等，造成看不見的損失。況且如果反遭擊退，損失可就不是後面這兩點能比的了。

因此最好的辦法是不讓「重轟」有機會接觸重要情資，讓她兩手空空地前往魔導國，這應該對所有人來說都是最美好的方法。

吉克尼夫也曾如此暗示「重轟」。

然而「重轟」仍留在皇城，她的回答是「直到回報陛下恩情前，我都會留在這裡」。

要是能採信她這段話就好了，但根本不可能。

「重轟」的確是帝國四騎士之一，但她的實力恐怕不會受到魔導國的高度評價。魔導王直轄部隊的大量不死者的力量，據說全都在她之上。因此她一定是在觀察情況，想抓住能高價推銷自己的時機。

想到這裡，吉克尼夫對於比本國最強戰士之一「重轟」更強的不死者少說也有一千隻——不包括魔導王——的絕望狀況感到胃痛。

（說真的，到底要我怎麼辦嘛！）

不要以為一名強者不足以改變戰局。

以前王國有個名叫葛傑夫．史托羅諾夫的男人，那人就有可能辦到。帝國首席魔法師夫路達．帕拉戴恩更在他之上，是足以震撼國家的魔法師。

單一個體有時能與一支軍隊，甚至是與一個國家抗衡。

換句話說，魔導國即使不把那個可怕的不死者之王算進去，也等於保有一千支軍隊。

（……這根本死棋了吧！假設有一千支軍團好了，哪有什麼辦法能擋得住他們？……我看還是放棄好了……）

這話他絕不會在部下們面前講，但這個答案已經浮現腦海好幾次了。真要說起來，當他聽到卡茲平原之戰的那件事時，第一個浮現的念頭就是這個。

「——那麼陛下，在競技場內見過銀絲鳥的各位後，再移動到預定地點，沒錯吧？」

吉克尼夫只動動視線，定睛注視坐在前面的男人。

帝國四騎士之一「雷光」巴傑德．佩什梅。

吉克尼夫沉默地點頭，回應他的詢問。

這次他僱用精鋼級冒險者小隊擔任警備。名義上是警備，其實主要是防制魔導國的間諜。很遺憾地，他沒能聯絡上另一個候補伊傑尼亞，知道要將他們拉攏進帝國是難上加難。

「陛下，精鋼級冒險者的確是人類的最強戰力。但終究不超過人類的範疇，請陛下千萬不可大意。」

「激風」寧布爾．亞克．蒂爾．安努克想說什麼，吉克尼夫十分能夠體會。應該說他比現場目睹過大屠殺的寧布爾更明白，因為他見過在那王座之廳並排而立的怪物們。

「當然，但如果是他們，也許能設法防範。聽聞王國的精鋼級冒險者飛飛在魔導王面前舉劍，用他的力量保護了民眾。那麼既然同樣是精鋼級，要防範得了才像話。」

吉克尼夫一邊說著，一邊寂寞地笑了：

「那麼如果連他們……都防範不了的話又該如何是好？」

對於吉克尼夫的詢問，兩位騎士臉色變得沉痛。那臉色更勝千言萬語，看得吉克尼夫都露出了與兩人相同的表情。

「陛下，請您別露出那樣的表情。我們雖然力有未逮，但將傾盡全力。」

「就是啊，陛下。拿出威嚴來，露出您平常滿懷自信的表情，別這樣苦著一張臉嘛。」

兩人的溫柔話語刺進心中，吉克尼夫沒辦法說「你們剛才也是同一副表情喔」，坦率地接受了他們的好意。因為他們所言就像在沙漠灑水，確實滲透了吉克尼夫狂亂的內心。

「……抱歉了，感謝你們的一片心意。那麼……既然這裡只有你們在，可以讓我發點牢騷嗎？」

兩位騎士默默地點頭。

「我說啊，到底該怎麼辦才好？那種怪物怎麼會出現在帝國旁邊？為什麼，我有做什麼壞事嗎？怎樣才能打倒那種怪物——就算不能打倒好了，至少讓我知道怎麼封印他吧。帝國最強的最後王牌都變節了，在這最糟的狀況下真有辦法能逆轉嗎？」

他本來沒打算說這麼多的。

吉克尼夫必須領導眾人前進，否則眾人將無所適從。身居高位者有身居高位的態度，尤其是肅清了眾多貴族的「鮮血皇帝」更是如此。

皇帝不能示弱，這是他尊敬不已的父親的教誨。

然而生為人類，忍耐總是有限度的。

吉克尼夫向來只在側室面前展現的人性面喊道：

「對，我是請那傢伙用了魔法，但我是逼不得已！不查清楚那傢伙的一部分能力，是要怎麼想出應對辦法！都怪我就對了嗎！發生什麼壞事都是我的責任嗎！每個人都同一副德性！」

吉克尼夫緊咬嘴唇，兩手亂抓頭髮。

事實上，這還只是起頭。其實他很想放縱內心深處湧起的情緒，一邊吼叫一邊滿地翻滾，只不過是勉強守住帝國皇帝的體面罷了。

不過他也知道自己有點失控了。

好像漸漸養成壞習慣了，吉克尼夫一邊想，一邊坐正姿勢。

「抱歉，我似乎有點太激動了，最近壓力好大。」

往下瞄一眼，手上黏了好幾根頭髮。

看看過去的肖像畫，列祖列宗之中並沒有頭髮稀薄的人物。他忍不住想：搞不好自己會成為第一個禿頂皇帝。

他悄悄拍掉手上落髮，不讓兩個部下注意到。同情有時比怒罵更讓人難受，頭髮問題正是如此。

「讓你們看到我剛才的樣子，再聽我這樣說，你們或許會不知所措，不過你們倆別擔心。應該還有什麼對策才對，我不會讓他對帝國為所欲為。」

他露出看似大膽無畏的笑容，兩名部下的神色這才稍微和緩了點。

只是，臉上仍然沒有安心之色。

他們大概也明白吉克尼夫所言幾乎只是安慰話吧。

再怎麼想，都想不到能如何對付那個怪物。

老實說，就連吉克尼夫都覺得沒希望了，除非其實有個武器能確實殺死不死者，或是突然跑出個驚人力量覺醒的人類。

（所以才要找斯連教國，如果是他們的話，如果是比我國歷史更久遠的該國，說不定會擁有能一擊殺死不死者的武器。不，只要有相關的知識，我就能繼續戰鬥！）

只能如此祈求了。

馬車前進，乘載著吉克尼夫的最後希望。

●

競技場是圓形建築，其中一個區塊有個大型入口，馬車就駛進這裡。這個出入口只供少部分人進入貴賓室，其他還有一般觀眾用的入口與運貨出入用入口；競技場大致區分成這三個入口。

先下馬車的當然是擔任隨扈的兩名騎士。他們確認安全無虞後，吉克尼夫才下車。

那裡有五名男子。

他們的穿著打扮，並不適合站在貴賓用入口。

吉克尼夫看到美術品能大略推測價值，但從他們的裝備無法猜出價格。因為他們裝備的並非具有美術價值的武裝——不是貴族的警備兵，而是身經百戰的一群人才會穿的戰鬥用武裝。

就禮儀來說，應該由身分較低者先做自我介紹。不過，有些冒險者是不受身分拘束的，他們就屬於那些人。

但是身為帝國的統治者，對冒險者表示謙卑是否妥當？

也許是察覺了吉克尼夫的困惑，站在五人中間的男子開口了：

「吉克尼夫・倫・法洛德・艾爾・尼克斯陛下。初次見面，深感榮幸。我們是接受本次警衛委託的精鋼級冒險者小隊『銀絲鳥』。我是負責整合小隊的弗賴瓦爾茲，此次請多指教。」

英氣凜然的聲音響遍四周。

此人背後揹著魯特琴，腰間佩著細劍。穿在身上的是蘊藏奇妙光輝的鍊甲衫。

每件裝備品都散發著彷彿自內部滲出的魔法光輝，而非單純的光線反射。每一件看起來似乎都是一流的魔法道具，特別有名的是魯特琴，據說有個名稱，叫「星辰交響曲（Star Symphony）」。

那自信洋溢的模樣讓吉克尼夫想起幾個月前的自己，不禁感到有些羨慕。

「……諸位是我國最強的冒險者小隊，你們的事我早有耳聞，打倒光輝爬蟲的英雄事蹟實在讓人熱血沸騰。所以，我想我對你們每一位都很熟悉。但難得有這機會，能否由你們親口向我介紹我國的英雄？」

「那麼我就以吟遊詩人（Bard）的方式介紹——」

「——拜託不要好嗎，隊長？不好意思，隊長那個會聽得我雞皮疙瘩掉滿地。什麼煌煌短劍……真的行行好，還是免了吧。哎呀，真是抱歉，陛下。我出身不太好，講話難聽，請陛下包涵。」

站在弗賴瓦爾茲右手邊的男人，向前踏出一步輕輕低頭致歉。

這是個剃平頭的矮小男子，表情呈現的是笑臉，但在一張大餅臉上顯得太小的眼中並沒有笑意。

他的名字是凱伊拉·諾·蘇德斯坦，職業是預謀者，屬於盜賊業。

關於「預謀者」這種職業的情報不足，有許多不明之處，不過比起盜賊一類，應該更偏向地下行動、暗殺者等藏身黑暗的職業。

吉克尼夫回答輕輕低頭的男人不用在意，巴傑德小聲笑起來：

「哈哈，陛下被我鍛鍊過，沒問題的啦。」

「哎呀，這位是……大名鼎鼎的四騎士之一『雷光』老兄對吧，您老兄也是那裡出身？」

「嗯？不，我想應該差很多喔。我雖然是骯髒巷弄裡長大的，但你應該是從比我更深的世界爬上來的吧。」

「看來是的，給人的感覺的確不同……這真是失禮了，我似乎斷定得太快了。」

「別在意啦，『暗雲』。」

「我何時自稱過暗雲了……真是，都是隊長不好。」

被他狠狠一瞪，弗賴瓦爾茲噘起了嘴：

「與其被人亂取綽號，不如我們自己給個方向，不是比較好嗎？那麼失禮了，陛下。首先是我們小隊的耳目蘇德。接著為您介紹我們的戰士，您看了可能感到驚訝，但他的實力我能保證。」

「不，陛下絕對沒在懷疑啦，他看起來比我還厲害。」

「能讓強者這樣說真高興呢——叫我范·龍古。」

弗賴瓦爾茲介紹給三人的，是個身高約一百七十公分，一身鮮紅獸毛的猿猴。此人穿著白色的動物毛皮製成，類似鎧甲的裝備，左右腰際掛著長久使用的戰斧。

報告書已經記載他屬於亞人類種族中的猿猴族，在森林動物靈魂附體的戰士職業「獸王」中，是蘊藏了猿類（Ape）力量的人物。但實際上見到本人，帶來的衝擊性仍然很大。

更何況長相如此的一號人物，實力竟然勝過吉克尼夫的部下中最強的戰士巴傑德。

范・龍古輕輕舉起右手，向三人打個招呼。

「呃，好，再來是為我們療傷的人。」

弗賴瓦爾茲急忙介紹下一位人物，大概是怕吉克尼夫不高興。

這次換站在弗賴瓦爾茲左手邊的男人踏出一步。

「失禮。」他拿在手中的奇妙手杖發出鏘啷聲。這種手杖似乎稱為「錫杖」。「貧僧法號運慶，乃是信仰佛神之人，今後請多賜教。」

他雖然也奇裝異服，但比起剛才的獸王，服裝倒是文明多了。

運慶摘下戴著的奇特大帽子——草笠，底下沒有頭髮。若不是事前知道他有剃頭，也許吉克尼夫會以為此人少年禿，而忍不住投以同情的眼光。

這位身穿帝國難得一見的戰鬥衣「袈裟」的男子，正是稱做僧侶的精神系魔法吟唱者，雖然治癒能力不算太強，但在對抗不死者時能展現出優異能力。

他所信仰的佛神，是在南方遠地受到信仰的神，鮮為人知，也有人說是四大神的從屬神。關於帝國有無建造佛神神殿，吉克尼夫未曾聽說，只知道他的存在似乎造成了非常麻煩的問題。

治癒魔法基本上由神殿管理並定價，那麼如果是與神殿毫不相關的治癒魔法術者，又該怎麼規定呢？尤其對方還是冒險者中的最高階級精鋼級。

帝國是政教分離，兩者沒有密切關係。吉克尼夫慶幸自己跟這個問題毫無瓜葛。

他不想再被捲進更多麻煩事了。

不過吉克尼夫在調查他們的功勳等成就時，注意到運慶對不死者等魔物具有非常優異的戰鬥力，這項評價的確抓住了吉克尼夫的心。也許得對神殿關係人士多少施加點壓力了，當然在那之前，吉克尼夫會先查清楚他的力量究竟有沒有用處。

「原來如此，那麼最後這位就是波彭嗎？」

「正是，陛下。」

在弗賴瓦爾茲的介紹下，一個外觀更加奇怪，可說是這些成員當中打扮最出奇的人低頭致意。

也許是因為職業是與眾不同的圖騰薩滿，曬得黝黑的上半身赤裸著，以白色顏料畫上了奇妙紋路。

「……你不冷嗎？」

「我裝備了可防護溫度變化的魔法道具，萬無一失。」

沒想到對方會回得這麼正常，吉克尼夫心裡感到驚訝。資料上有提到他奇怪的外型，報告也說他是個一本正經的人。但這種反差老實說仍然讓吉克尼夫大吃一驚。仔細一瞧，五官還挺端正的，年紀似乎還不算大。

吉克尼夫想知道他為什麼會從事這種職業，又不太想知道。

吉克尼夫看著銀絲鳥。

這是支由奇怪成員組成的奇怪小隊，唯一的共通點，是每個人都各自在裝備的不同位置——圖騰薩滿是裝在他的短蓑衣上——裝飾了銀絲鳥的羽毛，據說是以前小隊養的。羽毛簡直就像剛剛才脫落一般，漾著耀眼的銀色光輝。

「我都清楚了，諸位，今天有勞了。」

「包在我們身上，陛下，請您放一百二十個心。」

「——可以請您等等嗎，陛下？」

聽到弗賴瓦爾茲這樣說，吉克尼夫克制自己不露出苦笑，想第一個往前走。然而——

蘇德用毫無抑揚頓挫的聲音制止他。

「我們是受僱來保護陛下身邊安全的，想請您別走在我們前頭，方便嗎？」

「沒什麼方不方便的，我就是為了這個才僱用你們。只要你們認為有必要，我都會照辦。還有，如果你們有需要用到這兩人的力量，儘管使喚就是。只不過，希望你們盡量不要離開我身邊。」

「這真是太了不起了，竟然能使喚帝國四騎士的兩位大爺，我們還真是出人頭地啦。不過說歸說，兩位只要別離開陛下身邊就行了。出了什麼問題時，也只要聽從我們的指示逃跑就對了。那麼隊長，麻煩你來首曲子吧。」

「了解。陛下，抱歉蘇德講話就這麼難聽，我怎麼講他都沒用……」

「無須在意，不過在公共場合還這樣就傷腦筋了。」

大概是得到共識了，弗賴瓦爾茲輕輕低頭致意，似乎在表示他會讓隊員注意時間與場合。

接著他開始唱歌。不對，那與其說是歌，毋寧說是奇妙音色的組合。之所以會這樣想，是因為聽不出它的涵意。結束了只有短短幾秒，卻莫名縈繞心頭的歌曲後，蘇德動了起來。如果要形容，不知該說成「緩慢地」還是「滑溜地」？那是吉克尼夫做不出來的動作。

「那麼，請隔開十公尺的間隔跟我來。」

照著蘇德所說，一行人拉開距離開始前進。吉克尼夫向站在身旁的弗賴瓦爾茲問起剛才的歌：

「剛才那個究竟是什麼？」

「陛下不曾聽說過嗎？那是吟遊詩人的一種特殊技能，稱做咒歌。也有些人會以樂器演奏，不過我是以唱歌發揮效果。」

原來那個就是咒歌啊。吉克尼夫低聲說完，弗賴瓦爾茲微微一笑。這時吉克尼夫想起一直有意調查，但總是沒有機會調查的一件事，心想正好有這機會，於是向他問道：

「……我有個問題想問，這種咒歌能控制人心嗎？」

「咒歌當中有一種稱為暗示（Suggestion），與某些魔法具有相同效果，使用這種咒歌的確有可能控制人心。除此之外，魅惑也能達到某種程度的效果。」

吉克尼夫與巴傑德互看一眼。

「原來如此……是這樣啊……」

「八九不離十吧。」

看來那個的確是擁有吟遊詩人之力的魔物？或者——

「那麼，關於類似青蛙的魔物，你知道些什麼嗎？」

——也不能斷定不是魔物的天生能力，這點必須弄清楚。

「青蛙嗎，是巨蛙之類的嗎？」

「不，不是那個。那個魔物感覺更有智慧，用兩隻腳站立，能夠瞬間發動類似咒歌的力量。」

「……會不會是青蛙人？如果是青蛙人的吟遊詩人，就符合陛下的描述……但我覺得青蛙人似乎不是那麼優秀的亞人類。聽說年老的族長級青蛙人，具有能夠以特別聲音使對手混亂的能力喔。」

那跟混亂不太一樣。

吉克尼夫在書上讀到過青蛙人，但跟那個叫迪米烏哥斯的人外形似乎相差甚遠。雖然也有可能是青蛙人的亞種、變異種或王族等等，但可能性不大。

「看來似乎不是呢，非常抱歉，陛下，情報太少了。如果能聽到更多細節，或許我還能答得上來。」

那真是求之不得。

「是嗎，那麼我告訴你魔物的詳細外形，如果可以，能否讓我借用你擁有的知識？還有關於咒歌，能否更詳細地解釋給我聽？」

在帝國，恐怕沒有人知道得比他這位精鋼級冒險者更多了。

「陛下，這恐怕有點難吧，這可是他們的飯碗耶。」

聽巴傑德這樣說，他輕輕一笑回答：

「不會不會，殺手鐧之類的是不能說，但教導陛下一些理所當然的知識不會有問題。不過……為什麼不請教那位大魔法吟唱者呢？我想那位人士應該知道得比我多……」

講到夫路達的事，吉克尼夫努力維持表情。

對於夫路達背叛一事，吉克尼夫下了封口令，不讓消息走漏。總之吉克尼夫繼續讓夫路達擔任首席魔法師的地位，但不動聲色地一點一點剝奪他的權限，並摸索填補空缺的方法。

空出來的大洞，讓吉克尼夫知道帝國從夫路達這號人物身上得了多少恩惠，但一切都太遲了。

「萬事依賴那位老者不是很妥當，這就像學生做功課，如果因為老師優秀就等著聽答案，不是會挨罵嗎？」

吉克尼夫的一番話，讓周圍傳來好幾陣笑聲。

「誠如陛下所言。我明白了，正好我也覺得這次的委託費以內容來說太昂貴，之後我再向陛下簡單講解一下咒歌。」

「這樣啊，有勞了。」

貴賓室不只一處，包括捐款贊助競技場經營的資產家用、高階貴族用與皇帝用，總共三種。一行人直接前往專為歷代皇帝準備的房間。大概是事前調查過了，蘇德自始至終都沒問路，帶頭前進。

最後來到彎過轉角就能看到房門的地方時，帶頭的蘇德用手掌對著吉克尼夫：

「沒有人的氣息呢，不過我先過去，可以請各位繼續在這轉角等著嗎？」

他壓低聲音說完，不等回答，就敏捷地走過通道。吉克尼夫被引起了興趣，稍微探頭出來看看情形。

蘇德無聲無息地來到門前，先做了個動作後才輕輕打開門。吉克尼夫覺得門只開了一個小縫，但對他來說似乎已足以鑽入，身影順暢無礙地溜進了房間。

過了幾十秒後，房門大開，蘇德露出臉來。

「沒有問題，這個房間很安全。」

所有人開始移動腳步，走進他確認過安全的房間。

吉克尼夫環顧周圍。

房間雖然狹窄，但雅致的用品全都屬於最高級，為了很少蒞臨的皇帝打掃得乾乾淨淨。靠競技場那一邊的牆壁設計成開放空間，可將下方景色盡收眼底。瞄個幾眼，就能看到滿座觀眾發出響天震地的歡呼，展現出狂熱的樣態。

人潮之所以如此爆滿，是因為緊急安插了武王的一場比試。

競技場的王者——武王由於實力壓倒群雄，向來沒有人能與之正面交鋒。因此，已經很久沒有安排他的比試。

久違多時的武王比試，讓賽場擠滿了期待看到精彩對打的觀眾。

看來群眾仍然相當憧憬強大的力量，而且因為帝國有騎士擔任專業士兵，戰場之類對市民來說，如同另一個世界的光景。大概是因為這樣，才能將互相廝殺當成表演欣賞吧。

不對，吉克尼夫有聽說過，騎士們當中也有一些人喜歡來競技場。

那麼這是一種發揮與解放野蠻性的行為了？

吉克尼夫漫不經心地思考時，銀絲鳥一行人已探索完室內。

「房間裡有沒有發動過情報系魔法或什麼的痕跡？」

「沒有發現任何痕跡，陛下。對吧？」

「對啊，首先我很難看穿魔法本身的發動痕跡，所以我檢查過有沒有魔法道具等等，但都沒發現喔。不過，希望各位不要忘了，我沒有盜賊那麼強的調查能力，請不要以為萬無一失……不過我們隊長有用咒歌提昇了我的探測能力，所以我是覺得不會有問題啦。」

「魔法方面，貧僧以探測系魔法檢查過了，沒有發動的痕跡。總之貧僧已經做了個妨礙探測的力場，應該沒有問題。」

運慶用錫杖在地板上一敲，發出清脆的鏘啷音色。

「那麼可以麻煩你再追加一道嗎，有沒有能發現外人靠近的魔法？最好是即使對方隱形也能偵測到的魔法。」

「很遺憾，貧僧沒有那樣的魔法。不過，貧僧記得隊長的確有這種技術。」

被叫到的弗賴瓦爾茲比個手勢表示了解，就走出房間。

「再來呢，如果對方想竊聽，你們能想到什麼對策？」

吉克尼夫拚命思考安茲．烏爾．恭能怎麼做。說實在的，誰也無法想像超乎想像的事物。所以不管把他看得多巨大，都絕不會流於誇大才是。

「……老實說，我是覺得做這麼多已經沒問題了。看起來不顯眼，但我們可是用了好幾種魔法加強防護喔。」

「正如他所言，陛下。探測妨礙也做了，如果對方想以魔法偵查，貧僧會立刻察覺，請陛下寬心。」

蘇德與運慶輪流安撫他。

兩人大概是覺得吉克尼夫有點偏執狂吧，或者是以為他察覺到暗殺的蹤跡，所以神經過敏了。

不過吉克尼夫倒很好奇，如果兩人知道對手是魔導王會做何反應。也許他們會明白做再多戒備也不夠，或者說不願為這點小錢接這份工作？

吉克尼夫最希望的，是他們對魔導王一無所知，使出全力應對。

然而，吉克尼夫雖然對魔導王相關情報做了限制，但不可能封住六萬張嘴。

一定已經從哪裡洩漏出去了。既然如此，吉克尼夫聽說冒險者這種人階級越高，就越是習慣日常性地收集情報，所以對魔導王的力量很可能也略知一二。

（要是讓他們摸透我的底也不太好。）

吉克尼夫想過各種問題後，用曖昧笑容敷衍過去。

兩人似乎都認為吉克尼夫接受了他們的說法，無意再多說什麼。

競技場傳來格外大聲的歡呼。

往那裡一看，比試中的一場劍鬥士對戰，似乎分出了勝負。

在過去似乎必須賜落敗者一死，不過時代不同了。比試之中也許會出人命，但勝負分曉後就不會再致人於死地。

據說這項規定，是在某個劍鬥士連戰連敗但打出了有趣的對戰，偶然場場得到饒恕，日後才華開花結果，登上冠軍時廢止的。這個劍鬥士似乎讓當時的人們心想，說不定還會再出現像他這樣的奇才。

（那是第幾代的武王？聽說雖然不到當今武王的地步，但也相當強悍。我應該想想如何拉攏這種不願為國效力的強者……）

「大致措施都做好了，陛下。」

弗賴瓦爾茲的聲音讓他轉過頭來。

「辛苦了。」

對方可是精鋼級冒險者，吉克尼夫或許應該道謝，但他一時忘了，還是用了平常的口吻慰勞對方。

「不敢。那麼我們既然擔任護衛，是否可以跟各位一起在房間裡待機？」

吉克尼夫是僱用他們擔任隨扈，這樣想來，對方的提議十分合理。

然而，讓他們待在房間裡，進行密談妥當嗎？

把他們捲進來雖然有很大好處，然而一旦自己的目的曝光，搞不好會把原本無須敵對的一些人都變成敵人。

（但也沒那傢伙可怕——我在想什麼啊。思考一個敵人是否好對付，竟然拿那個怪物當成比較對象，這就證明了我頭腦真的出問題了……敵人已經夠多了，只有愚者才會繼續樹敵。）

吉克尼夫搖搖頭。

「很遺憾，之後有非常重要的會談，你們不能入內。」

「在這種狀態下要保護陛下，將會非常困難……」

「房間裡有兩名我信賴的部下，最起碼能爭取時間讓你們趕來吧。」

「哎，的確是呢。」至今始終保持沉默的猿猴開口了。「可是呢，如果對手是蘇德這種水準的暗殺者，一個弄不好會很嚴重呢。」

「說到我這水準的暗殺者，伊傑尼亞的小丫頭就是一個。她會用忍術，能突然從影子裡冒出來殺人哩。」

「兩位是戰士，遇到以劍為武器的對手想必沒有問題。但若是魔法呢？貧僧最擔心這一點。況且我們一定會專心看比試，不會對陛下與客人的會談感興趣的。」

他們連聲勸說，但吉克尼夫一路上小心行動，不讓情報外洩，因此更不能答應他們的提議。

「諸位擔心得有理，但我身為帝國皇帝，這方面也是不能退讓的。」

銀絲鳥成員們的視線集中在隊長身上，他大嘆一口氣：

「沒辦法了，站在陛下的立場，恐怕有些話是不能讓我們聽到的。那麼，我們就在外面擔任警衛。不過，可以告訴我們有什麼樣的貴賓會來嗎？」

「的確應該告訴你們，不過你們什麼都沒看到，明白嗎？」

「當然了，無論來的是什麼樣的客人，我們都不會走漏消息。假使消息外洩，我們會負起責任做後續處理。」

「我就相信你們吧，首先是火之神殿的神官長與風之神殿的神官長，另外還有四名神官應該會一同前來。」

「原來如此，那麼如果有其他人來，我們會提高警戒。」

「嗯，拜託了。這間貴賓室與其他貴賓室有段距離，想必不會有人迷路誤入此處。」

「我明白了……另一件事，陛下，可以准許我們打壞門鎖嗎？」

「只要你們認為有必要，就做吧。」

范突然走了出來，戰斧的握柄被人手不可能使出的握力握得嘰嘰作響。吉克尼夫覺得只是把門鎖稍微打壞，似乎用不著這麼大的力量；但他不是戰士，不便說些什麼。

只是四騎士中的兩名納悶地交頭接耳，讓吉克尼夫有點在意。

戰斧慢慢地舉高過頂。

「——啊，不可以把門打壞喔。」

弗賴瓦爾茲的一句話，讓范停住了動作，吉克尼夫也不禁揚了揚眉毛。

「……為什麼呢？難道不是要說『本來只是想打壞門鎖，不小心連門都打壞了，真抱歉呢。所以反正壞都壞了，就讓我們也一起待在裡面吧』嗎？」

「這次還是別這麼做吧，我不想蹚政治這灘渾水。」

「說得對極了，貧僧也不想招惹神殿勢力的更多白眼。」

「了解了，那就差不多這樣吧。」

戰斧迅速一劈，撞上門鎖，輕易將其破壞。

自己是應該傻眼，還是應該感到不悅？雖然有很多反應可以做，但吉克尼夫只覺得佩服，心想真不愧是精鋼級冒險者。

不是佩服他能用戰斧輕鬆打壞門鎖，而是他有膽面對這個國家的最高權力者，堂而皇之地說出這種話來。另外也是佩服他為了盡力完成接下的工作，傲慢到能夠忽視委託人兼最高權力者的要求。

這些都是如今吉克尼夫所失去的部分。

「……把這些傢伙都拖進政治的渾水裡好了，讓這些人逃脫不了。」

吉克尼夫一喃喃自語的瞬間，銀絲鳥的成員們一溜煙跑出房間，好像事先說好了似的。

房裡剩下三人，吉克尼夫他們面面相覷。

「剛才那可真厲害，不用說一聲就能那麼團結地行動……哎呀哎呀，真不愧是銀絲鳥啊。大概就是有那樣的身手，才能當上精鋼級吧。」

「……我真不知道該說什麼，但你佩服的點好像不太對……陛下，需要我們準備飲料嗎？」

「也是，不好意思，可以麻煩你準備一下嗎？」

「遵命，那麼巴傑德閣下，請您也過來幫忙。」

被叫去幫忙，讓他一臉不情願。

「咦，我也要喔？陛下，我就說還是該帶一名女僕來嘛！客人一定也覺得比起讓大叔倒飲料，女人來倒比較好喝吧，要是我一定這麼覺得。」

「好好好，牢騷到此為止，巴傑德閣下，請您多動手少動口。」

「麻煩你了，巴傑德。不在的人就是不在，只能讓在的人設法解決，就跟現在的帝國一樣。」

「您這比喻做的一點都不好，陛下。」巴傑德邊說邊幫忙準備。

樓下競技場傳來觀眾的聲援，還能聽見跟野獸有些不同的吼叫。

下一場比試似乎開始了。

吉克尼夫搜索著記憶。

在武王戰之前進行的，是冒險者與魔物的戰鬥。冒險場在競技場出賽時，經常上演魔法爆發等華麗打鬥，相當受到觀眾歡迎。

俯視著狂熱叫好的民眾，吉克尼夫感慨地說：

「真是和平的景象啊。」

「是嗎，陛下？」

沒想到有人會回答自己的自言自語，往旁一看，巴傑德站在自己的身邊。寧布爾在背後一臉不滿，連巴傑德的份一起忙。

「我倒覺得看起來不怎麼和平耶，您瞧。」

一名冒險者被獸型魔物的爪子一抓，血花四濺，掀起觀眾的大聲慘叫與聲援。

「我不是說比試內容，是說觀眾。」

吉克尼夫眺望著大聲吶喊的觀眾們：

「比起眼下帝國置身的狀況，你不覺得這幕景象真是一派和平嗎？我在想，要是他們知道揭開一層薄薄外皮，怪物就藏身於自己的周圍，恐怕不會這麼盡興吧。」

「一派和平不是很好嗎，就算讓民眾煩惱到胃痛也不能怎樣吧。」

巴傑德說得對。

吉克尼夫為自己亂講話感到後悔。

「你說得沒錯，巴傑德。好了，對方差不多快抵達了，準備得怎麼樣了？」

「是，陛下。由於某人不肯幫忙，我原本還擔心會來不及，不過飲料與紙張總算都備妥了，墨水也很充足。」

之所以準備這麼一大堆紙張，是防備貴賓室內遭到竊聽。雖然他覺得在這歡聲雷動，隔壁又沒有房間的地點，沒幾個辦法能專一竊聽這裡的聲音，但總是小心為上。

吉克尼夫知道這樣做很費事，他在皇城內這樣做過，非常累人。

這一切繁瑣措施，全是因為魔導國的力量是個未知數。

只要知道了對手能做什麼，不能做什麼，應對方式也會隨之改變。

想利用戰爭做調查的打算落得了慘痛下場，造成巨大慘劇。但也不能因此就放棄一切希望，必須思考其他手段，比上次更安全地進行調查，否則永遠都只能在敵人的陰影下發抖；

甚至可能陷入更慘的狀況，即使湊齊一手好牌，也因為害怕陰影而不得不放棄。

只是，他還無法忘記瘡疤痊癒前的痛。

「要是能知道安茲．烏爾．恭——魔導王的力量極限就好了，也許根本用不著做這些準備。」

當時自己的立場是協助者，能夠拜託魔導王；但如今雙方都是君王，是對等的關係，幾乎不可能再拜託對方什麼了。不對，想拜託是可以拜託，但一想到對方會要求什麼做為代價，吉克尼夫就頭痛。

「不只魔導王喔，陛下。是不是也該查清楚他那些家臣能幹什麼，否則會有問題吧？」

「說得對。」

「……那些部下有沒有可能比魔導王還強呢？」

「怎麼會，不可能吧？」

吉克尼夫雖然這樣回答，卻開始冒冷汗。

想到自己也有比自己強悍的四騎士當部下，實在不能說沒有這個可能。統率眾人需要的不是看誰力氣大，而是更重要的其他能力。

那麼如果安茲．烏爾．恭也是如此呢？

「——不，不可能。聽好了，寧布爾。你的想法是錯的，知道嗎？」

「是！失禮了，陛下。」

要是真有這種事，那一切都玩完了。就算最壞的情況好了，希望他們頂多只跟魔導王不分軒輊——要他向神祈求都行，拜託一定要在魔導王之下。

講了半天，還是缺乏情報。

（看來只能甘冒風險進行計畫，從黑暗精靈女孩身上問出情報了。向教國商量能否大量買進森林精靈，然後用來談條件……還是男孩（亞烏菈）比較好？不，他看起來還太小，感覺不會對女色動心，而且個性似乎很強勢。）

就在吉克尼夫即將陷入沉思時，有人敲門。

三人交換一個眼神，由寧布爾代表三人開門。

站在門外的果不其然，是弗賴瓦爾茲。

「陛下，客人到了。人數一共六人，我有見過神官長大人，應該是本人沒錯。」

「那就請他們進——」

話正講到一半，半開的門後傳來蘇德盤問的聲音：

「啊，麻煩等一下，我是說後面那幾位。人數跟事前聽到的一樣，但不知怎地，其中兩人散發出跟我類似的氣味。我本來還以為神殿直屬的懲戒部隊——誅殺破戒神官的存在只是謠言呢？」

「貧僧也大吃一驚。」

「你們是哪裡派來的人呢？」

「哎呀哎呀，這真是傷腦筋。不要多問，直接放我們進去就沒事了……首先你們似乎有所誤會，我——不，我等是憑著正當理由，受到皇帝陛下召見。你們對我等表示出敵意，可是會觸怒陛下喔。」

「哦——那你們可以在這裡等一下嗎？我去問問這話是否屬實。」

吉克尼夫探頭出來一看，火神官長與風神官長身後，站著四個來歷不明的人物。他們將連衣帽壓低，看不見整張臉，顯得十分可疑。

吉克尼夫是第一次見到這些人，不能保證他們真的是教國使者。不過既然有神官長在，不信任對方就不能好好談。要是雙方起了爭執而鬧翻，也只有魔導王漁翁得利。

「他們正是我在等待的客人沒錯，不好意思，可以讓他們進來嗎？」

銀絲鳥的成員們雖一臉狐疑，但很快就放所有人通行。

即使房門在身後關上，他們仍然無意拿掉連衣帽。

對於他們的粗魯無禮，吉克尼夫不能有任何怨言。如同吉克尼夫有所戒備，他們一定也提高了警戒。當然，是對魔導王。

「我的警衛人員給你們造成困擾了，真的非常抱歉。」

「請別放在心上，實際上後面那兩人，的確如同您那位精鋼級冒險者所見。」

教國使者只有兩人就席，後面兩人站著。

吉克尼夫拿著筆在紙上寫下「聖典」。對方只是回以微笑，但比言詞更證實了吉克尼夫的推測。他們必定就是據說存在於教國，擁有聖典之名的特種部隊群「六色聖典」之一。

「好了，比起這個，不如來欣賞比試吧？記得接下來這一場應該才是重頭戲。」

吉克尼夫點頭回答對方的問題。

到了重頭戲的部分，觀眾的興奮將會到達最高點，人聲鼎沸，應該相當難以竊聽。他就是看中這一點，才會挑這個時間與場合。

坐在身旁的教國使者從懷中拿出一封信，交給吉克尼夫。

吉克尼夫只把信件打開一點點，以免有人從旁邊或後面偷窺。信上寫的是質問。

歸納如下：首先，吉克尼夫為何會請魔導王使用那種魔法？

再來是今後帝國採取的立場。

吉克尼夫握有多少魔導國的相關情報？

文章不失禮數，但說穿了就是詰問狀。

對方大可以把信先寄過來，卻到這時候才拿給吉克尼夫，是因為教國也在戒備魔導國的賊性，還是不信任帝國？

吉克尼夫胸中湧起些許不愉快的感受，但想想帝國至今與魔導國的來往，教國方面不太能信任帝國，也是理所當然的。

吉克尼夫正要將回答寫在紙上，這時傳來了特別大的一陣歡呼，看來是比試開始了。

「這場最大的比試，艾爾．尼克斯皇帝陛下也蒞臨現場觀戰。各位觀眾，請看上方的貴賓室！」

主持人的聲音被魔法道具放大，響遍賽場。

「恕我離席一下。」

吉克尼夫站起來，在下方的市民們面前露臉。

市民們一齊發出讚揚吉克尼夫的歡呼聲，吉克尼夫端整的臉上浮現沉穩微笑，舉手回應市民們的歡呼，女子們發出尖叫。對於自己的人氣尚未衰退，吉克尼夫感到心滿意足。

「謝謝陛下！好了，那麼各位觀眾，接下來久違多時的武王戰即將開始。看來還需要花一點點時間準備，請各位耐心等候。」

「武王啊……」吉克尼夫低喃。

以前吉克尼夫曾經問過巴傑德，如果四騎士所有人向武王挑戰，結果會是如何？巴傑德笑著說他們沒有勝算。這個回答讓他大感憂慮，命夫路達收集關於武王的情報。結果知道的，是武王這人擁有的實力，強悍到了不公平的地步。

「不過陛下，究竟是誰要與武王交戰呢？」

使者問了個理所當然的問題。其實吉克尼夫也沒有答案。

「我也不曉得，這次的武王戰據說是臨時決定的。主辦人似乎為了提高話題性而不肯洩漏，節目表上也沒寫。」

「原來是這樣啊。」使者說。

「不過能與武王單挑的，頂多也只有精鋼級冒險者吧。但是銀絲鳥的各位人士都在這裡，那麼大概是八重漣中的哪一位吧。老實說，我不太贊成讓珍貴的精鋼級冒險者參加這種可能喪命的戰鬥，而且只是為了表演。」

「這我無法完全否定，但強大的力量就是一種魅力。為了讓群眾見識狂暴力量，並夢想自己也能成為那樣強大的戰士，沒有比這種場所更好的選擇了。」

侍奉火神的神官長——帝國火神信仰的最高權力者插嘴道。

「說得確實有理，然而考慮到帝國的現狀，我認為不適合做出可能導致戰力低下的行為。武王是帝國的最強存在，不能將他捲進這個問題嗎？」

「……真沒想到這位使者會這麼說。」

斯連教國是重視人類的國度。不對，應該說是不認同其他種族的國度。

在這個各類種族生存的世界，教國能讓其他國家知道這件事實，還能維持國家體制，只能說令人佩服。還是說將國民統一為單一種族，才是建立強國的條件？

「我只是以個人身分提出一個建議，與國家無關。那麼這事就講到這裡，陛下，可以請您給我答案嗎？」

「也好，那就——」

「——那麼各位觀眾，讓大家久等了，挑戰者即將入場！」

吉克尼夫拿起筆，正要對第一個問題寫下答案，一聽手又停了下來。因為他起了好奇心，想看看是哪個勇士敢挑戰赫赫有名的武王。得到認可成為挑戰者，就表示主辦人至少認為這會是一場精采的比試。在這帝國當中，還有這樣的高手？

如果此人能力優秀，而且有意為帝國效力，就算輸了，吉克尼夫也願意任用他。看情況甚至可以任命他填補「不動」之死造成的帝國四騎士的空缺。

「……我想很多人都聽過挑戰者的大名，這位大人今天蒞臨現場！他就是魔導國國王安茲．烏爾．恭陛下！」

「——啊？」

吉克尼夫不由得蠢笨地叫了一聲。

主持人的話中含意，彷彿左耳進右耳出。

當整個競技場陷入困惑時，貴賓室中則是一片死寂。

吉克尼夫環顧周圍，確定所有人都跟自己聽見了同一句話。

「安茲．烏爾．恭？」

（——這不可能。）

當然了，一國之君怎麼可能跑來參加外國的劍鬥比試。只要是有常識的人都會這麼想，又不是哪個地方的蠻族。

最重要的是，吉克尼夫一直有在注意魔導國的動向。如果魔導王進入帝國，一定會立刻傳進吉克尼夫的耳朵，因為此事被他列為最優先事項。吉克尼夫都安排好了，不管自己是在後宮還是任何狀況下，都一定能接收到情報。

然而自己卻沒收到報告，這就表示——

（偷渡入國？他會做這種事，然後跑來競技場？他在想什——咦，不會吧，是這樣嗎？這怎麼……可能？）

吉克尼夫身體一顫。

然後他只移動目光，看向來自斯連教國的使者。

他們連衣帽底下的視線相當尖銳，其視線只代表了一個意涵。不，假使立場顛倒過來，吉克尼夫也會導出同一個答案。

他們判斷是吉克尼夫把魔導王叫來的。

「請等一下，這是陷阱！」

沒錯。

這是安茲．烏爾．恭計謀的一步，吉克尼夫必須讓使者理解，不，是讓他們接受這點。

「魔導國的，還是……？地點是陛下指定的吧，而且是幾小時前才通知我方。」

正是如此，他直到最後一刻才通知，以免情報外洩。

吉克尼夫拚命想起知道情報的那些人。人數很少，都是他信得過的人。但真是如此嗎？

不對——

「——也許是被魔法支配，引出情報了。此事絕非我所策劃，證據就是如果是我設下的陷阱，我怎麼會如此驚慌？」

「您要我們相信您的說詞？難道不是為了把我們拖下水，或是把我們賣了？」

對方絲毫不肯相信吉克尼夫。

不，這是當然的。如果立場顛倒過來，自己也會這樣譴責他們。

（可是，情報究竟是從哪裡洩漏的？不對，真的有洩漏嗎？會不會一切根本就是照他的計畫在走？他早就灑下誘餌，等著我一口咬住——）

背脊一陣冷顫。

魔導王究竟預測到多少我方的動向？

很可能從一開始到現在，全都是他算好的。

魔導王就是這種對手，吉克尼夫清晰的頭腦得出了答案。

（他到底設下了多少計謀！不對，現在不是對他的智謀感到驚懼的時候！得趕緊想想辦法！）

「情況不妙，得趕緊從這裡——」

然而，為時已晚。

新一名闖入者的聲音傳來，那是獵物落入設下的陷阱，獵師稱心如意的聲音。

「吉克尼夫．倫．法洛德．艾爾．尼克斯閣下，好久不見了。」

吉克尼夫拚命壓抑著粗重喘息回頭一看，只見魔導王從競技場的中央上升到貴賓室的高度。

之所以滿不在乎地暴露出那張令人厭惡的原本面貌，必然是為了讓人知道就是他本人。

「這……這四——呼。這是我要說的，恭閣下。真沒想到會在這種地方見到你……」

吉克尼夫不知道該說什麼才好，不管說什麼都會落人口實的擔憂，讓他的嘴唇像黏了漿糊般張不開。

「我也是一樣的想法，偶然真是教人害怕啊。」

魔導王發出邪惡的吃吃笑聲，一看就知道他根本不當這是偶然。

錯不了。

吉克尼夫可以確定，一切都是安茲．烏爾．恭的詭計。

他當場抓到吉克尼夫與教國的密談，藉此對吉克尼夫施加壓力，同時阻止兩國結盟，也對教國施加壓力。

真是個鬼才。

吉克尼夫往衣服上抹了抹手心滲出的汗。

己方的情報肯定洩漏了許多，那麼，他究竟知道多少？

吉克尼夫拚命動腦時，魔導王眼窩中亮起的可怖亮光朝向教國使者。

「那幾位是陛下的熟人嗎？」

被安茲一問，吉克尼夫語塞了。

這不是個單純的問題。

是踏繪。

是要護著教國撒謊，還是站到魔導王那邊出賣他們？

安茲太過惡毒的做法，甚至令吉克尼夫一陣作嘔。

他感覺沒有表情的骷髏臉龐彷彿邪惡地歪扭著，必定是在嘲笑無法開口的吉克尼夫。

「怎麼了？艾爾．尼克斯——不，吉克尼夫閣下。看你臉色不太好，是不是不舒服呢？」

這話聽起來像是由衷為吉克尼夫擔心，因此也就格外令人厭惡恐懼。就像疼愛在手中掙扎的小動物，只要是人，當然都會害怕這種竊喜的氛圍。

「沒……沒有，我沒事，好像站得有點頭暈。」

「是嗎？健康就是本錢，保重啊。」

吉克尼夫硬拗的藉口根本不可能通用，但安茲卻配合著回答，是不是在觀察殺死獵物的瞬間，還是他嗜虐成性？或者是——

「可以請你介紹這幾位給我認識嗎？我是安茲．烏爾．恭魔導王。」

——他是想說這個？

既然一國之君已經報上名號，他們自然不可能一聲不吭地離席。若是報上假名，魔導王如果早已知道他們的真實姓名，又會採取何種態度？

（竟敢這樣玩弄我！）

安茲的表情紋風不動，應該說那張臉無皮無肉只有骨骸。而且也沒有眼珠，只有彷彿於深處搖曳的赤紅火光，無法掌握任何情感。然而吉克尼夫卻知道安茲的邪惡笑意更深了。

「萬分感謝，本來我等應當報上名號，然而我等正好有急事必須速速離席。關於我等的事，還請您之後再向陛下詢問。」

教國使者從座位站起來。

「是嗎，那真是太遺憾了。今後應該還有機會相見，在那之前請各位珍重。那麼我還得上場，就此失陪。」

說出一番酸言酸語後，魔導王輕快地向下降落。

等看不到他的身影後，教國使者的尖銳眼光朝向吉克尼夫。

「你陷害我們。」

「絕……絕無此事！」

「絕無此事？那傢伙擺明了知道我們的事，不是嗎？他剛才的行動，自始至終都在嘲笑按照他心意行動的愚者吧……你告訴了他多少？為了保護自己的國家，你出賣了多少機密？聽說你哀求對方使用駭人無比的破壞魔法，看來是事實了。」

吉克尼夫看向神官長們求助。

兩人眼中浮現的情感不是困惑與懷疑，而是敵意與失望。

魔導王在最具效果的時機，做出最強的一擊。這一擊徹底令帝國屈膝，為了讓帝國（吉克尼夫）知道自己只剩下背叛人類一條路——

「請你們相信我，我絕對沒有將情報洩漏與他。」

「……就算相信您，情報還是完全洩漏了，這點是不會改變的。很遺憾，皇帝陛下，我們恐怕不會再見面了。」

教國使者只說了這些就走出房間，神官長們也跟隨其後。

「站住！我要聽到你們的想法，否則不許你們離開房間。」

寧布爾與巴傑德都將手放在武器上，準備行動。

吉克尼夫振作起受挫的心，定睛注視兩名神官長。斯連教國的使者頭也不回，逕自離去。

「我要你們說出神殿勢力的看法，你們對魔導王是怎麼想的？」

「……魔導王是邪惡的不死者，認同那種魔物為君王，是不被允許的。」吉克尼夫還來不及開口，火神神官長繼續說道：「不過，與那魔物交戰也不可能贏得勝利，因此我們會摸索消滅他的手段。」

「要出賣我們就出賣吧，皇帝，受強大魔鬼迷惑心志之人。」

風神神官長的發言，完全表現出對吉克尼夫的敵對意志。

情況非常不妙。

神殿勢力不會干預政治，然而，眼看皇帝與不死者這種強大敵人同流合汙，也許會展開放逐行動。

吉克尼夫無法肅清他們，神殿是人民心靈的救贖，同時也司掌醫療。

這樣做會導致帝國由內部分崩離析。

安茲・烏爾・恭打出的一著，有如死神鐮刀的一擊令吉克尼夫深感恐懼。那人什麼都不用做，就能坐看帝國崩潰。之後再隨便找個理由，讓魔導國大軍犯境就行。

如果是吉克尼夫，大概會找藉口說「由於鄰國友邦局勢混亂，為了維持治安而調動軍隊」吧。

從剛才的反應推測，就算魔導國擺出這種態度，斯連教國也不會加以譴責。王國恐怕也沒這個餘力，要等城邦聯盟提出譴責聲明又需要一段時間。

究竟該提出什麼樣的利益，才能消弭他們心中的懷疑之色？不對，是要讓他們吞下疑心，答應配合才行。

吉克尼夫做為皇帝與對手談話時，心裡想的永遠是這個。要打動人心，最簡單的方法就是誘之以利。他一輩子活到現在，很清楚這種想法是正確的。他看過太多人看似道貌岸然，骨子裡卻欲望深重。

然而，就在這一瞬間，吉克尼夫想不到答案。

自己被視為人類叛徒，與不死者同流合汙，沒有任何利益能突破這個困境。

所以他只能真摯地，毫無虛偽地說道：

「聽我說一件事就好。那人的智謀在我之上，事情如此發展，想必也全都在他的計畫之中……換成我站在你們的立場，我大概也很難相信你們……但我真的沒有把情報賣給他。還有你們或許不會相信我，但我想以一個人類的身分忠告你們。魔導王的統治慈悲為懷，耶·蘭提爾的人民生活十分和平。」

「誰知道能維持到什麼時候呢？」

「或許吧，但目前相安無事。如果毫無勝算卻挑起戰端，我國會即刻步上毀滅之路，所以希望你們不要操之過急。」

兩名神官長互相對視。

然後他們看吉克尼夫的眼睛，敵意淡了一點。

「……看來我們有點感情用事了，的確如果是那有名的不死者，不能斷定一切不是在他掌握當中。我們另外安排地點再會面吧。」

「有勞了。在那之前，我還有一件事想拜託兩位。希望兩位能找個位子看看那人在競技場的戰鬥模樣，然後如果有辦法打倒他，請告訴我。」

吉克尼夫低頭懇求。

在謀略等智謀戰上，吉克尼夫不及安茲。想平分秋色，只能以人心做為最終王牌了。

樓下傳來歡呼聲，吉克尼夫移動視線。

「……武王加油啊，神明保佑！」

吉克尼夫真心向神祈求武王獲勝。

3

好久沒來到帝都了。

從小窗看見的景象，足以讓安茲懷著挫敗感。

街上充滿活力。

人們神情開朗，人聲鼎沸。跟自己那個黯然無光的國家簡直有天壤之別。

然而襲向安茲內心的挫敗感很快就消失了。安茲是最近才開始統治那座都市，接受了新的統治者，人民當然會因為改變與不安，而一時喪失活力。

布妞萌曾經教過安茲戰略遊戲，聽說占領戰爭贏得的土地，該地市民的心情參數會一口氣下降，然後——

（他好像說會出現Partisan？為什麼，為什麼會出現一堆闊頭槍？）

文章前後沒有關聯性，好像有哪裡弄錯了。

由於那款遊戲跟YGGDRASIL沒太大關聯，安茲只是隨便聽聽，現在後悔了。不過，兩者之間到底有什麼關係？

（我覺得「出現」指的應該是好賣，但會不會是玩家特有的用語……？Partisan……記得是槍的一種。武器好賣表示有理由戰鬥，市民要戰鬥？嗯，意思是不是要對抗新的統治者，也就是說會起內亂嗎？如果是這樣的話，直接說會發生叛亂就好了啊。為什麼要說Partisan？好吧，沒差……）

耶．蘭提爾之所以沒發生叛亂，大概還是因為有死亡騎士進行巡邏等維安活動，收到效果了吧。還是因為一開始利用了飛飛這個角色，達到很好的抑止效果？不，也有可能是因為施行良政。

（能和平統治最好，只有蠢蛋才會勒死下蛋的母雞。記得書上寫說，有時PK後得把掉寶還給對方等等，以免結下梁子。）

安茲回想起寫在《輕鬆上手PK術》裡的內容，發現自己思考偏離主題了，趕緊修正方向。

（不對，現在是在想活力的問題。好吧，我統治的是一座都市，相較之下，這裡是擁有多座都市的帝國的首都，活力有差是沒辦法的，況且人口也不一樣……只要人口增加，我們魔導國一定也會充滿活力的……或許應該跟雅兒貝德稍微提一下「多子多孫多福氣」政策。）

安茲安慰自己，然後像個統治者開始思考新政策。

「請……請問一下，陛下。」

同樣從馬車車窗看著外面景色的男子出聲，讓安茲回過神來。

「恕……恕我冒昧，陛下。此處似乎是帝國首都歐溫塔爾？」

幾乎是被強行帶來的男子顫聲問道。

「沒錯，不愧是冒險者工會長，一看就知道這裡是哪裡。」

「謝……謝陛下——現在不是說這個的時候！我不記得我們有通過關口什麼的，這樣豈不是偷渡入國嗎！」

他說得沒錯，安茲是用「傳送門」直接傳送到帝都，並未通過什麼關口。

「——不過是小事罷了。」

「這才不是小事！絕對會成為兩國之間的大問題！國王竟然偷渡進入外國！」

吉克尼夫來到納薩力克時也是這樣啊。安茲無法這麼說。照常理來想，工會長說的才正確，錯絕對在安茲身上。

安茲拚命思考，但想不到能讓艾恩扎克接受的說法。他反而還感到佩服，想不到工會長個性還挺認真的。安茲原本以為他會說「不被抓包就沒事」，這下稍微改觀了。

「……工會長，我與艾爾．尼克斯閣下關係很好，也曾爽快答應他的請求。」安茲想起那場戰爭的事。「雖然不能說他也應該這樣待我，但只要我一句話，他應該也會欣然應允的。只是會變成先斬後奏……既然皇帝陛下想必會准，那還需要什麼別的？」

「您……您說得確實沒錯，可是……」

「最重要的是，我與你都沒有攜帶危險物品。既然如此，又有什麼大不了的？」

「唔唔……」艾恩扎克欲言又止。

安茲確定已經騙倒他了，心中竊笑。

實際上安茲是蓄意偷渡的，箇中理由有二。

（如果吉克尼夫知道我要來，鐵定會進行接待。就算他對納薩力克有戒心，同盟國的國王入境，他表面上也應該會表示歡迎，但是那樣就糟了。）

帝國皇帝歡迎同盟國君王的典禮，對於不懂貴族社會的安茲來說，是無論如何都想避免的活動。

要是在典禮上鬧笑話，他會沒臉見在魔導國辛勤賣力的守護者們。

另外還有一個理由。

（再來就是我得想想該怎麼做，才能巧妙地把艾恩扎克扯進來。像去工會那次訴說自己的夢想請他協助，是否會是最安全的手段？）
因為他想硬是把艾恩扎克扯進這件事裡。
安茲來此是為了勸誘冒險者。
安茲很想把冒險者工會納為國家機構之一，但有了外盒，還得花時間充實內容。這是因為首先，魔導國只擁有一座都市，冒險者人口稀少。以蜥蜴人為代表的其他種族冒險者的問題日後再說，眼下必須先增加人類冒險者。
所以才必須進行挖角，人數少，從鄰近諸國挖人就行了。
不過大家都知道，勸誘不是一件簡單的事。尤其是安茲接下來要做的等於上門推銷——跑業務當中難度最高的工作。
艾恩扎克也說過，冒險者雖然身分自由，但事實上等於對抗魔物的國防戰力。如果強行挖角，肯定會引來各方面的強烈反彈。
當然，就算各國的冒險者工會聯合起來與魔導國全面抗戰，安茲也不認為自己會輸。但是這麼一來，自己旗下的冒險者們將會士氣大減。他們很可能不樂見新加入的組織與老家相爭，而失去幹勁。

因此，安茲想把知道自己目的與概念的艾恩扎克牽扯進來，利用他當仲介，讓事情圓滑發展。如果安茲在耶・蘭提爾就這麼說，怕他會拒絕同行，所以才硬是把他帶來。

安茲此外還有一個目的，是讓艾恩扎克提供與對方的共通話題。

這是跑業務的一個訣竅，雙方之間只要有共通點，會比較容易傾聽對方說話。

來自同鄉、支持同個球隊……安茲——不，鈴木悟看過同事利用這些方法抓到客戶。

安茲做為冒險者飛飛，對冒險者略知一二。但他是一口氣爬上高階級，不能說真的了解冒險者的辛勞。所以他才會讓從基層冒險者做起，又以工會長的立場看過眾多冒險者的艾恩扎克做緩衝，想讓對方對自己產生親切感。

換句話說，這次在帝國工作的成功與否，端看艾恩扎克的力量。

（只是，問題在於要如何提昇艾恩扎克的動力。）

如果艾恩扎克說要看報酬，安茲可以支付不小的金額，但安茲不認為他會為利所動。

「走吧。」

安茲對車夫座的人吩咐一聲，馬車靜靜向前駛去。駕駛馬車的是安茲以手頭僅有的錢召喚的八十多級魔物「半藏」。

半藏在類人型魔物中屬於忍者系，擅長揪出隱密行動。這個等級層其他還有擅長幻術的果心居士、擅長空手戰鬥與特殊技能的風魔，以及擅長武器戰鬥的飛鳶加藤等等。

馬車前進，車內匡噹匡噹地晃動。

這是因為安茲擔心平常施加了多種魔法的馬車會引人起疑，而選了一般馬車。

「……那麼魔導王陛下，您之前不肯說，如今到了帝都，是否可以告訴我，您究竟想做什麼？」

「我來此的目的，之前跟你談過，你應該明白吧。」

咦？艾恩扎克蹙起眉頭。

「就是招募冒險者進入我國一事。」

艾恩扎克板著一張臉，顯然一副不贊成的表情。

「……您難不成想勸誘帝國的冒險者？」

「正是，我要挖走這個國家的冒險者。」

雖說戰爭無情，但自己畢竟殺死了王國那麼多兵士，恐怕很難拉攏王國冒險者。況且雅兒貝德正在造訪王國，安茲不能給她添麻煩。這麼一來，帝國這個同盟國就是最佳選擇。

在城邦聯盟等較遠的地區，正透過夫路達收集國家情報，安茲不敢還沒問過雅兒貝德與迪米烏哥斯的想法就隨便出手。

「您打算怎麼做？我……」

艾恩扎克做了個深呼吸：

「……陛下，我接觸到陛下對冒險者的看法，深受感動，因此我想竭盡所能協助陛下。但是，這可能是因為我算是比較接近體制的人。現任冒險者可能捨棄至今累積的一切嗎？恕我直言，我認為很難，尤其是帝國的冒險者更是如此。」

安茲胸中湧起新鮮的喜悅。

對，他要的就是這種意見。

不是說守護者們不對，但因為他們會將安茲所言當成真理付諸行動，安茲常擔心自己的命令是否正確。因此安茲想要的，是對自己的意見給予否定反應，這樣他才知道哪裡出錯。

安茲心中對艾恩扎克的好感度略為上昇。

不過，安茲不能坦率地佩服他的看法。

莫名其妙的是，部下都以為安茲．烏爾．恭是位智者。他不能做出破壞形象的事，不想讓大家失望。

「……說來不可思議，拿好處與壞處相比，應該是好處比較大，但卻不能如意，看來我對冒險者的知識還不夠。」

真慶幸這張臉完全沒有表情，就算撒謊也不會被看穿，可謂終極的撲克臉。

安茲講到這裡停了一下，正眼注視艾恩扎克。不能擺出等待他反應的態度。

「如果是你會怎麼做？你覺得什麼樣的提議才有足夠魅力，吸引一度決定根據地的冒險者換地方？」

「……陛下，非得要立刻挖角嗎？」

「什麼？」

「您非得急著拉攏這帝都當中的冒險者嗎？」

安茲將手放在下巴，想了想。

如果可以，安茲很想盡快進行。但若是不可行，他可以忍耐。他的主要目的是讓魔導國廣為人知。

異形類種族沒有壽命，因此就某種意義來說，可以認為時間很充裕。

「的確並不是那麼急。」

「那麼，是不是應該先鞏固基礎呢？首先在魔導國成立陛下談過的組織，然後建設其他各項設施。由外而內逐漸成形或許比較好。」

「很好的提議，這我也想過。但有一個問題，就是一開始製作容器時，得先試算要裝多少，否則恐怕會太大或太小……你試算得出來嗎？」

「確……確實如此，我辦不到。我不知道陛下腦中描繪的冒險者培育機構有多大規模，也不知道這項計畫占了魔導國多少比重。」

「是啊，說實在的，我也正在摸索。尤其是——你似乎對我說的話感興趣，但我完全不知道這能打動多少冒險者的心。為了觀察反應，我才想在帝國嘗試勸誘，藉此知道結果。」

「原來如此……不愧是陛下。想不到陛下思考如此深遠，我真為我的淺慮感到丟臉。」

「沒這種事，我跟你們是不同的存在，所以對於人類的反應等等，可能會做出錯誤的行動，也許會說出令對方不悅的話。在這種時候，我希望你能給我一句建言。就這個意義來說，我需要有人協助我……艾恩扎克。」

「是！」

「今後也要你多費心了。」

艾恩扎克有一秒鐘陷入沉思，然後深深低頭致意。

簡直就像納薩力克的守護者的動作。

安茲高傲地點頭，並回想剛才的對話。

（也就是說關於如何吸引帝國冒險者，可以全部丟給艾恩扎克處理，是嗎？）

這個部分非常重要。

安茲覺得自己還滿會做簡報的，但並不代表他喜歡做。如果有更能幹更優秀的人，就該全部交給那個人做。不對——

（——不能全部丟給別人，至少如果出了問題，我這個上司得設法解決才行。）

在安茲下定決心絕不要成為最差勁的上司時，他發現艾恩扎克似乎在思考某些事情。

「怎麼了？」

「……不只是當今的冒險者，陛下會希望今後誕生的冒險者們，也擔任您的組織成員探究未知事物，對吧？」

「我有意如此。」

「如同我方才所說，要拉攏現任冒險者恐怕很難。不過，或許能夠讓那些有志成為冒險者的人對魔導國產生嚮往。也就是募集雛鳥，進行培育。」

冒險者沒有國境之分，但還沒成為冒險者的人應該還是受國境限制吧？安茲雖然這樣想，但艾恩扎克對這個世界比安茲知道更多，他都這麼說了，大概沒問題吧。

「原來如此，那麼該怎麼做呢？」

「是，強者總是受人憧憬的。所以魔導王陛下不如展現您的力量，在該地宣傳如何？」

這樣對不對啊？安茲想。

然而宣傳的確很重要，建立冒險者工會，也是為了替安茲．烏爾．恭魔導國做宣傳。

「……為了顯示我是強者，只要模仿冒險者的作為就行了嗎？」

安茲心想是不是要做個帝國的飛飛，一問之下，艾恩扎克搖搖頭：

「關於這點，陛下，此處是帝都，不如在競技場展現您的力量如何？」

「哦……聽起來似乎很有意思，仔細說給我聽。」

馬車停在一棟大宅邸前。

安茲曾經以飛飛的身分帶著娜貝在帝都遊走過，但不記得有看過這麼大的個人宅第。至少在耶．蘭提爾，安茲沒看過哪戶人家能與這幢豪宅相比。

「這裡就是競技場主人的宅邸嗎，真是氣派啊。」

安茲一問，「這樣說有點語病。」艾恩扎克回答。

「競技場本身是國營的，這裡的人只是租借競技場，安排表演節目——我想正確稱呼應該是承辦人（Promoter），其中他的權勢最大。」

「原來如此……你們認識？」

如果他們認識，安茲心想事情應該很好談，但很可惜的是艾恩扎克搖搖頭。

「競技場的節目內容複雜，有時還會讓冒險者與魔物交戰。我只有在他們捕獲魔物運送過來時，與他打過幾次照面罷了。」

「這樣啊，不過這樣仍然幫上了忙，我十分感謝你的人脈。但話說回來，他們在耶．蘭提爾近郊想抓什麼魔物？」

艾恩扎克板起臉孔。

「他們似乎是想捕捉卡茲平原的不死者，因為不死者不需進食，所以只要抓到了，就不用再另外花錢。」

「哦，著眼點不錯嘛，看來此人很懂道理。」

「是這樣嗎？我是不太喜歡這個人……不過，陛下，恕我失禮，聽到您的同族人士被人獵捕，您不介意嗎？」

安茲正眼看著艾恩扎克。

這傢伙在說什麼啊？

「您與他們都是不死者……」

「喔，原來——不死者也有很多種類，況且我並非對所有不死者都抱有同族意識。」

「這真是失禮了……陛下的種族稱為什麼呢？如果不至於失禮，可否請陛下賜教？」

「死之統治者(Over Lord)，你有聽過嗎？」

「不，非常抱歉，我才疏學淺，未曾聽過。」

我想也是。安茲心想。

作為ＹＧＧＤＲＡＳＩＬ的魔物，死之統治者包括擅長魔法的死之統治者賢者(Overlord Wiseman)、能行使時間系特殊能力等等的死之統治者時間王(Overlord Chronos Master)，以及擅長指揮不死者軍勢的死之統治者將軍(Overlord General)等，種類豐富，最弱的也有八十級。

安茲已大略掌握這個世界平均的實力與強者的力量，基於這點來想，如果死之統治者這種不死者出現了，肯定會造成大動亂。尤其不死者是不老的存在，除非被人打倒，否則永遠不會消滅，將會世世代代君臨該地。

反過來推測，沒有聽說過這樣的事，就表示這個世界應該沒有死之統治者。

「是嗎？我很希望讓冒險者勇闖未知的世界，收集這類情報。如果有與我同族的存在，並且對生命抱有憎惡，那可是很棘手的存在喔，你明白吧？」

艾恩扎克睜大雙眼，點點頭。

「正如陛下所言，在這一刻，我感覺自己由衷明白了冒險者的正確姿態。」

「是啊，你必須把我當成不死者中的例外。我明白人類等種族的價值，所以不會濫殺無辜，但其他死之統治者可就不一定嘍。」

「是這樣的嗎？」

「沒有確切證據，我也說不準是只有我例外，還是我的種族全都例外。不過還是得做好最壞的打算行動，不是嗎？」

「……陛下所言甚是，我會銘記在心。」

安茲點點頭。

如果找到了死之統治者出現過的痕跡，而且已經遭人打敗——說不定能循線找到對夏提雅洗腦之人。不對，說不定那個死之統治者也跟夏提雅一樣，遭到魅惑而受人控制。

「那麼我去與對方約時間。」

「有勞了。」

艾恩扎克下了馬車，安茲目送他離去後拿出面具戴上。在耶・蘭提爾已經可以用本來面貌坦然走在路上，但在帝都——尤其是偷渡入國時，至少該稍微隱藏一下真面目比較好。

長袍也從平常那件換成了更穩重的一件。

雖然魔法道具的等級低了一級，但這也沒辦法。安茲也只有一件神器級長袍，其他是同伴留下來的，但防具都已改造成同伴各人專用，比武器改得更多，例如將大部分資料用在強化同伴的特殊技能上。因此雖然不至於不能用，但無法十全活用能力。

這樣的話，還不如用安茲為自己打造的裝備，弱一點也沒關係。

替換了幾件裝備後，有人來敲馬車車門，艾恩扎克出聲呼喚安茲。

好像還不到五分鐘。

「萬分抱歉，陛下。」

「怎麼了？」

「很可惜，對方表示今天不方便，希望我們明天再來。如果陛下希望，我可以告訴對方陛下駕到，強行安插行程，陛下尊意如何？」

「不用。」

自己在忙時卻有人跑來硬是要見面，這種人只會惹人討厭。反而以業務的感覺來說，上門推銷卻免於吃閉門羹，還預約到拜訪時間，已經是萬萬歲了。

「那就明天吧，我們應該感謝自己的幸運，這麼快就有日子空出來——怎麼了？」

安茲發現艾恩扎克睜大了眼睛，向他問道。

「呃，不，只是覺得陛下實在寬宏大量……就連貴族，有些人都瞧不起商人……」

「你本來以為我會硬是命令你讓我見他？」

艾恩扎克沒有立刻回答，比言詞更表達了肯定。

安茲思考那樣做是不是比較符合統治者的態度。雖然現在想這點太遲了，不過安茲．烏爾．恭是君王。既然如此，只要是統治者該有的態度，就算以鈴木悟來說覺得奇怪也該做。

「我是第一次領導人類，如果人類社會應當如此，我就這麼做。」

艾恩扎克表情複雜地扭曲。

「我也不知道，陛下。我沒有見過國王，不知道那樣做是否正確。就我個人來說，我比較喜歡陛下剛才的想法，但也許高階貴族就該使用權力才正確。」

「人類社會可真複雜啊。」

結果就是一句不知道嘛，安茲嘟噥著，艾恩扎克對他露出親暱的笑容。

「或許正如陛下所說，人類之間真的有許多麻煩問題。」

馬車中響起兩人份的小小笑聲。

安茲偷偷握緊右手，不讓艾恩扎克看到。他確定自己已經跟艾恩扎克混熟了。

「——那麼你有告訴對方明天拜訪時，我也會同席嗎？」

「不，這我沒說。我想先問過陛下的尊意，而且說出陛下的名字沒有關係嗎？」

「……只要那人不會把事情鬧大就無所謂，你認識他，這方面就由你決定吧。」

「遵命，我想我會先隱瞞著。」

商量好時間等細節後，艾恩扎克再度下了馬車。

這樣好像讓艾恩扎克當跑腿，安茲感到些許罪惡感。他知道這個世界沒有年功序列的概念，但當過社會人士的鈴木悟，不太喜歡使喚年紀比自己大的人。

（這下知道為什麼很多人不喜歡部下比自己年紀大了。）

如果對方是屬於完全不同社會的人，應該就不會想這麼多了。比方說如果是帝國的人，不管年紀多大，安茲都能任意使喚。但他對艾恩扎克辦不到，就表示安茲已經把艾恩扎克視作自己的一名屬下。

（必須支付合理的報酬，我得謹記納薩力克的人們不要求獎賞是特例，否則我會變成最糟糕的統治者。我絕對不要變成黑心企業那種獨裁者。）

黑洛黑洛的聲音掠過腦海，讓安茲堅決發誓。

（實際上，賜給艾恩扎克的獎賞……做為君王，應該支付多少才適當？祕銀級冒險者的價碼可以嗎？不對，還要加上職位津貼，所以要加一成……太多了，那就大概5%？……拜託誰教教我適當的薪資金額啊。）

他有事總是找迪米烏哥斯或雅兒貝德商量，但就算是那兩人，恐怕也不見得知道該付多少薪水。總覺得他們好像會說「下人能為安茲大人效力就該高興了」。

（看來……還是得找人類的智者呢。夫路達也說他對魔法有自信，但其他知識就不見得樣樣通了……）

納薩力克感覺好像所向無敵，但對人類社會等知識卻留有一抹不安。

（……這就是所謂的先自隗始嗎？採用迪米烏哥斯的提議真是用對了，不過只要是迪米烏哥斯提出的建議，我當然不會拒絕就是。）

安茲漫不經心地想著，這時有人來敲門。

「久等了，陛下。」

安茲並沒有在等，但仍以他認為符合統治者身分的高傲態度，要艾恩扎克說下去。

「我已遵照陛下的意願，跟對方約定明天十點見面。」

「唔嗯，那麼在明天之前……我先用傳送魔法將你送回耶・蘭提爾。放輕鬆接受我的魔法吧，『高階傳送（Greater Teleportation）』。」

艾恩扎克的身影霎時消失無蹤。

使用「高階傳送」應該能順利將他送到耶・蘭提爾三道城門當中最外圍的門前。就算傳送地點有東西，也能跳到鄰接的安全位置，所以不需要用魔法確認他平安。

「接著用『訊息』聯絡他吧。」

安茲喃喃自語，因為他很不想處理這件事，所以才說出聲音來激勵自己。

安茲要使用「訊息」聯絡的人，是答應將一切奉獻給他的夫路達。安茲明知他想要什麼卻一再拖延，是因為他沒自信能給予那老人想要的東西。

夫路達祈求的報酬，是請安茲傳授魔法知識。

然而安茲的魔法力量並非長年鑽研鍛鍊而成，因此夫路達磕頭請他教導魔法，只會讓他頭大。

在ＹＧＧＤＲＡＳＩＬ，安茲可以大談魔法知識；但很遺憾，這個世界的魔法系統似乎跟ＹＧＧＤＲＡＳＩＬ不同。

明明是不同的學習方式，為什麼會用出同一種魔法？諸如此類的種種疑問都還沒找到答案。真要說起來，其實還有一堆無法理解的問題。最糟糕的狀況，還得想到ＹＧＧＤＲＡＳ

ＩＬ的能力有可能突然不能使用。

如果使用在這個世界效果有所改變的超位魔法「向星星許願（Wish upon a star）」的複數降級式發動——一口氣降低好幾個等級以實現強大願望的方法，或許能得到這些問題的解答。

但那是非常危險的賭注。

用了能不能真的得到答案還是個謎，也很可能白費工夫。而且最重要的是，安茲沒有勇氣使用可能成為殺手鐧的魔法。當然如果有方法賺取大量經驗值就另當別論，但很遺憾的是，這種方法還沒找到。

「唉……」安茲嘆口氣——雖然沒有肺——心情就像業務要向顧客道歉約好的商品還沒到手，他發動「訊息」。

「夫路達．帕拉戴恩。是我，安茲．烏爾．恭。」說完，安茲接著說出講好的句子：「威莫斯村出身，第一次接觸魔法是在……記憶中應該是你村子裡的咒師吧。」

『喔！老師！恭候多時了！』

夫路達的謝意傳達而來。

剛才那句話是暗號，因為夫路達說收到「訊息」的人可能會是裝做熟人的外人，所以安茲約好先說出名字已經改變的村莊，以及他的回憶。

不過光是這樣做，還不能消除夫路達心中對「訊息」的擔憂。

安茲覺得他簡直有病，但如果他本來就是這樣，那也沒辦法。

安茲對夫路達熱情到了快起火的態度有點退縮，答道：

「抱歉，時間拖得有點久。我想差不多可以教你說好的魔法了，你現在有時間嗎？不會太久。」

『當然有！只要是為了老師，不管有什麼行程我都能擠出時間。』

呃不，用不著這麼努力啦。安茲雖然這樣想，但這份對魔法的熱情，正清楚代表了夫路達這號人物。這種魔法狂人真心求教，一個普通人卻得巧妙搪塞過去。

背負著可與處理惡劣顧客投訴匹敵的重責大任，安茲胃痛起來。

（在帝都的這個瞬間，最胃痛的肯定是我沒錯。）

然而，已經無法回頭了。

安茲為了傳送到夫路達的房間，先準備情報系魔法以確認地點。

「好，那麼我現在使用『高階傳送』到你的房間。」

『喔！不是「傳送」而是「高階傳送」嗎！那是第幾位階的魔法呢？』

「……這方面的事等會再一起告訴你。『訊息』無法無限維持，因為我沒有指揮官系的職業……在那之前，有件事得確認一下。你對情報系魔法施了什麼魔法做對策，用什麼妨礙傳送？」

『呃，沒有，我沒有做這方面的任何措施。』

聽他如此斷言，安茲不存在的眉毛動了一下。

「這樣什麼措施都沒做，不會有點太疏忽嗎？」

在夫路達的房間進行的所有對話，說不定都洩漏給第三者了。

『非常抱歉，但我不擅長那類魔法……』

「如果是這樣，用魔法道具等方法代替，不是最基本的嗎？我在帝都這裡看過很多道具，聽說都是在你那邊製造的喔？」

安茲想起初次來到帝都時前往的市場，那裡連類似冰箱的東西都有賣，把他嚇了一跳。

『正如老師所說，但就如老師所知道的，生產魔法道具必須要能使用類似的魔法。如果是蘊藏火焰的武器，就得會用「火球(Fire Ball)」等攻擊魔法。然而防禦情報系魔法的魔法，屬於鮮少有人喜歡學習的一類……』

原來如此。安茲心想。

如果是在ＹＧＧＤＲＡＳＩＬ，用一般的方法，一個等級只能學會三個魔法，二十級的人就是六十個魔法。要在這當中學習妨礙探測的魔法，有點強人所難。

不知道的人聽起來，也許會覺得六十個很多，但如果要安茲從自己學會的第三位階為止的魔法中選出六十個，可是會讓他煩惱上一整天。

因為必須先想到今後會用來做什麼，有沒有可能變更職業等，得設想許多複雜情形。

這麼一想，話中帶刺地責怪夫路達似乎有點可憐。

「你說得對，這是我不好。就像你說的一樣，攻擊魔法與防禦魔法一個個學下來，探測系與情報系魔法的優先順序難免比較低。」

玩遊戲時還能輕鬆地說「這個我學，另外這個拜託你」，但對這裡的人們來說，選擇魔法近乎決定自己的人生。選擇不熱門的魔法，恐怕需要不小的勇氣。

況且探測系魔法相當深奧，還得猜測對方會用什麼魔法收集己方情報等等。

說得明白點，探測系魔法特化的魔法吟唱者，就像是拿人生當籌碼賭博的職業。

「……好，我把我擁有的阻礙探測道具交給你，今後你就用這個道具提高戒備。」

『遵命！』

雖然看不到，但安茲知道夫路達正深深低頭領命，說不定還在下跪磕頭。

『感謝老師寬厚仁愛的一番話，弟子銘感五內！』

安茲原本想說給他個小道具就好，這話讓他良心隱隱作痛。

「呃，嗯……那麼我現在要窺視你的房間了。」

安茲發動魔法，窺視夫路達的房間。

他以俯瞰的角度，看到夫路達跪在地上。

—探測魔法靈氣，或許該說不愧是夫路達，室內可以看到好幾種顏色，不過沒有會阻礙傳送的危險顏色。安茲只確認了這點，就發動了「高階傳送」。

視野切換，成功傳送到夫路達的個人房間。沒有發生延遲等異狀，也沒有受到偷窺的感覺，讓安茲知道自己並未闖入敵地，但他還是迅速掃視周圍。

其實根本不需要這麼警戒，但是傳送後毫無防備的狀態，受到敵人襲擊的機率最高。迴避這種危機的行動——對ＰＫ的動作已經成了鈴木悟的習慣。

「歡迎您大駕光臨，我的老師。」

「……抬起頭來。」

看到安茲現身，夫路達深深低頭，安茲對他下令。老實說，安茲覺得沒必要做到這種地步。

夫路達的忠誠心——以他的情形來說應該是來自求知慾的服從比較正確——相當異常。可以說很接近納薩力克的屬下們。安茲好不容易才習慣納薩力克之人的忠誠，現在被不太熟的人這樣竭誠盡忠，會嚇得他緊張兮兮。

「是！」

「好了，別站著說話，我坐下了。」

「是！我的東西都是屬於老師的，請自由使用！」

安茲想習慣這種態度，又不想習慣，心情複雜地在沙發坐下，但夫路達無意坐到對面位子上。他繼續跪在地上，只有臉朝上。

「好了，坐吧。」

「這……這樣妥當嗎？跟老師一樣就座……」

「……你應該也有徒弟吧，你都這樣對待他們？」

感覺運動類社團的業務員好像會有這種想法，讓安茲敬謝不敏，他一問之下，夫路達搖搖頭。

「我沒有這麼做過，但老師與我有著天壤之別，豈敢拿我與老師相比——」

「——無妨，准你就座。好了，坐吧。」

「是！」

確認夫路達坐下了，安茲一邊覺得胃好痛，一邊問道：

「首先，我拜——」安茲「拜託」說到一半，換個講法：「命令你的那件事怎麼樣了？就是要你把帝國獲得的各國內情抄寫下來那件事。」

「是！鄰近諸國的情報已記載完畢，只是——」

「怎麼了，有什麼問題嗎？」

「是！該說真不愧是皇帝吧。」他的表情顯得很驕傲，就像面對優秀弟子的教師。「看來他似乎察覺到我背叛了。」

換工作時當然必須與前一家公司約法三章，不可洩漏得到的機密資訊。從這點來想，安茲讓夫路達當間諜竊取內部情報，實在很不道德。

但安茲已經很清楚，自己支配的不是公司，而是國家。只要是為了國家昌榮——為了隸屬於納薩力克地下大墳墓之人的幸福，做什麼都是對的。

安茲與吉克尼夫沒有任何過節，但是為了自己國家的利益，安茲才不管對方會怎樣。如果他陷入不幸能讓魔導國富足強盛，那就儘管讓他不幸去吧。

話雖如此，與其正面為敵打個頭破血流，安茲比較希望能共存共榮。

布妞萌以前曾經跟他講過莫名其妙的故事，說什麼奈許如果變成囚徒會怎樣，總之意思是如果機會無限，彼此合作得到的利益比較大。

安茲知道兩國是互相利用的關係，但他個人很想跟吉克尼夫建立好交情。

（我雖然把夫路達挖走，但我讓帝國的人在卡茲平原不會受到傷害，算扯平了吧。而且可能因為我常偷看他，總覺得有種親近感。）

「……怎麼了嗎，老師？」

「唔，嗯，沒什麼，想點事情。」

「原來是這樣啊，我魯莽打擾老師，懇請恕罪！」

「你並沒有冒犯到我，因為我今天來就是為了見你。」

「喔！謝謝老師！」

他好像感動到不行，真不知道是為什麼。安茲一邊想，一邊拉回話題：

「啊──對了，我們講到轉換陣營的事。事跡敗露無妨，但有一個問題，就是你的人身安全。」

「喔！老師！弟子不才，竟能得到您如此關心！」

這老先生幹嘛動不動都要這麼感動？既然不是從一開始就把他當棄子，注意部下最低限度的安全，不是頂頭上司的職責嗎，還是說帝國不是這樣？

（如果是後者的話，那還真可怕……對啦，我如果嫌礙事或許也會下手，可是殺掉收為部下的人總是不太好嘛。）

「夫路達啊，你別……這麼激動。要是有外人在，會啟人疑竇的。」

「請放心，這層樓只屬於我一個人，沒有外人在。」

安茲有來過一次，知道這座塔非常大。而其中一層樓竟然能由他專用，不愧是帝國最高階的魔法吟唱者。

「那麼，回到你人身安全的問題，你背叛一事曝光，皇帝不會下令除掉你嗎？」

「目前看來沒有這種動作，只是，我的要職方面的工作漸漸減少了。還有，皇帝過去有事常找我商量，然而從老師統治的偉大土地回來之後，他再也沒召見過我。」

「原來如此……那麼夫路達啊，要不要來我的身邊？」

「喔！樂意之至！」

（答得太快了吧……）

「那麼考慮到你的職責——不，在那之前有件事得先做，就是給你的獎賞。」

安茲打算進入正題，喘口氣之後，將手伸進空間之中。這之後的談話過程，安茲已經重複練習過好幾遍，一邊自己挑毛病一邊逐步修正。

安茲無法預測夫路達會不會照自己的想法行動，總之練習是做夠了。

「按照約定，將我的一部分睿智交付與汝，夫路達。收下吧，然後解讀這本祕籍吧。」

安茲將名為死亡之書的書籍交給他。

這是一本帶霉味的舊書，但書籍本身不可思議地完好無缺，沒有任何蛀洞。

夫路達雙手顫抖地接過安茲拿出的書。安茲感謝自己是不死者，如果還是人類，也許會緊張得讓書抖個不停。

夫路達希望得到的，是一窺魔法的深淵，然而安茲不知道他所說的魔法深淵是什麼。他能教夫路達從ＹＧＧＤＲＡＳＩＬ這款遊戲得到的知識，但魔法深淵他就沒輒了。

然而不給對方想要的東西，是辜負忠誠的行為。以恩報恩，以獎賞回應忠實勤奮是應該的，所以安茲才把自己擁有的物品中感覺寫了最多魔法知識的書交給他。實際上安茲看了一下，書中的確寫著些有看沒懂的魔法事項。

「失禮了。」

夫路達捧著書，充滿喜悅的神情，在翻閱幾頁後因失望而扭曲。

「──怎麼，這跟你想要的不一樣？」

安茲壓抑不安，冷靜地問道。就算夫路達說這不是他要的也沒問題，這方面的發展安茲早就練習過了。

「不……不是的，並非如此，是我看不懂。」

「喔，原來如此。」

安茲從夫路達手中接過書籍，隨便翻了幾頁後停下來。

「這個章節寫的是與死者變質密切相關的靈魂──異質化問題。」

的確，書上寫的是日文，夫路達自然是看不懂的，不過──

（與其說是奇幻小說，倒比較像是奇幻世界的設定資料集呢。什麼叫做異質化啊，上面寫說靈魂怎樣怎樣，可是一連串艱澀用語，看都看不懂，好像只是在看表面文字……該不會是故意設計成我只能看，但無法理解吧？）

裡面寫了些有的沒有的神祕學玩意，應該說八成就是神祕學。讓沒有這方面知識的鈴木悟來看，只覺得是哪個人隨便亂寫的；但也許這些是從某些神話引用而來的知識。要是翠玉錄在這裡的話，一定能詳細說明一遍。

「喔！」

夫路達以欣喜若狂的眼神看向安茲，使他心中湧起罪惡感。

「好吧……這我只有一個，所以不能送你，不過你用用看吧。」

安茲將單眼鏡放在書上交給夫路達，他戴上後急急忙忙地翻頁。

「這……這是！也就是說靈魂就如同巨大世界川流拍打出的水花，每個靈魂除了大小之外並無二致，這下我懂了啊啊啊！」

（天啊，他發瘋了。）

夫路達突然變了個人似的，把安茲嚇得往後仰。

只見他兩眼發直，滿布血絲。呼吸像野獸一樣粗重，好像隨時會撲向別人。

「怎……怎麼樣？」

夫路達眼珠子一轉，正眼盯住安茲：

「這……這真是太了不起了，老師！這正是我夢寐以求的知識啊啊啊！噫呀哈哈哈哈哈！」

看到老人瘋癲的模樣，安茲的動搖似乎超過了一定程度，急速冷靜下來。

「——是嗎，那麼將那眼鏡還給我吧。」

「什麼！可是，這……」

「你必須從翻譯內文做起，這是給你的修行。等你解讀並理解後，一定能昇上更高一層的領域。用這眼鏡就沒意義了。」

「多麼嚴苛啊……是否能讓我把整本書看過一遍呢？」

「我想看個一頁還好，但看多了，對你的成長就沒有幫助了。」

夫路達合起書本，然後閉起眼睛。

十幾秒後，他才終於睜開眼睛，開口說話，語氣十分平靜：

「明白了，我願聽從老師教誨。那麼老師，如果我有不懂之處，可否借用您的智識？」

「唔……唔嗯。只要是我懂的，我會教你。」

「感謝老師！」

夫路達摘下眼鏡，還給安茲。

（很好！這樣有一陣子夫路達都不會來煩我了。啊，只有這件事我得警告他。呃……我想想該怎麼說。）

安茲拚命在記憶中搜尋，然後用沉重的——他認為符合統治者風範的聲調呼喚名字：

「夫路達。」

「在！」

「我信任你，將記載了祕法的書籍借與你，絕不可將這本書交到第三者手裡。當然，也包括你解讀時寫下的筆記。關於這本書的一切，都不可以說出去。」

「是！」

「理由不用我說，我想你也明白，因為這本書的知識對人類而言負擔太重了。這事若是傳出去，將會惹來麻煩……如果得到這些知識的人有你這般才能，那還有解救之道。但我可不想過了十年之後，還要忙著幫你處理善後喔。」

「這是當然，我從這書中得到的知識，絕對不會洩漏給外人知道，我向您保證！」

「──我信任你，夫路達，別讓我失望。」

「是！」

夫路達下了椅子，在地板上跪拜。

安茲覺得其實他不用這麼誇張，但又覺得大概是自己的威脅夠霸氣，對自己長達十小時的演技與發音練習沒有白費感到滿意。

「好了好了，只要你明白，我也無須多費唇舌。好，回到座位。話雖如此，沒有任何幫助要解讀未知語言是非常困難的事。對於這問題，你有什麼點子嗎？」

「是！雖然極為缺乏效率，但我有解讀魔法。我想使用這種魔法，一步步慢慢進行。」

「是嗎！是嗎！那再好不過了。」

這對安茲而言是最棒的回答。適度給予一點考驗，並爭取時間。而且問題還沒難到讓夫路達想放棄。

「那麼這個就交給你……不，有了，借你用來裝書的盒子吧。我不認為你會粗魯對待它，但也許會有人嘗試偷竊。」

安茲從空間中拿出一只盒子，這跟自己收藏筆記本的盒子是同等的道具。

「只要收在這裡面，就算遭竊了，也得花些時間才能打開。只不過如果連開盒子的密碼都被偷聽到就沒意義了……這方面你得多注意。」

「這是當然，老師！我絕不會如此疏忽大意。」

「那就好。」

安茲將視線從欣喜地撫摸書本的夫路達身上移向天花板，以想起還有什麼事得說。

「喔，對了。剛才說到你背叛一事曝光，要到我身邊來的事還沒講完呢。首先，你什麼時候能來？」

「只要老師希望，隨時可以動身，我對這個國家沒有留戀。」

安茲在心中動了動眉毛。

這麼容易就捨棄負責人的地位，這種個性似乎不太可取。安茲會擔心他今後在自己手下也有可能做出一樣的事。

安茲在夫路達的履歷表上用紅筆寫個扣分點。

「……那麼夫路達啊，我有意讓你參與魔導國的魔法開發事業。不過，你開發的所有魔法都不會外流，這些魔法只會在你、我與我的心腹們之間傳布。你能忍耐嗎，能捨棄對名聲的欲望嗎？」

「沒有任何問題，我只要能窺視魔法的玄奧就滿足了，別無所求。」

安茲認真觀察夫路達如此斷言的表情。

安茲完全沒有看透一個人本質的能力，若是以人性來比較，夫路達活過人類絕不可能實現的歲月，大幅參與帝國這個巨大國家的營運，又是個天才學者，品性遠在安茲之上。他如果想欺騙安茲，安茲是絕不可能看穿的。

然而，做不到跟不做是兩回事。安茲用這種心情注視著夫路達，最後只說了句：「那就好。」

「等你來到魔導國，就全權交與你管理。關於魔法開發一事，我會盡可能提供協助。那麼……」

這麼一來，除了巴雷亞雷家之外，又獲得了一個協助納薩力克的人類。再來只要迪米烏哥斯與雅兒貝德推薦的女人也弄到手，納薩力克就能更進一步強化。

在隱形敵人的真面目曝光前，他必須盡可能增強力量。

對方可是有著世界級道具，安茲必須盡快獲得ＹＧＧＤＲＡＳＩＬ以外的力量。他得認為自己辦得到的事對方也辦得到，以此擬定戰略。

只不過有個問題。

就是今後該如何保護帝國。

迪米烏哥斯的意見認為帝國是潛在敵人，但安茲不這麼認為。

將來會怎樣不知道，但就算目的是征服世界，光靠武力橫衝直撞並非聰明的做法。如果魔導國被認定為逆我者死的國家，就連原本能拉攏的國家都會變成敵人。

所以就目前來說，不如讓身為絕對君主的吉克尼夫與安茲加深雙方友誼，再逐步傳播到臣子之間，會不會是比較好的做法？

（這麼一來，迪米烏哥斯他們應該也會將武力征服壓抑到最低限度。這點子真是太棒了，跨越國家藩籬的友情，也就是超越公會的友情……朋友啊……）

安茲腦中浮現出那些異形同伴。

（不過說要交朋友，要怎麼交才好？給人家想要的東西，恐怕不是正確的交友方式……我看目前最好的辦法，還是保護吉克尼夫珍惜的事物，也就是帝國了，況且我的敵人很有可能找帝國下手。）

關於對夏提雅洗腦的隱形敵人，如果是安茲，他會使出一招作戰方式，那就是——

（最糟的情況是在我的同盟國帝國首都使用「黑暗豐穰之獻祭（Iä Shub-Niggurath）」。不管是誰下的手，肯定都會被認定是我做的……然後對方一定會將這件事傳播到全世界，藉由這種做法拖慢魔導國擴大勢力的速度。）

安茲回想起還在ＹＧＧＤＲＡＳＩＬ的時代。

那時他們認為正面對抗強大公會是愚蠢行為，曾經為了削減敵人勢力，而煽動其他公會進行抗爭，這次應該也能如法炮製。而且換做是安茲一定會這麼做，所以對手也可能使出這招。

為了加以阻止，安茲本想不動聲色地放出自己已經無法再次使用那種魔法——雖然是謊言——的傳聞，讓夫路達傳出去。但現在夫路達已經不能用了，得想想其他手段才行。

（這很像是不讓人攜帶手心大小的危險物品進場的方法耶……我看還是跟迪米烏哥斯講講這方面的事，命令他想個應對方法吧。可是他會不會覺得奇怪？啊——真是，我不知道該怎麼辦啦。）

要是能把一切問題都拋給兩人解決就好了，但這樣恐怕危及至高存在的形象。他一方面得守住自己的立場，一方面還得想想辦法，否則會很不妙。

「老師，您怎麼了嗎？」

「……夫路達啊，我短期間內想保護帝國，你有沒有什麼好點子？」

「……為了什麼呢？」

「征服帝國很容易，但我並不喜歡站在瓦礫堆上。我想以乾淨的形式合併帝國，為此，我希望能避免你的出走導致國力低落。」

夫路達的皺紋增加了。

「這個問題我很難即刻回答，我認為即使我不在了，也絕不可能立刻發生什麼問題。話雖如此，也的確沒人能填補我的空缺……若是沒有問題，我就暫且留在帝國吧。」

「你願意嗎？我方會先進行商議，日後再聯絡你。」

「是！」

「……對了，最後有兩件事想要你做。一件是我想要關於武王的詳細情報，另一件是關於死亡騎士。」

●

約定的時間即將到來，安茲首先使用了探測魔法。本來他應該先使用多種對抗魔法再行探測，但使用那麼多卷軸太浪費了。這次不像在墓地時確定有敵人，安茲就只發動了探測魔法。

不過為了安全起見，是在即使遭受反擊也不會波及別人的地點。

視野中映照出不同的光景，是馬車內部。安茲操縱漂浮的視野，看看馬車外的景象。

這時，安茲發動了「高階傳送」。

傳送正確無誤地生效，他直接打開馬車車門。坐在裡面的艾恩扎克露出吃了一驚的表情。安茲毫不介意地坐進馬車，關上車門，解除剛才發動的隱形魔法。

「果然是陛下啊，我雖然也猜到了，但能否請您不要隱形著進來？」

「我若是不隱形，這副模樣豈不是會被人看見？」

「您有戴面具，我想應該沒問題啊？」

「或許吧，但我使用了傳送魔法，想盡量避免引起風波。」

「確實如此……」

「既然你明白了，我們就走吧？」

「好的，就這麼做吧。」

馬車穿過開啟的大門，抵達守衛指定的位置。這是一處馬車停車場，可供好幾輛馬車停靠。

「那麼請陛下與我同行。」

安茲跟在艾恩扎克後面下了馬車。

車外有一名管家打扮的老人，帶著一名女僕等候著。

雖說是管家，但體格沒塞巴斯那麼厚實，感覺就是個普通有格調的高齡人士。而管家看起來是人類，女僕卻不是如此。

女僕頭頂上露出了耳朵，不是屬於人類，而是動物。雖然頭髮遮住了不能肯定，不過人類該有耳朵的部位並沒有鼓起。五官長得很可愛，但不是人類的那種可愛——而是動物給人的感覺。

「恭候多時了，艾恩扎克大人以及——魔導王陛下對吧。主人正在等候二位，由我為二位帶路，可以跟我來嗎？」

「什麼？」

艾恩扎克被管家一問，驚愕地低呼一聲。

昨天艾恩扎克說不會告訴對方安茲是誰，所以應該是被對方說中安茲的真面目，吃了一驚吧。然而安茲卻覺得沒什麼好驚訝的，雖說自己戴著面具遮臉，但服裝完全沒變。只要是有門路的人，應該已經聽說過安茲的外形了。比起這個，不回答對方的話才叫失禮。

「多謝，那就請你帶路吧。」

「是！」

管家低頭行禮，女僕遲了一拍也低下頭去。

跟著兩人往前走後，艾恩扎克小聲對安茲說：

「謝謝陛下。」

這應該是在謝安茲替自己回答管家吧。

安茲本來想說「不用謝」，最後什麼也沒說，接受了他的感謝。

從鈴木悟的觀點來看，剛才那是部下犯錯，上司幫忙解決。艾恩扎克道謝是理所當然的，上司安茲為了部下的今後成長，不能拒絕他的謝意。

安茲深切體會到上司實在不好當。

無意間，安茲想到自己這陣子為了扮演統治者，都沒能普通地道謝。

（我得找個場合對守護者們以及全ＮＰＣ們表達感謝，慰勞大家才行呢。）

做為以白色企業為目標的納薩力克地下大墳墓統治者，安茲漫不經心地想著這些事，同時並沒有停下腳步，讓人領著往前走。

「不過真想不到這裡會有兔人呢，陛下。」

這種的不能等對方走掉再說嗎？安茲雖然這麼想，但這個話題引起了他的濃厚興趣，於是接下去說：

「不是應該叫兔女嗎？」

「呃……這個……因為種族名就叫兔人。」

「艾恩扎克，只是開個小玩笑，你這麼認真回答，我有點不知道怎麼反應喔。」

「…………不知道是否來自城邦聯盟東方更遠的地區，真少見呢。」

「嗯……」

說是城邦聯盟的東方，安茲也不知道那有多遠，他還沒打聽到那邊的情報。

不過安茲在王國沒看過兔人，在帝都也沒看過她以外的兔人。在這種沒有同族的環境，就算沒發生其他種族的排斥問題，感覺住起來也不會太舒適。

安茲起了好奇心想問她一些問題，但是不行，要是踩到她的地雷就麻煩了。

沒多久，兩人就被帶領到一個房間前。

「主人在此恭候二位，請進。」

室內陳列著幾件武器與防具，用油擦得亮晶晶的，一塵不染。

仔細一瞧，幾乎每件武具都帶有傷痕或凹痕，肯定是在實戰中使用過多次。

與其說是武器商人的展示品，比較像是這幢宅邸的主人光輝回憶中的武具。

安茲大致瀏覽過一遍，然後目光回到最初看到的劍上。

這是這個房間的武具當中品相最完好的一把劍。

劍上不帶任何傷痕，而且放在一進房間自然就會看到的位置，可見一定是主人特別中意的一把。

「您喜歡嗎？」

「嗯，真是精美的收藏品。」

放在房間中央兩兩相對的沙發前，站著房間的主人。對於宅邸主人的詢問，安茲如此回答。主人是個體格寬闊的男人，頭髮剃得非常短，都看見頭皮了。

雙方不打招呼，繼續談論武具的話題。

「您最喜歡的是哪——啊，是那個吧。走進這個房間的人都是這麼說的。」

安茲橫越房間，站到那把劍的前面。

「我可以拿拿看嗎？」

「當然可以。」

安茲道過謝，拿起了劍。如果試著裝備會把劍弄掉，但只是拿著不會有問題。

安茲看著劍，注意到雕刻在刀身上的文字。這種奇妙的文字，安茲曾經在哪裡看過。他拚命搜尋腦內記憶，最後找到了答案：

「是盧恩文字嗎？」

「喔！不愧是魔導王陛下，您知道這種文字嗎！」

（什麼，真的就是嗎……這個世界也有盧恩文字？）

盧恩文字似乎是鈴木悟的世界曾經存在的文字，而這個世界也有這種文字，很可能是與鈴木悟來自同一世界的人傳承下來的。安茲謹慎地回答：

「……略知一二吧，只是有這方面的知識罷了，我並沒有雕刻盧恩製作道具的能力。這把劍是出自哪裡的名工之手？」

「喔喔，這問題問得真是太好了。這把劍可是由安傑利西亞山脈矮人王國的盧恩工匠鑄造，可能是一百五十年以前的古物了。它的刀身能蘊藏雷電，可否請您看看劍柄上雕刻的記號？」

宅邸主人站到安茲身旁。

他一站在身旁，濃烈的香水味直衝鼻腔。

「這把劍出自矮人的盧恩工房當中極富盛名的石爪工房。」

（矮人的盧恩工房？……看來得收集詳細情報才行。）

「哦，聽起來這工房相當有名，你還有這間工房的其他武具嗎？」

安茲環顧室內，男人愉快地笑了。

「哈哈哈哈，這裡沒有，我放在其他地方保管了。不過，蘊藏如此強大魔力的精品就這麼一件了。」

「哦。」

安茲一面發出欽佩的聲音，一面將失望藏在心裡。

話雖如此，至少有得到關於石爪工房的情報，他得調查一下那裡有沒有玩家的存在。

「聽說矮人的盧恩工匠鑄造的武器很少在市場流通，你還有他們製作的其他武器嗎？」

聽到身旁艾恩扎克的詢問，安茲在心中豎起大拇指。

「這是當然了，艾恩扎克。」男人咧嘴一笑。「因為拍賣每次有貨，我都一定到場。像上次跟我競標的冒險者，那可真是死纏爛打，害我付了高出預定三倍的金額。」

看到艾恩扎克一副不以為然的樣子輕輕搖頭，安茲感慨萬千地點頭。收藏家都是這樣的，得不到任何人理解，有時候連他自己都無法理解以前的自己。

安茲雖然還想再檢查一下，但把劍放了回去。

「沒先向主人致意，只顧著欣賞精美的物品，請原諒我的無禮。」

男人臉上形成了滿面笑容。

「陛下真會說話，那麼重新來過，由我先自我介紹——我叫奧斯科，只是個微不足道的商人。」

「你說自己微不足道，帝國的其他商人怕要生氣了。我是安茲．烏爾．恭魔導王。」

「我沒有一天不曾聽到陛下的大名，請坐，我讓人準備飲料。」

「……多謝你的好意，但我就不用了。」

奧斯科那雙比起大臉，有如橡實的小眼睛目不轉睛地看著安茲。

「陛下，雖然我早有耳聞，但能否請您取下那個面具？」

「……既然家裡主人這麼說，我也不得不拿下來了。」

安茲摘下面具，暴露出原本面貌。

奧斯科臉上並無驚訝之色，溜圓的眼睛實在太小，一笑起來，就看不見深處隱藏的情感。

「喔……原來如此，原來如此。」奧斯科點了幾次頭，開口說道：「其實我正在擔心無法準備夠好的茶葉，能滿足大名鼎鼎魔導王陛下的胃口，看來是無謂的憂慮了。」

奧斯科開朗地如此說完，晃動著肥肚腩發笑。

「我說奧斯科，你怎麼會想到是陛下跟我一起？」

「嗯，這沒什麼難的吧？耶．蘭提爾受到陛下統治，你是那裡的冒險者工會長，現在聽說你要來，而且是跟地位比你崇高的人士一起，能想到的對象就只有一個人了。」

當然也有可能是魔導王陛下的心腹，這方面就是直覺了。奧斯科接著說。

「那麼接下來可以換我提問嗎，陳列在那邊的武器是你用過的嗎？」

對於安茲的詢問，奧斯科露出大大的笑容：

「怎麼可能！陛下，您看看我這體型！我只握過計算器，沒握過任何刀劍，那些是我的愛好……我從小就喜歡強者，也喜歡刀劍等武具。」

「原來如此……」

「看來得到陛下理解了。那麼請讓我也問個問題，我聽說陛下擁有強大無比的力量，活──呃，活過了長久歲月，對吧？」

「以你們人類的壽命來說，是的。」

安茲說完，心想：安茲．烏爾．恭魔導王究竟漸漸變成了何種存在？

不，安茲這時候不可能說：「不會啊，你們年紀還比我大呢。」就算說了，對方也不會信。所以安茲才會塑造出魔導王的角色跟他們說話，不過差不多該決定一下魔導王究竟是什麼角色，否則可能會出問題。

（總之可以確定的是，我必須說自己身為不死者活了很久。如果對方問說：「活了這麼久，怎麼連這都不知道？」我就回答：「因為我長年閉關鑽研魔法。」就以這些為基礎，逐步塑造魔導王的角色吧。）

「那麼您是否擁有過去的武具等物品？」

奧斯科毫不隱藏好奇心地問道。

「當然有，不過不能給你喔。」

「我願支付合理的金額──不，我願意撐一下，出到市場價的三倍。」

安茲無法立刻回絕，因為他想起自己阮囊羞澀。可是一個君王說「那這個賣你」未免太丟臉了。

「……金錢無法吸引我。」

「的確，陛下貴為一國之君，我竟然說出這樣失禮的話，真是萬分抱歉……那麼我要拿出什麼樣的東西做交易，陛下才願意讓給我呢？」

（當作為我國賣力的獎賞，之類的嗎？嗯？這樣的話……）

安茲拿出一把短劍，霧靄騰騰般的特效從短劍上漏出。藍色半透明的刀身，是以藍水晶金屬製成，其中灌注的魔力量實在說不上高。話雖如此，從整體評價來說仍然算是高階魔法道具，比起這世界一般流通的物品來說相當強大。

「這……這是！」

聲音是兩人份。

連艾恩扎克也瞠目結舌，凝視著短劍。「嗯。」安茲低喃一聲，將劍放在艾恩扎克面前。

「給你吧。」

「啊？」

驚呼聲也是兩人份。

「艾恩扎克，這是褒獎你付出的力量。話雖如此，這並非正式授獎，也不能用來保證你的身分等等。我只是認為這份獎賞適合我希冀的國度，所以賜給你罷了。如果你覺得金錢比較好，那就把它賣了吧。」

這件武器以資料量來說絕不可能殺死安茲，也不是以前的公會成員製作，具有回憶的武器。

「我……我怎能收下這麼貴重的物品……」

艾恩扎克渾身顫抖。

「這沒什麼大不了的。好吧，如果你不收，我下次再給你其他不同的物品，換成能療傷的藥水等等也行。你覺得呢？」

艾恩扎克猶豫了很長一段時間，才接過短劍。

「我領受了，謝陛下！我願為陛下繼續效力，不負這把貴重的短劍。」

「恭喜你，艾恩扎克。如果你有什麼困擾，可別忘了還有我這個朋友。」

奧斯科一邊偷瞄短劍一邊說，艾恩扎克的神色變得像保護小狗的母狗一樣。

「我不會麻煩你的，絕對不會。」

安茲略為改變了語氣：

「好，差不多該開始講正事了。」

艾恩扎克用手帕蓋起刀身，奧斯科不情不願地將目光從他身上移開，表示答應。

「…………好的，兩位今天大駕光臨，有何貴事？」

「唔……我不擅長花言巧語，就開門見山地說了……我想與競技場的武王交手。」

奧斯科稍微睜大了眼睛，但很快就恢復成原本的表情。

「我聽說武王並非隸屬於競技場，而是你從小養大的劍鬥士。艾恩扎克說只要你准許與武王交手，競技場馬上就能為我安排，所以才來拜託你。」

「呵哈哈哈哈，您是認真的嗎，陛下？武王擁有魔物的肉體與優秀的戰士技巧，是競技場最強的男人喔？恐怕是歷屆以來最強的一個。陛下的屬下當中或許也有強者，但想贏過他，恐怕……」

「……比夫路達還強嗎？」

奧斯科自傲地搖頭。

「不，我是指以戰士一類而言。魔法吟唱者不行，在天上飛來飛去連射魔法，實在令我無法恭維。」

看到奧斯科開始碎碎唸，安茲正在困惑時，艾恩扎克告訴他：「以前有個冒險者小隊飛上半空，用魔法與弓箭等遠距離攻擊獲得勝利，據說讓現場氣氛冷到谷底。因此，競技場嚴禁使用飛行與傳送等魔法。」這時奧斯科才終於回神，看著安茲。

「咳哼！失禮了，陛下。我一時想起了苦澀的記憶……好了，那麼陛下，是哪位想與武王交手呢，是人類嗎？」

安茲與艾恩扎克互相對視，然後安茲答道：

「是我。」

「…………咦？」

「由我安茲．烏爾．恭來當武王的對手。」

產生了一段空白的時間，奧斯科慌張失措地問道：

「呃，可是，陛下不是一國之君嗎？」

「那又怎麼了？」

「咦？呃不，是這樣沒錯，那麼……那個……」

「嗯，我明白你在擔心什麼。你是在想如果我受傷了，該怎麼辦吧？」

安茲聽見奧斯科小聲說「如果只是受傷還好呢」，他裝作沒聽見。

「放心，不管我發生什麼事，都不會怪罪於你，這方面我會寫下切結書。」

「可是，如果發生那樣的狀況，我就做不了生意了。我聽人說帝國與魔導國是同盟國，要是讓同盟國的國王受了重傷，我會被國家盯上的。」

「我向你保證，不會因為這方面的問題給你惹麻煩。」

「即使您這麼說……」奧斯科思索片刻，然後再度問安茲：「恕我言詞冒犯，可否借我一個能當作擔保的物品？」

「擔保，要什麼樣的東西？」

「……請借我一個如同陛下剛才賜與艾恩扎克的物品，發生任何問題時，只要這個物品歸我所有，我就不會有意見。」

「這樣就可以的話，我答應你。不過現在無法立刻給你，我答應你明天送過來。」

「多謝陛下……有件事想請教陛下，可以嗎？」

安茲揮揮手指示他繼續說下去。

「我做為一個小小承辦人，收集了各種情報，特別是關於能請來競技場出賽的強者與魔物等存在。在這些消息當中，也包括了陛下的傳聞——陛下是真的只用一個魔法，就殺光了王國的幾萬人民？」

「咳哼！」

艾恩扎克故意咳了一聲，用責備的眼光看著奧斯科，不過這件事隱瞞也沒用，也不是見不得人的話題。

「正是，我用我的魔法殺光了他們，你要譴責我嗎？」

「不，我只是想問陛下擁有多強大的魔法力量。如果您使用了傳聞中的魔法，情況會變得非常嚴重，因為競技場座落於帝都之中。」

「不，不，我不會使用那種魔法。」

安茲也不至於在友邦的都市正中央使用那種魔法，又不是恐怖分子。

「當然，我也是這麼覺得的。陛下是位理智處事的大人，不像是不死者，我不認為您會憎恨生命而進行大屠殺。不過，覺得理所當然而疏於確認，有時也是會造成失敗的。」

安茲也同意他說的，在新人加入時，有時的確會發生這種危險。實際上，鈴木悟也曾經因為這樣而失敗。

「很合理的想法，我再說一遍，我不會用那種魔法喔。」

「為什麼，是不是與星星的位置等因素有關？」

「跟那些完全無關，不過——」安茲頭上突然亮起了電燈泡。「呃，那是我能使用的魔法當中最強的王牌。是因為艾爾·尼克斯閣下強烈希望，不得已，我才施展了十年才能使用一次的大魔法。因此接下來的十年，我必須慢慢累積力量。」

「哦哦！」奧斯科的眼睛蘊藏著奇怪光芒。「告訴我沒有關係嗎？我覺得就某種意義來說，這似乎算得上是陛下的弱點……」

「無妨，雖說無法使用那樣強大的破壞魔法，但是要殺死與我敵對的愚蠢之人仍是輕而易舉的事，因為我並非變得完全無法使用魔法。」

「不愧是魔導王陛下，所以，您是說武王也是容易對付的對手了？」

見安茲自傲地點頭，奧斯科臉上掛著笑容。不過，就安茲的眼光觀察，看不出他是不是真的在笑。

「原來如此，最後容我再問您一個問題：您為何想與武王交手？」

「因為我聽說有個強悍的對手……我想知道此人與葛傑夫．史托羅諾夫相比，哪一方比較強。王國有葛傑夫，那麼帝國呢？也許這份興趣就是最大的理由。」

當然，安茲不是為了這種理由而戰，是與艾恩扎克討論過的結果。

其實老實告訴對方也沒差，但他似乎不是個值得信賴的人物。安茲覺得如果要說，奧斯科比較像以自己的好處為優先的類型。他判斷對這種人推心置腹，不會有好結果。

「我明白了，謝陛下……我會安排陛下與武王的比試，不過——」

安茲正要出言道謝，但奧斯科伸手制止了他。

「希望您能遵守競技場的規則，還有對陛下與武王而言，這是一場認真較勁，但對我們而言則是一場表演。單方面的戰鬥沒有意思，因此我希望魔導王陛下能不用魔法，而是以劍——武器與武王交戰。竊以為如此一來，才能打出一場勢均力敵的精彩戰鬥。」

「你說什麼！」

艾恩扎克從座位站了起來，可能是因為憤怒，漲紅了臉。

「這簡直強人所難！魔導王陛下是魔法吟唱者！這樣要陛下如何取勝！」

「喔，說得也是。即使是魔導王陛下，若是魔法被禁用也是贏不了呢。哎呀哎呀，這麼理所當然的事實在是不該提議的。不過真沒想到您會說這種話，我本來以為就算魔導王陛下輸了，您也不痛不癢，看來對您得稍微改觀了。」

「——你！」

「艾恩扎克，別激動，我無所謂。」

「……陛下，您說什麼？」

奧斯科與艾恩扎克視線同時看向自己，讓安茲覺得有點好玩，忍不住輕聲笑了笑。但安茲擔心聽起來與其說是笑聲，不如說比較像嗤之以鼻，急忙用鼻子發出呼哧呼哧的聲音，拚命試著掩飾過去。

然而安茲身上都是洞，不可能辦到。

安茲放棄努力，決定講話掩飾過去。

「你們好像沒聽到啊，我是說，我無所謂。」

奧斯科面不改色，但安茲很清楚，他正在拚命動腦，竭力思索。

「……您能以魔導王陛下之名立誓嗎？」

「以我的名字立誓？……知道了。我以安茲．烏爾．恭之名發誓，與武王的戰鬥中不會使用魔法。」

「這！陛下！還沒見識到武王的力量就如此約定，太危險了！」

艾恩扎克說得的確沒錯，但只要關於武王的情報正確，應該不會有什麼問題。

「哎，總會有法子的。」

「這樣馬虎行事會出問題的！」

艾恩扎克的直言不諱讓安茲有點感動，自從他成為納薩力克地下大墳墓的統治者，君臨臣下以來，沒有人像這樣規勸過自己。當飛飛的時候起初還有過幾次，然而自從階級一口氣提昇後，再也沒人這麼做了。

「你也一樣，如果外國國王死在帝國的競技場，可是會惹禍上身的！」

說得也是。安茲與奧斯科面面相覷。

「哎，說得的確有理。您尊意如何呢，陛下？聽取忠臣的規諫，中止這件事也行喔。」

相對地，安茲聳聳肩。他能體諒艾恩扎克的擔心，但說起來，這項計畫本來就是艾恩扎克擬定的。也許他是以使用魔法戰鬥為前提訂下計畫，但他當真以為安茲一旦不用魔法，就會弱到這種地步？

「沒有問題，應該說艾恩扎克，這樣很丟臉，不要那樣叫——那麼奧斯科啊，我不明白，如果我死了，對你有什麼好處？」

奧斯科驚訝得眨眨眼睛，一個大叔做這種反應一點也不可愛。

「看來陛下似乎有所誤會，陛下的死對我沒有任何好處。如同工會長閣下也說過的，可以想見壞處會比較大。」

看來奧斯科並非想讓安茲進行不利的比試，真的只是站在承辦人的立場思考。

「——是嗎，那就好。」

「……陛下有法子不用魔法，就能贏過比那葛傑夫．史托羅諾夫更強的武王？」

「……史托羅諾夫啊，那男人真是強悍得教人羨慕。」

安茲注意到身旁的艾恩扎克一臉驚愕，但安茲沒說什麼，回憶起那個戰士長。

「如果武王比那個男人更強，那的確需要警戒。不過我說他強悍，指的是他的心態，絕非戰鬥能力。如果你們是說武王在力氣上強過史托羅諾夫，要瞬殺他易如反掌。」

「原來如此。話說回來，對於陛下剛才的問題，我想追加一個回答。」

奧斯科舉起自己的雙手，那雙手臂長滿肥肉，鬆弛而不結實。

「我喜歡看到劍與劍、拳與拳的激烈衝突，喜歡得不得了。只是我缺乏肉搏戰的才能，再怎麼努力也打不贏。所以我想過了，只要塑造一名自己的代理戰士，讓他取勝就行了。」

奧斯科滿意地嗤笑，不再是之前的商人臉孔，在那裡的，是做為個人的他。

安茲是第一次遇到這種怪人，不過他知道每個人都有自己的性癖。也就是說這人有著異常性癖。安茲在腦中建立一個名為變態的項目，把奧斯科扔進去。

「正因為如此，萬一陛下敗給我鍛鍊的武王，那對我來說可是非常爽快的一件事。」

「這樣啊。」

奧斯科與艾恩扎克一臉驚愕地注視著安茲。

你們倆從剛才到現在是怎樣啊。安茲邊想邊問道：

「別一臉呆相，想說什麼說來聽聽吧？」

「呃，不，就這樣嗎？」

「我完全不明白奧斯科你想要什麼……人類這種生物真是難以理解。怎麼？你說『就這樣嗎』意思是希望我再多說點什麼嗎？……嗯，那麼這樣說如何。贏過不用魔法的我，你開心嗎？」

不知道為什麼，奧斯科語無倫次地回答安茲：

「咦，啊，那個……因為我不是很喜歡魔法……」

「是嗎，那這話題就到此為止了。」

奧斯科與艾恩扎克面面相覷，安茲心想「想說什麼就說清楚啊」，不過社會就是這麼一回事。沒有太大發言權的人要是坦率吐露情感，下場就是坐冷板凳。

「我們雙方開誠布公地說過話了，就別有所隱瞞，單刀直入地談吧。關於與武王的比試，日程將如何決定？如果可以，我希望能盛大進行。」

「那麼我就公布今天將有武王的挑戰者出場比試，立刻安排吧。不過，在比試開始前，我想將挑戰者是陛下一事極力保密。」

「我不懂為什麼，站在承辦人的立場想，這樣不是很浪費嗎？」

「照常理來想，同盟國的國王參加劍鬥比試……嗯，我沒聽說國內舉辦了歡迎典禮，是今後才要舉辦嗎？」

安茲目光不禁低垂。

糟糕。

安茲一邊感謝自己沒有心臟，一邊讓空蕩蕩頭蓋骨裡應該有的不死者大腦全力運轉，然後開玩笑般的聳聳肩：

「我這次是微服造訪帝國，艾爾．尼克斯閣下應該根本不知道我來了。」

奧斯科收起了所有表情，大概是嗅到了可疑的味道吧。他身為商人，對利益方面理當很敏感。如果毫無利益，只有損失，他不可能答應配合。

「我了解了。」

（咦？）

「如果公布對戰者是陛下，各方面想必會橫加干涉。我還是將挑戰者列為機密好了，只不過之後造成的問題將會全部扔給陛下處理。」

「這是當然，關於這方面就交給你決定。」

「我明白了，那麼可以給我些許時間嗎？由我為陛下決定比試日期。」

●

「回去了嗎？」

「是，老爺。」

管家送走了魔導王回來，回答奧斯科的問題。「是嗎。」奧斯科回答，視線挪向在管家身後待命的女僕。

「——獵頭兔。」

他偏偏頭，表示：什麼事？

對，是「他」。雖然穿起女僕裝非常好看，但他是男的。

之所以做這種打扮，照他的說法有兩個好處，其一是穿女裝容易讓對手大意，其二是胯下不會被攻擊，看來似乎不是個人興趣。不過看他平常也會做出剛才那種可愛舉動，奧斯科總覺得還是有點興趣使然，不知道是不是自己多心了。

反正對奧斯科來說也沒造成什麼不方便，怎樣都好就是了。

且說他的綽號是「獵頭兔」。

這綽號雖然不適合長相可愛的男人，但是在位於城邦聯盟東方的國家，講到這個綽號，沒有人不知道這個戰士兼暗殺者的傭兵。

奧斯科將他請來，以超高價碼簽訂契約聘請了這號人物。除了他以外，奧斯科個人還跟其他幾個工作者小隊與劍鬥士締結了護衛契約，但支付給他的金額比任何人都貴。

獵頭兔就是有這麼強的實力——山銅級絕對跑不掉。實際上，自從僱用了他以來，奧斯科從沒被捲進麻煩事過。

「告訴我你見到魔導王陛下有何感想。」

他不只是一流的戰士兼暗殺者，還擁有別的才能。

那就是看穿對方實力的眼光，從做為戰士與暗殺者出生入死的經驗對人物做出論斷——看穿對方是否為強者。

「超殺。」

他給予這種評價的，至今只有武王一人。也就是說，現在出現了第二個他打不贏的人。

順便一提，比這低一點的是對帝國四騎士的評價「很殺」。

「魔導王陛下做為戰士也是強者嗎？」

「不知道，光聽腳步聲，感覺不怎麼強。那不是受過戰士或暗殺者訓練的走路方式，他旁邊那個大叔還比較像個戰士。可是——超殺的。光是站在他後面就讓我整個人不舒服，很想用最快速度逃走。」

他迅速伸出自己的手臂給奧斯科看。

奧斯科的目光被拳頭所吸引。

好圓的拳頭。

就像握住拳頭在堅硬物體上捶了幾萬甚至幾十萬次，使其變質，變得像球一樣圓。這是戰鬥生物的手。

奧斯科打了個哆嗦，無法抑止自己的興奮。

「——你在看哪裡啊，變態。」

「只是覺得真是雙好手。」

雖然雙手非常合奧斯科的胃口，但很遺憾，獵頭兔不是他的菜。

性別不是什麼大問題，但是對奧斯科來說，他的夢中情人是王國蒼薔薇的戰士（格格蘭）。獵頭兔也不錯，但比起她來說體格太單薄了，武王則是有點太厚實了。

「……明年不跟你更新契約喔。」

「那怎麼行！我很難找到別人能與你匹敵啊……頂多只有伊傑尼亞的女掌門吧。哎呀，話題扯遠了。那麼——」

奧斯科的視線從圓圓的拳頭往上移動，可以看到獵頭兔起了雞皮疙瘩。

「還沒好，超不舒服的。」

「以戰士來說沒什麼了不起，但是少碰為妙，是嗎……」

「那完全是另一個武王啦。」

奧斯科明白了獵頭兔想說什麼，那的確就像武王。

這世界上有著強悍種族與弱小種族。

弱小種族以人類為代表，沒有夜視能力，沒有堅硬外皮可保護身體，也沒有特殊能力，就像個肉袋。

相較之下，強悍種族的一個例子就是龍族。他們有堅硬龍鱗護身，肉體能力敏捷而強大。而且還擁有能輕易斬斷鋼鐵的尖牙利爪，以及火焰、寒氣等吐息的特殊能力，並有一對翱翔天際的翅膀。

他們這類種族，不需進行戰士訓練就夠強了。

獵頭兔的意思是說，魔導王很有可能也是那類種族。

在奧斯科的知識當中，不死者的肉體很脆弱，但魔導王似乎並非如此。

「奧斯科大人，您為何接受這場比試？魔導王陛下應該知道武王的事，但我方卻不知道對方的能力，恐怕會是一場相當不利的比試。」

「……哎喲，你不懂喔？」獵頭兔似乎相當疲倦，說：「換作是我可不會有這種無聊的想法喔——」

管家不解的眼神朝向奧斯科，所以他笑著回答：

「冠軍能逃避挑戰嗎？」

「就只因為這樣？」

「就只因為這樣，但這才是最重要的。如果只是殺個你死我活，我大可以拒絕。但對方是提出了比試的戰帖，我不能逃避，武王應該也會這樣想。」

「很白痴吧～」

「或許吧，男人就是這樣。不過，我看魔導王陛下比較擅長在不正式的戰鬥發揮實力。是要以比試形式交手，還是奇招百出的暗鬥，你寧願用哪種方式與魔導王陛下交手？」

「兩邊都不要，我寧可捲起尾巴快溜。」

奧斯科笑了，這樣做最聰明。

「那麼，好唄。再來換我問了，你對魔導王的評價是？」

雖然對主人不該用這種口氣說話，但站在後面待命的管家表情也沒變。

以前對於獵頭兔對雇主的態度，他還會表現出無言的不滿，但不知不覺間，他也不再這麼做了。也許是從獵頭兔擊退了暗殺者那時開始的吧。

「領袖魅力倒是有。」

哦——獵頭兔發出了怪聲。

奧斯科偷偷觀察過艾恩扎克的神情，他的態度看起來不像是受到強迫。換句話說，魔導王擁有某種特質，能夠占領都市才幾個月，就讓占領國度的居民答應提供協助。

「你看到他那威風凜凜的舉止了嗎？他隨從只帶了艾恩扎克，又跟我約定與武王交手時不使用魔法，想必是有著身為強者的強烈自負。再來就是頭腦非常靈光，給人擅長這種交涉的感覺。」

他自己說著說著，都覺得不可思議。

魔導王是用對等的態度對待他這個商人。一般來說不只是君王，就連貴族都會更明確地誇示上下關係。

所以才難以理解。

如果魔導王以前當過商人還能理解，但這是不可能的。換句話說，他大概就只是擅長做交涉罷了。

「整體評價來說，魔導王恐怕擁有足以與我們皇帝陛下匹敵的才能吧。」

當然，奧斯科並未實際摸清魔導王的底，但他就是能讓人這麼想，是個可怕人物。

「不，應該假設他至少也與鮮血皇帝擁有不分軒輊的才幹。」

與人稱歷屆最英明的帝國皇帝同等竟然是底線，簡直是場噩夢。

奧斯科搖搖頭，繼續想下去只會作繭自縛，他也無意窺視魔導王的深淵。現在必須做的事只有一件。

「……就是把事情告訴武王，讓他從現在到上場前，將自己調適到最佳狀態。」

「他不會排斥嗎？」

「他是一位戰士，聽到接受挑戰，絕不會臨陣脫逃的。」

「哦──那就祈禱他能贏吧──」

4

與魔導王的比試當天，奧斯科像平常那樣問了個相同問題：

「狀況怎麼樣？」

「萬無一失，最佳狀態。」

回答他的是個巨大魔物。

這種種族稱為食人妖（Troll），但是與一般同族有著決定性的某種差異。

那就是只有身經百戰、歷盡艱險之人才能散發出的戰士氣息。

不過，這也是理所當然的。他是適應戰鬥，專攻戰鬥的食人妖。他的種族在食人妖的衍生種族中獨樹一格，稱為戰鬥食人妖。

他就是武王，競技場最偉大的劍鬥士。

奧斯科對他的肉體投以熱情眼光。

的確就以戰士的等級（力量）來比較，很多人都在武王之上，例如在銀級以上冒險者小隊擔任前衛的那些人。然而即使是這些對手，武王也總是贏得勝利，理由再簡單不過了。

因為戰鬥食人妖的基礎體能遠遠凌駕人類。

不只有著過人的臂力與耐力，還有巨大身軀使出的廣大攻擊範圍。

甚至還有人類所沒有的，種族的各種特殊能力。

首先是他的皮膚，只要在又厚又硬的皮膚上穿上鎧甲，幾乎任何攻擊都能彈開。只不過關節的可動部分等等比較柔軟，很多人會挑這種部位下手。然而還有另一堵高牆能擋下眾多冒險者，那就是再生能力。

即使受到足以令人類喪命的攻擊，食人妖卻不會死。他們能以驚人的強大再生能力治癒傷口，除非使用火焰或強酸，否則無法阻止他們的再生能力。

就因為擁有這種做為生物的強大能耐，現任武王才會是歷屆中最強的。

在奧斯科的面前，他引以為傲的最強戰士穿起了鎧甲。

這是僱用精鋼級冒險者收集材料打造而成，封入了魔法的精品，記得砸下了當時資產的百分之二十。而拿在手上的魔法金屬棍棒也是。

武王一件件戴起魔法戒指與魔法護符等全套裝備。

「──準備好了。」

比起以前，他現在講話有知性多了。

奧斯科每次看到他雄赳赳的英姿，胸口總是一陣發熱，心想：是自己把他培育到這個地步的。

「那麼，武王，我們走吧。」

奧斯科跟他，就兩個人一起走到競技場入口，這是每次的固定儀式。

武王自從走出房間，始終沒開過口。

他之所以不發一語，過去是對於交戰對手的期待與興奮。但曾幾何時，對於對手的失望變得越來越強。那麼這次呢？

突然間，武王猛地停住了腳步。

就奧斯科的記憶中，武王從來不曾這樣。

第一次的經驗讓奧斯科慌張起來，抬頭看看他是怎麼了，只見武王慢慢掀起護顏盔的護面部分，露出他的臉龐。

「我要謝謝你……」

那聲音像硬擠出來的。

奧斯科張大了眼睛。

只有在贈予他武器、贈予他鎧甲，以及與至今最強大的對手前武王「腐狼」庫列弗．帕蘭泰寧交手後，才聽過這句話——這是第四次的感謝之詞。

「謝……謝什麼呢，武王？」

他目光犀利，定睛注視走廊前方。

「呼，呼。」

武王的身體隨著冷笑聲微微顫抖。

大概是即將上戰場，興奮得顫抖吧。

奧斯科以為如此，但他錯了。

「這是……這是什麼樣的挑戰者啊。不對，我才是挑戰者嗎？」

「什……什麼？」

「呼，呼……真可怕啊，奧斯科，我這是嚇得發抖啊。」

奧斯科懷疑起自己的耳朵。

「這就是……這就是所謂生物的直覺吧。我的雙腳不聽使喚了……它在告訴我去了就會沒命，呼，呼。」

他不是在發笑，只是強迫自己吐出紊亂的呼吸罷了。

「聽說這次的對手是魔導王，但這是多強大的一個對手啊……也許是我至今的傲慢，到了還債的時刻了。」

「你在說什麼啊，武王，你何時傲慢過了……」

「我很強。」

武王如此果斷地說，奧斯科也想回答「沒錯」。但武王搶在他前面，接著說下去：

「不對，我一點也不強。我的強悍來自種族的特性，不是真正的強悍。即使如此，仍然很少有人能敵過我。尤其是自從我累積了做為戰士的本事。所以我從來不問挑戰者的能力與裝備等等，為了製造出於己不利的狀況——為了鍛鍊自己，我只能這樣做。而你終於帶來了一個對手，讓我的直覺吵著叫我快逃。我要謝謝你，你實現了與我相遇時的所有諾言。」

「武王啊……戈．金啊。」

奧斯科是在將近十年前見到武王。

帝國邊境有條道路，傳聞會出現強悍魔物。據說那個魔物具有高度理智，只要丟掉武器就絕對不會開殺戒。這事引起了奧斯科的興趣，為了見到那個奇妙的魔物，他急急忙忙從帝都出發。因為他聽說帝國最強的武力夫路達．帕拉戴恩即將前去撲滅魔物。

剛開始奧斯科很害怕，這是當然。因為至今那些人類也許只是運氣好才能撿回一命。然而實際上見到的武王，對奧斯科絲毫不感興趣。他只瞥了奧斯科一眼，鼻子一哼就要離去。

所以奧斯科一時忘了恐懼，問道：你為什麼要做這種事？

這個問題得到的答案，雖然講話方式沒有現在這麼流暢，但他說是「為了變強而進行武者修行」。

當時奧斯科彷彿茅塞頓開。

奧斯科有一個夢想，就是培育強悍的戰士。他夢想能培育出最強的戰士，用以代替缺乏才能的自己。但他這時才注意到，其實不需要執著於人類。不對，反而應該認為人類以外的種族基本能力比較強，才會誕生出強悍的——最強的戰士。

奧斯科已經不覺得自己是在帶一頭魔物回城了，他是在挖角，拉攏最強的戰士，競技場的霸主，未來的武王。

那場邂逅過了將近十年的時光，如今，武王第一次展露出害怕得發抖的模樣。

「武王——」

奧斯科腦中浮現出好幾句話，首先第一句話是「要不要放棄這場比試？」比試當中有時會出人命，如果在這裡失去鍛鍊至今的他，奧斯科將會承受不了打擊。

然而，他不能說出這種話來。

對強者而言，受到擔心就等於受到侮辱，所以這句話有可能打碎他與武王之間建立的友情。

現在他該說的只有一句話：

「——你可別輸了，武王。」

「哼，這是什麼話。我絲毫不覺得自己會輸，看至今的挑戰者就知道了。所有人都認為自己會贏，才敢站在我的面前。現在，只不過是輪到我罷了。」

「說得對！」

奧斯科拍打了武王的身體。

「魔導王是魔法吟唱者，不過這樣比試起來沒意思，所以我禁止雙方使用魔法，以這規則安排了比試，你不可能輸給這種對手的。」

「……禁用魔法，即使如此，那位魔導王仍然願意與我交手？」

「沒錯，一副不認為自己會輸的態度。」

「哦……」

武王用力握緊了拳頭，那拳頭讓人聯想到巨大鐵鎚。

「強者總是驕矜自滿的，我會讓他知道這種想法有多愚蠢。」

「就是這股勁！不過，千萬別大意了。魔導王隨便就能給人一把令人驚嘆的名貴武器，恐怕擁有力量驚人的許多魔法道具。」

限制魔法道具的使用能提高武王的勝算，但那樣未免要求對方讓步太多了。

「沒有問題，我現在是挑戰者的心態，毫無大意。除了輸在實力，沒有其他敗北的可能性。」

武王步履穩定地往前走，奧斯科急忙走到他身旁。

「欸，話說之前那件事，你認真考慮過了嗎？」

武王頓時停下腳步，露出怏怏不樂的表情。

「之前那件事……是指那個嗎？」

「對，就是你娶老婆的事。」

「現在提這做……呼哈！」

武王笑了，奧斯科紅著臉皺起眉頭。真希望他心裡知道就好，別表現在態度上。

「真是，你就不能用點別的方式幫我加油嗎？別讓我一再重複……我如果想要老婆，我會回出生故鄉。你說的對象是人類吧。我很感謝你，但拜託別給我找人類老婆。我沒有變態嗜好，應該說如果有哪個人類想被我上，那簡直噁心死了，變態也要有個限度。說起來，你想要的是我的小孩吧？跟人類生不出來的。」

人類種族之間能生兒育女，但人類與亞人類之間，只有在故事中的世界才可能生小孩。

「哎，是沒錯……既然這樣，你就帶個老婆回來嘛。如果需要什麼才能衣錦還鄉，我會為你準備。」

「……我得先告訴你，對我們食人妖而言，人類可是糧食喔，搞不好我老婆會毫不在意地把人吃掉。」

奧斯科是覺得不需要的人類變成糧食也沒差，但不會說出口。

「是嗎，那你就趁小孩嚐過人類味道之前帶他們過來吧，然後再施以英才教育，一定能變得比現在的你更強。」

武王愉快地歪扭著臉。

「那真是令人感興趣，也好，我會認真想想。」

●

「陛下，真的有勝算嗎？」

對於艾恩扎克的詢問，安茲回以重複過好幾遍的答案：

「沒有問題。」

如果有人挑戰沒有勝算的勝負，要不就是真正的勇者，要不就是愚者吧。這不是在打遭遇戰，可說準備階段就決定了一切。

安茲腦中回想起收集到的情報。

武王如果與東方巨人程度相當，那要取勝輕而易舉。但打個比方，如果再加上與葛傑夫水準相當的戰士實力，那就是種族等級加上職業等級，將會相當難纏。

不過——

（這本來就是一場卑鄙的戰鬥，畢竟我後來還有找夫路達幫忙呢。）

安茲的能力能使低階攻擊完全失效，就算是武王，他也不認為能打破這道防禦。

所以，安茲解除了自己的守護能力。

這場戰鬥非贏不可。

在那場戰爭當中，安茲用魔法殺死的人數超過十萬。在ＹＧＧＤＲＡＳＩＬ這款遊戲當中，經驗值量會隨著等級差而增減，最低值是一點。換句話說那時應該賺到了十萬點的經驗值，再加上傳送前累積的經驗值，照理來說應該已經昇級了，但安茲不覺得有發生昇級之類的特別現象。

也就是說，安茲不能變得比目前更強了。

即使如此——他也不能因此而滿足。

如果一百級是極限，那沒辦法。既然如此，他必須磨練自己的技術，以萬全狀態徹底活用百級能力。若是一直以為自己與部下們天下無敵，倚仗力量大搖大擺，也許有一天會被人後來居上。

安茲認為自己的魔法職業實力還不錯，因為在ＹＧＧＤＲＡＳＩＬ鍛鍊出來的能力，在這個世界一樣有用。但是做為前衛的能力與技術，在ＹＧＧＤＲＡＳＩＬ時代並沒有做多少鍛鍊。

（跟那個女人的一場戰鬥，使我獲益良多。）

那個女人讓安茲知道自己缺乏做為前衛的戰鬥能力，如今安茲對她只有感謝之情。因為有那場戰鬥，安茲才會想到要提昇近身戰的能力。如今不只是能力值，他有自信自己的技術與戰術，也能與三十三級的專業戰士媲美。

做為試金石，他很期待這次的武王戰。

安茲看看自己的脖子。

恐怕沒有多餘空間配戴那個了。而且在對付工作者時，他就覺得並沒有得到特別多經驗值或是學到什麼技術。老實說感覺白戴了。

安茲想著想著，想起了更重要的問題。

（啊——聽說吉克尼夫好像會來觀戰？他幹嘛要來啊——？我偷看的時候他一次都沒來過，我還以為沒問題哩。怎麼想都是偷渡入國被抓包了……管他的，只要道歉請他原諒就行了。如果他有意見，我就問他來納薩力克時有沒有取得王國許可，這樣問題應該就不會鬧大了……一開始先打聲招呼吧，不打招呼感覺給人的印象會更糟。）

「魔……魔導王陛下，差不多是入場的時間了。」

競技場的工作人員進來房間，告訴安茲。

安茲與這個人員碰過幾次面，對方每次看到安茲的原本面貌，都會嚇得全身僵硬。

安茲在想或許該遮著臉戰鬥，但他已獲得許可，戰勝武王後可以對觀眾進行宣傳。來到競技場的觀眾當中，說不定有幾個人會來魔導國，敲開冒險者的大門。這麼一想，還是不要有所隱瞞比較好。

只能相信自己的選擇了。

安茲慢慢走出去。

本來應該由地位較高者後入場，然而在競技場，安茲才是挑戰者——地位較低，所以先入場。當然安茲欣然接受，沒有任何怨言。

安茲對憂心忡忡的艾恩扎克笑笑。

自己接下來要出戰，他卻比自己還擔心，總覺得有點好笑。

「——別讓我一再重複，艾恩扎克，我不會輸的。」

●

跟吉克尼夫打過招呼後，安茲回到競技場。

雖然說好不用魔法，不過戰鬥還沒開始，這點小事就請對方多包涵吧。

（……我偷渡入國，他卻不怎麼生氣呢。是不是之後才會抱怨一堆，還是說他以為我是照正常程序入國？如果是這樣的話，我以為他會舉行歡迎典禮，可能是有點自我意識過剩了……我叫他吉克尼夫，他有沒有不高興？）

安茲嘲笑自己的想法，視線望向對面入口。

武王還沒現身。

（那麼……）

安茲環顧競技場的觀眾。

出自驚愕的沉默籠罩現場，連一點喧嚷都顯得格外大聲。

（好吧，這也沒辦法……不，那邊那個觀眾，我這不是面具啦。）

安茲摸摸自己光滑的臉孔，他現在明白，必須是相當有膽量的人，看到這張臉才能維持平靜。

（所以我如果讓觀眾興奮，就能一口氣獲得人氣了。）

雖然他的目的不是獲得人氣，但有總是比沒有好。再說如果不死者的整體聲譽上昇，役使不死者的魔導國應該也能間接提昇聲譽。

安茲確認一下手杖握起來的感覺。

安茲從事道地的魔法職業，能拿的武器相當有限，只有手杖或短劍等等。這次選用的是物理攻擊用的法杖（Staff），是他在ＹＧＧＤＲＡＳＩＬ時代試作的武器，但極少有機會用到。畢竟是很久以前在用的東西，威力不怎麼強，如今的安茲應該能做出更適合自己的武器。

然而，他沒有另外準備武器。

他考慮到自己與武王的實力差距，決定只用自己目前擁有的武器戰鬥看看。

這項決定若是讓ＹＧＧＤＲＡＳＩＬ的玩家鈴木悟來說，簡直是蠢到極點，不可饒恕的大意。如果同伴在這裡，也許會規勸自己說：「不可以喔——」

然而，他已經聽夫路達說過武王擁有的魔法道具的性能，也覺得做為訓練，應該要給自己這點磨練。

他想讓觀眾看到的，不是單方面的蹂躪劇，而是恰到好處的大獲全勝。

「各位觀眾，武王自北邊入口進場！」

跟剛才自己出場時完全不同，現場湧起震天動地的歡呼聲。安茲在那當中，聽出了吉克尼夫從貴賓席喊得聲嘶力竭的歡呼。

（……他好像很興奮啊。吉克尼夫有這麼喜歡武王嗎？競技場之王大概就像偶像明星一樣，也許他這種反應很正常。畢竟ＹＧＧＤＲＡＳＩＬ的時候也是，ＰＶＰ的觀戰比試當中，強者常常很受歡迎。）

安茲懷念起ＹＧＧＤＲＡＳＩＬ時代，並對吉克尼夫懷抱著哀憐之情。

（如果我贏了，他一定大受打擊吧。以前有遇過那種客戶，支持的球隊輸了就老大不高興……）

雖然心情變得沉重，但也不能故意輸掉。

對面入口出現一個巨大身影。

本以為不能再大的歡呼聲變得更大了，簡直就是爆發性的。

老實說，安茲有點希望這些歡呼聲能分一點給自己，不過只要憑武力硬搶就行了。

在ＹＧＧＤＲＡＳＩＬ時代，挑戰者只要打得精采，聲援的方向總是會漸漸改變。換句話說只要安茲也與武王打得精采，支持安茲的聲音也一定會慢慢增加。

（況且顛覆目前幾乎無人聲援的狀況，應該比較有宣傳效果吧？）

武王慢慢現身。

全身鎧加上巨大棍棒。

宛如堅不可摧要塞般的身影讓安茲的眼睛——空虛眼窩中浮現的赤紅火焰變得尖細。

（唔……外貌跟聽說的一樣。那麼——不，那樣太早下結論了，還是小心為上。）

安茲分析過夫路達．帕拉戴恩提供的情報，知道武王的裝備品沒有致命性道具。

不過在ＹＧＧＤＲＡＳＩＬ，有人曾經使出一招，就是準備另一件外觀相同的裝備，但組進完全不同的資料。在以ＰＶＰ為代表的一對一單挑當中，這種細微的訛詐都能影響勝率。雖然備用武裝常常比主武裝弱一點，但能超乎對手的預測，總是能達到數值以上的強大效果。

不能保證武王沒用這招。

安茲將這件事記在腦海裡，繼續觀察武王。

雖然事前已經聽說，不過像這樣站在眼前，就會覺得「原來如此」。這正是所謂的百聞不如一見，安茲聽夫路達說到鎧甲底下的長相時，覺得很像當時殺了做成殭屍的戰鬥食人妖，但對方身上散發的氛圍卻截然不同。

就像山豬與肉豬的差異。

「這……真有意思……有意思是嗎……」

安茲發現自己感到雀躍，表情不快地扭曲。當時他也想過，自己好像變得很好戰，或者說變得像戰鬥狂，總之似乎對戰鬥感覺到了樂趣。

這不是很好的傾向。

兩者距離逼近，對面那人出聲對安茲說：

「我是人稱武王的戰鬥食人妖，戈・金。」

「我是——」安茲挺起胸膛：「安茲・烏爾・恭魔導王。不死者的最高階種族，死之統治者。」

「是嗎？那麼我會全力以赴。」

「……哦？」

安茲覺得很不可思議。

他有兩個疑問，但先問較大的一個：

「你不會瞧不起我的名字嗎？」

「為什麼？」

「為什麼……？」

被對方回問，安茲偏了偏頭。那時這個名字應該有被看輕才是。

「我記得你們對比較長的名字，不是不以為然？」

「原來如此，看來魔導王陛下相當了解我的種族。的確，我們的種族都認為名字短才是強者。但我在這個國家已經生活了好幾年，在這段時間裡，學到了人類都會取較長的名字，所以不會因此看不起人。再說我感覺魔導王陛下對這個名字感到驕傲，汙辱強者之名是戰士之恥。」

「是嗎……看來我對戰鬥食人妖這個種族必須改觀了。」

「呼哈哈哈哈，沒這個必要，只有我是個怪胎。再說——不管什麼種族，都有想法不同的人，不過如此而已。」

「……哈哈哈哈！說得沒錯，我欣賞你，武王……如果我贏了，我要你成為我的人。」

安茲慢慢伸出右手。

當時他遭到對方拒絕，但現在狀況完全不同。武王猶豫了一會兒，說出回答：

「……可以，如果我輸了，就成為你的屬下吧。那如果我贏了呢？」

「真是個困難的問題，你想要什麼？說說看你的願望吧。」

「……我要陛下。」

「…………啊？」

「我至今從沒遇過一個值得殺其身，食其肉的對手，但如果吃了比我更強的陛下，我就能吸收陛下的力量。」

安茲稍微放了心，以前他聽過公會成員講解食人文化，不過雖然一概稱為食人，動機卻有千百種，有的是像武王這樣要攝取對手的靈魂力量，有的則是一種性癖好。

（幸好不是性癖好，雖然我不可能輸，但一邊被人用那種眼光打量一邊戰鬥未免也太噁心了。）

「可以，反正無論如何，生殺大權都握在勝者手裡。所以如果我殺了你，你可別拒絕復活喔。」

安茲向前踏出一步，武王姿勢只一瞬間緊繃起來，但又立刻放鬆。

安茲站在武王面前伸出右手，武王也做出回應，伸出巨大的右手。

那與其說是握手，不如說是被武王的手包住。觀眾發出大聲歡呼。

「那麼再讓我問一個問題，你為什麼用敬稱叫我？」

武王的態度不像是等待挑戰者的冠軍。

「對強者表示敬意是理所當然的。」

「原來如此……這下我明白了，我只有這幾個問題。那麼我們開始吧，距離要隔多遠？剛才那種距離——差不多十公尺如何？如果這個競技場有規定，我願意照規定來喔。」

「距離沒有規定，不過，這樣好嗎？再靠近一點就是我的攻擊範圍喔。」

「這叫讓步，讓步。」

武王沒出聲回答，只點頭表示了解。

雖然看不到他的臉，不過動作與呼吸都十分冷靜。

是看穿了這話只是挑釁，還是口氣不至於讓他不高興？

安茲在心中嘖了一聲。

好難應付的對手，要是能衝動一點，安茲可以趁虛而入；但面對謹慎的對手，就算對方等級比自己低，也不能輕忽大意。武王露出背部，與安茲拉開距離。

等拉開了十公尺左右的距離後，他轉過身來：

「那麼只要一鳴鐘，我們就開始吧，魔導王陛下。」

「也好……我說武王，我曾經對付過跟你同種族的人，但你有對付過跟我同種族的人嗎？」

「你說死之統治者嗎？不，沒有。我沒聽過這種不死者……種族。」

「是嗎……也是，如果你遇過與我同種族的人，恐怕就不會站在這裡了。死之統治者是最高階的不死者……那麼你有對付過哪種不死者嗎？」

「我沒跟不死者交手過，因為被帶來這座競技場的不死者，擺明了都不是我的對手。」

「是嗎……那我豈不是不能說：『別把我跟你對付過的不死者等同視之。』了？我可是強過死者大魔法師數倍的存在……真遺憾。」

武王似乎輕聲笑了笑。

安茲聳聳肩，將手中法杖像大劍一樣舉起。艾恩扎克應該在後方看著，不過安茲沒讓他看過做為飛飛戰鬥的模樣，所以不會有問題。

武王也舉起巨大棍棒。

鐘聲響起。

霎時間，巨大黑影覆蓋了安茲。

（嘖！好快！）

黑影的真面目是高舉揮下的棍棒形成的陰影。

安茲想以法杖接下——但即刻捨棄了這個念頭。除非再多知道一點對方的情報，否則遇到大動作毆打——損傷量似乎很大的攻擊都應該閃避。

然後他捨棄了身體平衡，撲向地面轉為閃避。

閃避有驚無險地成功，棍棒直接砸在地上。地鳴般的聲響迴盪四下，掀起的塵土如爆炸波般飛揚。

安茲怕對手追擊，又往後拉開幾步距離。

飛塵散去，舉著棍棒的武王再度現形。

大聲歡呼在競技場迴盪。

（他用了某種武技吧。不過……你們還真興奮啊。）

即使在震耳欲聾的歡呼聲中仍能清楚聽見吉克尼夫的聲援。他跟個小孩子似的，喊著：「上啊！就是那裡！」幫武王加油。

安茲對吉克尼夫反常的態度發出小小笑聲，觀察他在皇城裡的模樣，實在想像不到他會露出這種態度。

（……這傢伙意外地還滿有趣的嘛。）

安茲心中對吉克尼夫的好感分數大幅上昇，他本來以為吉克尼夫會更有皇帝的樣子，完美無缺。然而，現在看到他熱中於比試的模樣，讓安茲覺得更有親近感，似乎能跟他建立更深的交情。

安茲重新將意識集中在武王身上。

武王拿巨大棍棒對著安茲，渾身漲滿靠近就迎擊，遠離就追擊的意志。這種架式最能有效率地牽制對手的動作。

這是利用武器長度進行的守勢，有如盾牌。

老實說，安茲想不到如何破解這個架式。

（這真是……傷腦筋了……面對旗鼓相當的對手，不能用魔法果然很難搞。哎，誰叫我是魔法吟唱者呢……）

既然如此，只有這一招了。

「怎麼了，你不進攻嗎？簡直像縮頭烏龜。」

「魔導王陛下，我不會大意。即使規定不使用魔法，您躲開了剛才的攻擊，我不會小看您。」

「你是要我進攻，那你可以稍微挪開那根棍棒嗎？那個擋到我了，讓我不知該如何出手。」

武王沒有回答，安茲知道護面縫隙露出的銳利視線想看清他全身上下。

「這樣啊……那就由我出手吧。」

安茲將手中法杖狠狠敲在棍棒前端，棍棒猛烈撞向地面，同時武王發出「咕！」一聲呻吟。

傳來的衝擊力道應該在武王手中留下了麻痺的傷痕。反過來說，這種肉體上的功能對安茲卻無效。

說時遲那時快，安茲正面踏進了武王的攻擊距離。

他以思考命令法杖，讓它噴出火焰。說是噴出，實際上只是纏繞在法杖上，並非要以火焰本身進行攻擊。但安茲感覺到武王的視線從自己身上移向法杖。

（我想也是，你有食人妖的再生能力。那麼再生能力無法治療的傷——以火焰或強酸造成損傷的武器，當然會讓你分神了。不過，這卻成了致命傷。）

安茲用空著的左手輕輕碰了碰武王的鎧甲，霎時間，武王的身體像被雷劈一般震動，棍棒一揮。

「唔！」

安茲閃避失敗，身體伴隨著龜裂聲被大幅打飛。由於安茲關閉了高階物理無效化，毆打武器脆弱效果的攻擊令身體受到了很大損傷。身軀像球一樣彈上半空，飛了幾公尺，不，是十公尺以上。

然後他撞上地面，滾倒在地。

驚天動地的歡呼聲湧起。

摔倒的安茲又聽見了吉克尼夫大聲叫好，感覺剛才的好感分數急速降低。

（你好歹也是我的同盟國吧，同盟國的君王倒在地上，是不是該擔心一下，啊？）

雖然受到損傷，但安茲已經沒有了痛覺，他趴在地上窺視武王。

沒有追擊。

歡呼聲越來越小，比起這個，更強的懷疑之情開始籠罩會場：武王為什麼不乘勝追擊？不對，更重要的是，武王為什麼將身體彎成く字形？武王的動作為何如此遲鈍？

安茲輕盈地起身拍拍沾在身上的塵埃，擺出一副威風凜凜，被打飛也不痛不癢的態度。

相較之下，武王的動作很遲鈍。
安茲露出小小的笑容。
演出效果太好了。
在嘈雜人聲的籠罩下，安茲回到剛才的位置，這時武王語氣懷疑地說：
「這……這是什麼？毒……應該不是，這究竟是什麼？」
「我不會做那種違規行為，這是光明正大的比試。不過說歸說，你說的『毒』雖不中亦不遠矣。我的接觸能夠將負能量送入對手體內，不過，這個用食人妖的再生能力應該能治癒。」
安茲碰過武王的手指一收一放。
「不過，我能藉由接觸對手發揮另一項能力，就是讓對手的體能受到損傷。也就是說我對你的肌力與敏捷性造成了損傷，這就治不好了吧？」
就安茲所知，食人妖的再生能力只能治癒損傷，無法連弱化一起治好。
「換句話說，武王。你越是被我碰到就會失去越多體能，最後變得像毛蟲一樣。」
當然，這是唬人的。
安茲的確能給予對手的能力值懲罰，但也有限度，不能扣到零。不過，對手自然不可能知道這一點。

只不過，其他不死者有時也擁有類似的能力，所以無法確定他真的不知道。他說自己沒對付過不死者，但有可能是騙人的，也說不定有相關知識。

所以安茲才會誠實說出自己的種族。

安茲要讓對手有個強烈印象，認為死之統治者遠遠強過自己，而且是自己所不知道的種族，藉此讓武王以為安茲的能力是一種完全不同的，自己所不知道的能力。安茲之所以說自己是最高階種族，也是為了加強對手的不安。

而最重要的是，現在明明沒有必要說明，但他還是將能力告訴了武王，就是為了用虛偽情報造成對手混亂。

（——戰鬥以廣義來說，就像爾虞我詐。）

安茲冷靜觀察無意治療能力值懲罰的武王。

他在窺探武王的行為會不會是騙術。

說不定其實他有辦法治療能力值懲罰，但故意不用，想讓安茲暴露出致命的破綻。除此之外，也有可能是安茲始終搞不懂的天生異能。

只有在雙方具有壓倒性落差時，才能正面交戰蹂躪對手。

「……我給你的能力懲罰，用時間是治不好的。我要一點一滴削減你的體能，再用法杖給你致命一擊，明白了嗎？好，那麼我們再來打吧。」

見安茲踏出一步，武王慢慢擺出架式。

由於武王戴著頭盔，安茲看不到他的表情。是在暗自歡喜，還是心焦氣躁？

（希望是後者……）

安茲敏捷地動了動沒拿法杖的左手，武王見狀，身體馬上動了起來，保持高度警戒。

武王應該在想，是不是只要提防左手就行了。

他擔心得很對，按照安茲的實驗結果，這種接觸攻擊用任何部位都行。只要安茲有意，用頭錘都能發動。

安茲更踏出了一步，武王步步移動，拉開距離。

安茲冷笑。

光看剛才的動作，觀眾應該就知道孰勝孰敗吧。

（你知道我與你差在哪裡嗎，武王？的確，做為戰士也許你在我之上，但我倆之間卻有一個決定性的差別。）

安茲與武王的最大差別，就是ＨＰ的差距。

安茲有一百級，並擁有符合等級的體力。縱使雙方拋開防禦，一邊互毆一邊戰鬥，最後仍會是安茲的勝利。

不過，問題在於來自安茲知識以外的攻擊，例如武技等等。

「……我在與你的戰鬥當中，除了禁止使用魔法之外，還給了自己一項限制，那就是魔法道具。這次的比試並未限制魔法道具——裝備品的使用，但這條件對我來說太有利了。」

安茲在ＹＧＧＤＲＡＳＩＬ獲得了許多魔法道具，每一件都是在這世界上無可比擬的武具。所以只要運用這些武具，想戰勝武王還不容易；但安茲不覺得那是正確的戰鬥方式。所以此時此刻，他才會穿戴著低階魔法道具。

「因此我限制自己只能使用你也有可能擁有的等級的道具。不過反過來說，我覺得這也是個機會，讓我試用一下新到手的武器。」

安茲將法杖插在地上，從佩在腰際的四把短錐抽出兩把，以雙手握緊。

「也就是說，我要用用向飛飛借來的武器。」

武王大概聽不懂安茲半開玩笑的話吧，安茲也不打算讓他懂，只是自言自語罷了。

「那麼——我要上了。」

安茲做不到那種奇妙的——類似蹲踞式起跑的姿勢。不過藉由訓練，能學會相似的跑法。他如箭矢激射而出，全速奔向武王。

距離很短，然而即使雙方間距轉眼間被侵犯，武王的棍棒仍橫掃著直逼而來。雖然安茲給了他的肌力懲罰，因此動作有點遲鈍，但照這方向來看，仍然必中無疑。

安茲無法像那女人閃避得那麼漂亮，不過有一點是那個女人辦不到，安茲卻能辦到的。

隨著能力的解放，武王的動作只停頓了一瞬間。

趁著這個破綻，安茲縮短雙方距離，朝著肩窩刺入短錐。配合速度，再使出全身力量，有如一箭穿心的一擊。

當時的一擊，在安茲以魔法製作，硬過精鋼的鎧甲上留下了傷痕。與那招同等水準的一擊貫穿了武王的鎧甲，刺穿武王的皮膚，短錐插在武王的身上。

——然而，就在那一瞬間。

「『外皮強化』、『外皮超強化』。」

武王似乎發動了武技。

好似從內部發出某種勁道，短錐的前端被推了回來。

安茲目前能使出的全力一擊，驚人的是，竟然只能給予少許——擦傷程度的損傷。這點皮肉傷憑著食人妖的再生能力，幾秒就能治癒。

武王肯定鬆了口氣，為了趕跑安茲而逼近的棍棒，速度中透露出這種心思。連安茲最強的一擊都只能給予擦傷，等於保證了武王的勝利。

然而，這是很愚蠢的想法。

「——啟動。」

「噢！噢哇啊啊啊啊啊！」

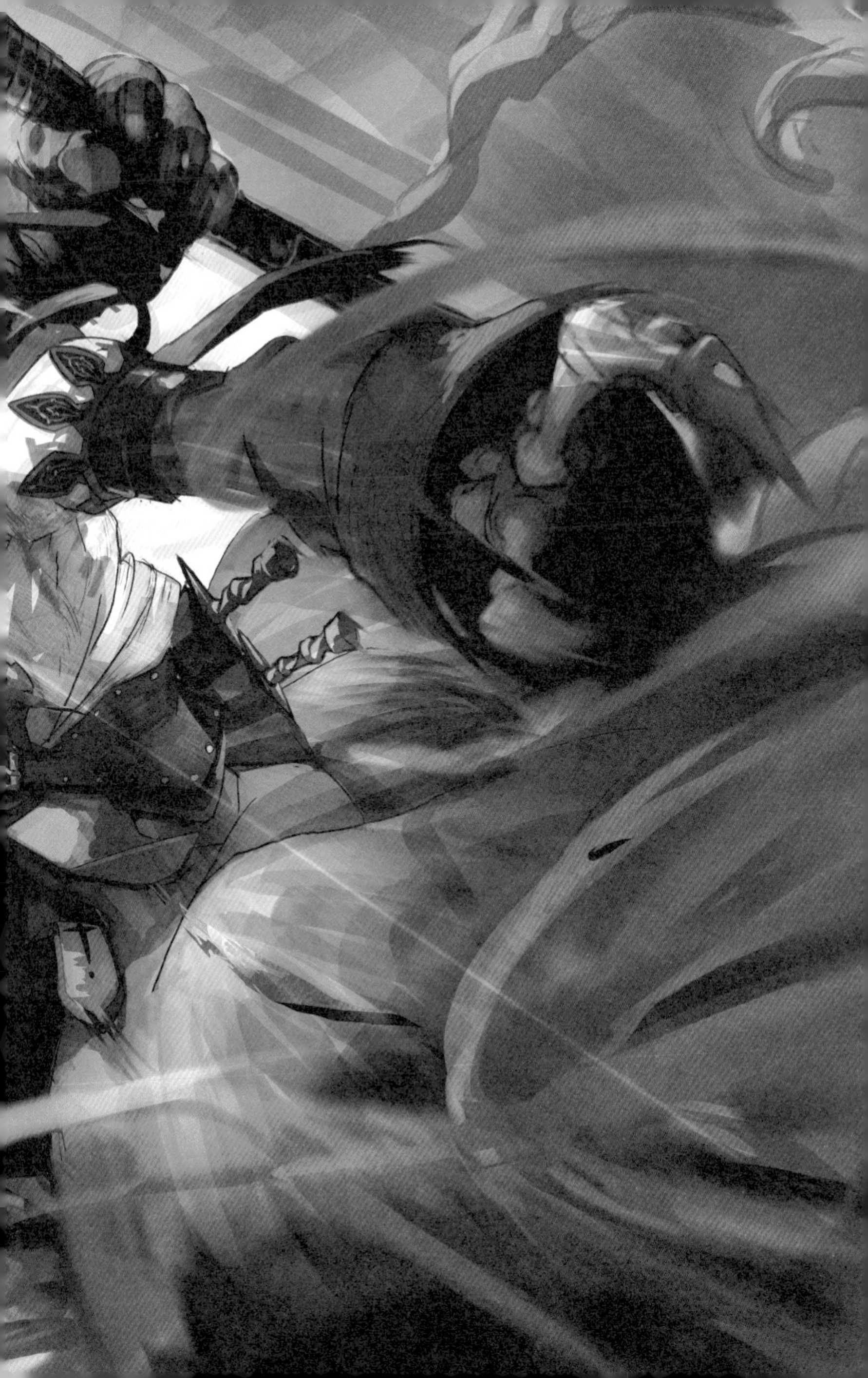

魔法得到解放，命夫路達灌注在短錐裡的「火球」從刺入部位焚燒武王的身體。安茲順勢將另一把短錐刺進另一邊肩窩，但力道不足，被鎧甲彈開。

安茲本想改為瞄準鎧甲隙縫下手，但察覺到武王身體有了動作，看都不看就往旁跑開。背後吹過的勁風，想必是棍棒揚起的。

安茲逃也似的跑了十公尺以上，回頭一看。

武王以持握棍棒的手按住肩窩，另一隻手癱軟下垂，看似無法動彈。夫路達的魔法也許太強了點，早知道就找更弱的魔法吟唱者來灌注魔法了。

觀眾知道武王站在壓倒性不利的立場，掀起近乎慘叫的聲援。

安茲環顧競技場。

不管看觀眾席的哪裡，似乎都沒人替安茲加油。

（奇怪……要是在ＹＧＧＤＲＡＳＩＬ的話，應該已經開始有人替我加油了……看來客場還是比較嚴苛？）

「沒辦法了，放棄掌握觀眾的心吧。那麼……武王，我下一招就要你的命。」

安茲收起解放了力量的短錐，拔出另一把短錐。這把灌注的是第三位階的酸系攻擊魔法，是用來防備武王對火焰做了完全無效化等對策的情形。

剛才的一擊用火焰系攻擊，看似讓武王受到了損傷，但也難保不是演技。擁有再生系能力的魔物，無法對阻礙這類能力的所有攻擊都具有完全抗性；只不過這是在ＹＧＧＤＲＡＳＩＬ時的情況。

說不定在這個世界能辦得到。

如果發生這種情形，安茲本來打算當觀眾來看——所有人來看都覺得勝負揭曉時，就發動特殊技能，殺死武王。

「只要你承認敗北……就打到這裡如何？」

「不……魔導王陛下。還沒完，我好歹也是武王，是這競技場的王者，必須抵抗到死亡的那一刻。」

「那就拿下你的頭盔，讓我看看你的臉。」

這個要求應該很奇怪，但武王還是拿下了頭盔，露出他的臉龐。

額上滲出了大量汗水，他似乎在忍受劇痛，臉孔嚴重歪扭，但眼神仍強而有力。

「真是雙好眼睛，讓我想起葛傑夫·史托羅諾夫。」

「太感激了，能得到你這位強者讚美，我太高興了。」

「……我問你，你有能夠戰勝我的招式嗎，能夠現在開始反敗為勝的招式？」

「——沒有，但我還是想戰。」

一句直截了當的回應。

安茲想到自己使了那麼多幌子應戰，不禁覺得有點丟臉。而且為了演出一場精采比試，還封印了各種能力。

如果對手是認真戰鬥，安茲不也應該盡己所能全力應戰，才是正確的態度嗎？

武王卯足全力正面挑戰強敵的姿態，看起來好耀眼。

「守護者們看到這雙眼睛的光輝，不知道會做何感想……」

即使見識到了這份光輝，他們是否還是會照樣瞧不起納薩力克以外的所有人？如果是的話——安茲心中湧起了少許不安與寂寞。

安茲甩開這些情緒，慢慢舉起短錐。

武王也以前臂擦掉額上汗水，重新戴起頭盔。

「——儘管來吧，武王。」

「噢喔喔喔喔喔！」

巨大身軀伴隨著怒吼逼近安茲。

動作比剛才更快，是因為發動了武技嗎？

驚人的速度與巨大身軀，兩者的相乘效果形成了懾人心魄的壓迫感，有些人也許會嚇得無法動彈。不，要是換成普通人肯定如此，只不過這種精神系的作用對不死者無效。

安茲冷靜地瞪視武王。

很快——但也不過如此。
可能是因為刺入短錐的肩膀不能動，姿勢失了平衡。
（——不如那傢伙呢。）
而且最重要的是——
（你明白了我困住你行動的能力真相了嗎，如果還不明白，勝敗就此分曉了喔？）
安茲發動了跟剛才一樣的能力。
絕望靈氣．Ⅰ（恐懼）。
這項能力有五種效果。
Ⅰ是恐懼。
Ⅱ是恐慌。
Ⅲ是混亂。
Ⅳ是瘋狂。
Ⅴ是立即死亡。
恐懼能令人害怕，是對所有動作給予懲罰的異常狀態。
恐慌會讓對手陷入重度恐懼，令對手一心想逃離給予自己異常狀態之人——陷入恐慌的對象將無法採取任何戰鬥行為。

混亂就如字面所示，在接受回復手段之前，會持續混亂一定時間。

而瘋狂是非常棘手，具永續效果的異常狀態，除非接受第三者的魔法等回復手段，否則永遠無法恢復。

立即死亡不用說，就是喪命。

就像這樣，效果會隨著等級上昇而改變。

其中安茲使用的是恐懼，只一瞬間發動這種能力，然後即刻解除。如此一來，就能造成大腦想像的動作與實際肉體的動作產生一瞬間落差，使對象發生一種身體僵直般的異樣感受。

然而，武王或許也料到只要上前毆打安茲，就有可能發生這種狀況吧。即使身體與大腦失衡，他仍然用棍棒打向安茲。

安茲的接觸造成的能力值懲罰，以及恐懼狀態的懲罰。考慮到這兩項能力值懲罰，要閃避武王的攻擊應該輕而易舉。然而——

「『剛擊』、『神技一閃』。」

安茲彷彿看到一道閃光飛過。

霎時間，伴隨著劇痛——痛楚瞬時壓抑到能忍受的地步——全身受到飄浮感支配。

「『流水加速』。」

然後上方竄過一陣鈍痛，下個瞬間，又是一陣痛楚。

安茲一瞬間難以掌握狀況，幾乎陷入混亂，但立刻回過神來。

很可能是遭受了連續兩次攻擊，第一擊將安茲向上撈起，第二擊將他砸向地面——也就是下方。

要是換成鈴木悟，一定無法掌握狀況而陷入混亂了；但這種異常狀態對安茲．烏爾．恭無效。

安茲知道自己倒在地上，而棍棒正朝自己高舉揮下。

「嘖！」

安茲一邊翻滾一邊閃躲，棍棒在同一時間打下。可能是用了武技，衝擊力從地面傳來，打擊了安茲的身體。

然而這並沒有造成追加損傷。

安茲跳起來的同時，陷進地面的棍棒一躍而起。這一記撈擊當中，灌注了為戰鬥做結的氣魄。

安茲轉瞬間做下決斷，用手中短劍擋下這一記。安茲的身體再度飛上空中。現場轟然響起大聲歡呼，但武王卻因為失意，脫口咒罵了一句：「可惡！」他原本大概是想趁勢追擊，結束一切吧。

被打飛了幾公尺的安茲在地上滾了幾下後，迅速重整態勢，低聲諷刺一句：

「沒有辦法反敗為勝，是吧。我被騙了，布妞萌桑看到一定會罵我。」

跟安茲一樣，武王也用隱祕的薄紗掩蓋住殺手鐧，直到最後一刻才使出剛才的武技。也就是說，他也是位一流的戰士。

安茲收起一把短錐，空出一隻手。

就因為急著想決勝負的傲慢，才會遭受那一擊——不，是兩擊。如今安茲已經捨棄了那些天真想法，他要確實削減對手的力量，決定勝敗。

（煩死了……）

觀眾的歡呼讓他心煩，本來是慘叫，現在卻成了大聲歡呼。尤其是——

（——吉克尼夫，就是你！還給我說什麼「宰了他」，真是……）

安茲慢慢開始移動，損傷量雖然沒什麼大不了，但他已經充分嘗到大意帶來的慘痛教訓，不會再犯第二次了。

（話雖如此，我實在搞不懂武技是什麼。ＹＧＧＤＲＡＳＩＬ沒有這種招式……如果想成某人為了對付ＹＧＧＤＲＡＳＩＬ玩家而發明這種招式，會不會太多疑了……啊，我應該想成剛才的武技提昇了一擊的速度嗎？對手應該會再用同一招，所以我要殺敵一千……自付八百？是這樣說嗎？）

安茲一進入武王的攻擊範圍，武王立刻高舉棍棒一揮，安茲並未閃躲。

他一邊前進，一邊用自己的身體承受攻擊。

一陣痛楚伴隨著重量竄過，不過HP有足夠差距，讓他用得出這種手段，毫無問題。況且安茲的肉體能即時壓抑痛楚，即使是活人可能無法承受的劇痛，對安茲也沒有影響。

安茲就這樣碰了碰武王的身體，對方才剛使出攻擊——而且是在安茲靈氣造成恐懼的狀態下，很難躲掉這個動作。

然後安茲與對手貼近距離，一邊不斷繞到武王身後，一邊順手觸碰他。當然在給予能力值懲罰的同時，也隔著鎧甲注入負能量。

「嗚喔喔喔！」

這次換武王急步拉開距離了。

安茲猶豫是否該追擊，但提防武王還藏了一手，於是按兵不動。

武王以笨重的動作舉起武器，呼吸粗重紊亂，剛見面時的霸氣不復存在。

安茲握緊短錐。

準備都做完了，再來只剩送對手上西天。

大概是察覺到安茲的氛圍變了，武王拿掉頭盔，遠遠拋開。

安茲還在覺得狐疑時，武王已脫掉了全身鎧甲。雖說弱化起了效果，但應該不至於覺得鎧甲太重，而無法動彈才是。

然而看到武王做好覺悟的表情，安茲明白了他的企圖。

（原來如此，有鎧甲或許能擋下短錐，但對弱化沒有意義，而且我還講了那麼多話嚇他。所以他賭我ＨＰ所剩不多，盡量讓行動輕便，想連續進攻是吧。）

這是最後的——而且是勝算很低的賭注。

「告訴我……我很弱嗎？」

「什麼？」

「陛下在整場比試之中，從沒拿出過真本事。明明沒了魔法這對翅膀，卻還是顯得從容不迫。我……真有這麼弱嗎？」

安茲閉起眼睛，考慮幾秒後，睜開眼睛。

「弱。」

「…………是嗎。」

競技場鴉雀無聲。

觀眾應該沒聽到安茲他們的聲音。但是——即使看在他們的眼裡，或許勝敗也已經分曉了。

「我在這場戰鬥當中，封印了許多魔法道具，並且禁止自己使用各色各樣的能力。」

「是因為如果不設這些規則，勝負轉眼間就會分曉嗎？」

安茲點頭做為肯定。

「沒錯，不過，我知道你的個人資料，所以——」安茲搖搖頭，這樣講也不能安慰人。

「哎，只能怪你遇到了我。如果你是帝國最強……我恐怕是世界翹楚吧。」

「的確……不過……我真開心。知道人上有人，訓練起來也比較有勁。」

「你這心情我有點了解。」

安茲想起以前的幾個朋友——像是塔其．米，安茲在PVP從沒贏過他。但安茲為了打倒他，思考過各種戰術與武裝，現在都成了令人懷念的回憶。

安茲對武王笑笑，武王也對安茲笑了。

「……好了，那麼我要上了。」

「——魔導王安茲．烏爾．恭陛下。最後希望能讓我見識一下你的真本事，即使是一小部分也好，請讓我感受一下巔峰有多高！」

武王用力握緊武器，準備迎戰。

「是嗎……好吧。那麼……藉此知道高峰吧。」

安茲解放特殊技能後向前走去。

他進入武王的攻擊範圍，武王高舉棍棒揮下。

那與高舉棍棒時的速度完全不同，恐怕是以武技做了支援，但比起受到能力值懲罰前的一擊，還是太慢了。

棍棒砰一聲打進安茲身上，但安茲毫不在意。

武王已經不能給予安茲損傷了。

安茲就像受到微風吹拂般繼續前進。

連續攻擊打在他身上，但他只看著武王的眼睛，筆直前進。

就在武王死心般笑了的時候，安茲將短錐刺進不肯後退的武王胸口，然後解放封印其中的攻擊魔法。

●

安茲俯視著倒地的武王屍體。

然後他啟動借來的魔法道具。就只是個擴音器罷了。

「聽著！帝國的人民！我是安茲．烏爾．恭魔導王！」

自己的聲音在寂靜中嗡嗡作響，讓安茲坐立難安，他決定盡快結束這一切。

「我計劃在自己的國家建立國營的冒險者培育機構，因為我認為培育並保護冒險者，讓他們踏上前往世界的旅程，對我國有所益處。很多冒險者只能依靠自己的資質求生存，然而，有多少人在才能開花結果前，就發生悲劇啊！」

安茲想起只一同旅行了短暫期間的冒險者小隊。

「……正因為如此，我才要將冒險者工會納為國家機構之一，進行支援！也許有人擔心編入國家機構會被剝奪自由，套上枷鎖。我不能說完全沒有這種問題，但如同我剛才所證明的，我國武力十分充足。我無意將你們當成戰爭工具，魔導國要的是真正的冒險者！你們當中如果有人想追求未知、了解世界，夢想成為冒險者，就到我身邊來！在你們能獨當一面之前，你們無從想像的力量將會幫助你們！現在就讓你們窺見一斑！」

安茲走到武王身旁。

「武王死了！有人想確認嗎？」

沒有回答。

「死就是結束。但是——在場如果有人博聞多識，應該知道死是能抗拒的！」

安茲取出權杖(Rod)，抵在武王胸口上。

如果這樣沒能讓他復活，臉就丟大了。不該存在的心臟怦通怦通直跳。

「看著！」

隨著權杖開始動作，武王口中漏出了呼吸，胸膛慢了一拍也開始起伏。

「本來復活魔法只有高階神官能用，但對我而言卻輕而易舉！只不過，還是得收取適當的金額做為代價就是！超越死亡的我願意支援諸位，輔佐你們的成長！到我國來吧，矢志成為真正冒險者之人！」

現場掀起一片喧嚷，安茲發動了「飛行」。

目標地點是吉克尼夫所在的貴賓室。

探頭一看，貴賓室裡只有吉克尼夫與兩名警衛士兵，其他人好像都回去了。看到麻煩事減少，安茲心裡竊喜，但沒表現在語氣裡。

「剛才失禮了，吉克尼夫閣下。哦，看你臉色好多了，我放心了。」

他剛才說自己站得有點頭暈，看來是說真的。不——看他剛才能那麼活力充沛地替武王加油，應該真的只是一時頭暈吧。

「抱歉讓你擔心了，恭閣下。」

「不不，別放在心上。看到熟人身體不適，會擔心是當然的。」

「感謝你的關心。不過剛才的比試真是精采，不愧是恭閣下，遇上帝國最強的戰士竟能大獲全勝，只能說實在厲害。」

「沒那種事，剛才我與武王不分高下，無論哪邊獲勝都不奇怪，看來幸運之神比較眷顧我。」

吉克尼夫那麼熱情替武王加油，一定是他的死忠粉絲。既然如此，大力稱讚武王應該不會有壞處才是。

其實應該說——

（——你根本都沒替我加油嘛，我可是知道的喔。）

安茲雖然這樣想，但不至於真的說出口。冷靜想想，如果要從本國戰士與外國人之中選一個支持，當然要選本國人了。

不過如果他有替安茲加油，安茲的好感度量表——佩羅羅奇諾很愛用這個詞——應該會有所上昇就是。

「我一個外行人看起來並非如此，不過既然恭閣下這麼說，那應該錯不了。好了，那麼——失禮了，這種時候真不知該說些什麼才好。」

「的確。」

安茲表示同意，應該說他不想在這種地方跟吉克尼夫聊太久。

他必須避免被人看出安茲．烏爾．恭只是個凡人。

安茲本以為在競技場替魔導國做宣傳以及偷渡入國的事，會被吉克尼夫講個兩句，但目前看來他似乎無意責備安茲。既然如此，快溜就對了。

「好吧，這次——」安茲本來想說是非官方訪問，但把話吞了回去，這話絕對是自掘墳墓。「我就先告辭了，改日再見，吉克尼夫閣下。」

安茲本身很想用傳送魔法從他面前溜之大吉，但還得把艾恩扎克接走。就這樣先降落地面，接了艾恩扎克再傳送——安茲正在考慮時，發現吉克尼夫不苟言笑地注視著自己。

他絕對是要說什麼奇怪的話。

只要當過小員工，對這種氣氛都會有印象。安茲也注視著吉克尼夫。

「魔導王陛下，我有一項提案，不知道能不能說。」

如果能回答「不行」，世界不知道有多美好。

安茲不再逃避現實，帶著微笑——雖然臉不會動——回答：「請說。」

「那我就說了，我——不，巴哈斯帝國希望能成為安茲·烏爾·恭魔導國的屬國。」

「…………咦。」

這話遠遠超出了安茲的預料，害他不禁低呼了一聲。

安茲的腦子一時無法理解他的話中之意。

「屬……屬國？」

警備兵士們——兩人安茲都有印象——也驚得瞠目結舌。

安茲忍不住想把手放在吉克尼夫的額頭上。

怎麼突然說想成為屬國呢？說起來，屬國究竟是什麼樣的關係？這個詞安茲知道，但不太清楚它的定義，自治權與其他主權又會變成怎樣？

總之茲事體大，安茲擅自決定會出問題。這件事應該找迪米烏哥斯與雅兒貝德仔細商議，再做回答。

「……吉克尼夫閣下，關於貴國成為屬國……」

（締結友情，兩國君王成為朋友的計畫……怎麼會變這樣？）

「成為屬國」之後該怎麼接？可以回答他「我從來沒想過這事」嗎？

而且說不定迪米烏哥斯他們在考慮未來將帝國納為屬國，安茲不希望到時候自掘墳墓，要是說了什麼話落人把柄就糟了。

現在必須閃爍其詞，設法逃避。

安茲決定好方針，思考該怎麼接下去：

「此事十分重大，只以口頭約定進行太危險了。我無法立刻回答你，至少希望有個書面文件。」

「那麼只要我拿出書面聲明，你就會認可嗎？」

咦，你帶在身上？安茲很想這樣問他，但總算是吞回去了，想必是受到了精神安定的效果。實際上，安茲已經不像剛才那樣動搖了，真不知該如何感謝這具身體。

只是，問題還是沒解決。

我不是那個意思，只是想拖時間啦。既然安茲不可能這麼說，只能思考一下，講些能讓對方接受的藉口了。

「……可以，那麼請吉克尼夫閣下將你認為帝國成為屬國後的立場擬成草案，寄到魔導國我這邊來，我再做考慮。」

「那麼我就這麼處理，近日內我會整理好草案，送到陛下手上──我現在還會以同樣身為君王的對等語氣與陛下交談，之後就請陛下多多照應了。」

精神上的動搖已經平復了，但安茲還是不懂怎麼會突然變成這樣，只用點頭做為回應。

接著他小心不讓自己看起來慌張失措，用「飛行」魔法降落在競技場裡。

「現在到底是什麼狀況？話說我該怎麼向迪米烏哥斯還有雅兒貝德解釋……」

安茲如同回到家鐵定會被爸媽罵死的小孩，垂頭喪氣。

●

魔導王離去後，貴賓室裡籠罩著久久不散的空虛氣氛。為了打破這種氣氛，寧布爾大聲說道：

「陛下！」

吉克尼夫故意板起一張臉，眼睛看向寧布爾。

「吵什麼，我還沒耳背。」

「失……失禮了。可……可是，剛才那究竟是怎麼一回事？」

「你想知道我為何做出那種決定，是吧？」

寧布爾不住點頭。一看，巴傑德也散發出同樣的氛圍。

「原來如此……那麼你們說該怎麼做？」吉克尼夫帶著乾笑，語帶自虐地問道。「他一來，我與該──夠了！我與教國的交涉全泡湯了，神殿勢力對我大概也沒好感。如果我想再與他們交涉，得花多少時間？真要說起來，時間能解決問題嗎？」

假如吉克尼夫是教國高層，他會怎麼行動？如果對方那個國家說出「剛才那事只是被安茲．烏爾．恭看穿了我方行動，我並非有意如此」這種爛藉口，吉克尼夫一定會覺得不值得結盟，棄之於不顧。不對，搞不好還會用那個國家當成謀略的火種。

照目前狀況，要跟教國結盟幾乎已經不可能。

「在無法與教國結盟的狀況下，要我孤軍奮戰嗎？哎呀哎呀，真不愧是安茲．烏爾．恭魔導王陛下。只能說太了不起了，看來他的手腳比我想得還不乾淨。先放任我行動，然後趁我大意時一刀刺死我。」

雖然是敵人，但不得不欽佩這策略實在完美。

對方已經布下天羅地網，吉克尼夫只能承認自己的敗北。帝國暫時不會出現援軍，對方恐怕也已握有帝國蠢動的證據，接下來就只看如何料理。

兩人似乎也明白了帝國處於何種狀況，巴傑德搖了搖頭：

「哎呀，這真是……我不知道該說什麼。或許該說他用最具效果的一擊，刺進了我們的要害吧。」

「是啊，我已經想不到辦法應對了。我的心嚴重受挫，什麼都不想管了。」

「陛下……」

聽到寧布爾語氣陰沉，吉克尼夫把臉轉向他：

「那傢伙與其說是不死者，毋寧說是惡魔，我看他很清楚粉碎人心的方法。」

「但就算是這樣，屬國也未免……」

吉克尼夫溫柔地注視著還無法接受的寧布爾。

他明白寧布爾的心情。

不過，吉克尼夫真希望他不是像小孩一樣宣洩情感，而是用理性講出對策。話雖如此，吉克尼夫都想不到對策了，寧布爾更不可能想到。

「……我就明說了，我國已經沒有勝算了。再來如果還有其他方法，就如同我之前所說，只能期待他的手下背叛。我想不到辦法對付他個人，在那場戰爭時我就深切體會到，他是最強的魔法吟唱者。」

兩名騎士表示同意。

「那麼做為戰士呢，用劍能殺死他嗎？」吉克尼夫聳聳肩。「你們都看到了吧。他即使做為戰士，連武王都贏不了他喔。而且那是怎樣，受到武王的一擊，怎麼會毫髮無傷？那是用了魔法嗎？」

「……屬下不清楚，但或許有這個可能性。」

「是嗎，也就是說那傢伙只要使用魔法，任何攻擊都能無效化就是了，這下暗殺也幾乎不可能了。那傢伙會不會根本就是不死身？」

「只要有形體，不可能是不死身。」

「那他怎麼能毫髮無傷？」

寧布爾語塞了，向身旁的巴傑德求救，但巴傑德只是把嘴唇抿成一條線。

「……那先這樣吧，只能收集武王所持武器的相關情報，再召集魔法吟唱者與冒險者，問問他們為什麼能毫髮無傷。謝天謝地，那傢伙做出了與冒險者工會為敵的發言，工會應該會協助我們。」

「為何不先做這個動作，再談屬國的事呢？幸好對方拒絕了。」

吉克尼夫變得很不高興，但壓抑下來，沒寫在臉上。取而代之地，他用哀憐的表情看著寧布爾：

「幸好，你真的這麼以為嗎？我卻覺得正好相反，必須火速進行屬國化一事喔？」

寧布爾一臉摸不著頭緒的表情，吉克尼夫反問他：

「你認為那傢伙為何拒絕我國屬國化？」

「這……這是因為……我不明白……」

「若是無能之輩的話，也可能是因為沒自信能應付狀況變化——諸如此類，但對手可是那傢伙喔。憑著他的智謀，在我提議屬國化時的短暫沉默時間內，應該已經算好之後的事了。結果他拒絕了屬國化，就表示有某個部分不合他的目的。」

「到底是啥部分呢？」

巴傑德的詢問讓吉克尼夫一臉不痛快。

「不知道，不過總之呢，對我國絕不會是什麼好事。不然接受我國成為屬國，對他並沒有壞處。我可以假設他有某種目的，是用自己的國家無法達成的。那麼——」

吉克尼夫想到頭腦都快冒煙了。

那傢伙可是安茲．烏爾．恭，肯定有什麼目的才會那樣做。

如果自己是魔導國的國王，會想要什麼，又會討厭什麼？

吉克尼夫拚命苦思，都弄到出急汗了。

「——冒險者工會嗎。他是為了對冒險者工會出手，才抑止屬國化？」

「您是說那番宣言嗎？……容忍他說那種話好嗎，陛下？一個弄不好，幾年內帝國的優秀人才就要外流得差不多嘍！」

「……我無法理解他那番話的意思，你聽了有什麼感想？」

「雖然自由度減低了，但能得到那樣強大的魔導王提供援助，可是很吸引人喔。比起成為冒險者闖出一番名堂的，丟掉性命的人更多。不過，如果能得到那種強者的支援，說不定——對自己沒自信的傢伙應該會這麼想。再說我們這邊有騎士團，低等級的冒險者沒多少工作嘛。」

「人才的外流啊……你說對自己沒自信的傢伙，聽起來似乎不等於沒有才能。」

有些人雖然優秀卻仍然缺乏自信，而且想投身新領域的人，也不可能從一開始就充滿自信。

「那麼這方面就是他不願接受屬國的理由？可是……讓我國成為屬國，各方面來說不是比較輕鬆？冒險者工會應該也能完全據為己有……啊——！安茲．烏爾．恭！那傢伙的睿智竟然遠勝於我！真是鬼才過了頭，我猜不透他的計策！」

「會不會他根本什麼也沒想啊？」

聽到巴傑德半開玩笑地說，吉克尼夫簡直是憎恨地看向他：

「怎麼可能，他都把我們的舉動摸透到這個地步了……不行，我搞不懂。說不定他還在找地方發洩對生者的憎惡，想把我整慘等等，是這些人類無從想像的情感促使他這麼做……」

也許想揣測不死者的思考，本身就是錯的。

搞不好連這些苦惱與猜疑都在他的計算之內，他現在正張開雙臂，等著心急的吉克尼夫急速推進屬國化。

「今後陛下有何打算？」

寧布爾在問的，想必是關於今後帝國的行動。

「……為了將此事傳達給鄰近諸國，我打算召集祕書官。得思考一下帝國對魔導國表示恭順，成為屬國的書面聲明該怎麼寫。我要先昭告鄰近諸國，製造既成事實，讓魔導國不得不認可。」

「陛下……」

兩人低下頭去，吉克尼夫忍不住想亂打岔說「連巴傑德都會露出這種表情啊」。吉克尼夫消除掉苦笑，輕聲細語地說：

「別這麼一臉陰沉，名為屬國，內涵卻各有不同。只要能讓對方接受我國保有大部分自治權，國內就能過著跟現在並無二致的生活。不——如果能得到魔導國壓倒性武力的保護，說不定生活比現在更安全喔。」

聽到稍微有點光明——或許如此——的未來，兩人的神色恢復了些許明朗。

「為此，接下來得逐步解決內部的不滿情緒。如果魔導國不允許我國保有自治權，也許會對帝國內部進行分裂工作。況且聽到屬國化，心有不滿的勢力也可能會採取行動。」

吉克尼夫想起帝國內部的勢力。

首先一大勢力是騎士團，他們想必不會成為反對屬國派。也許嘴巴上會反對，但絕不會付諸行動。

再來是貴族們，吉克尼夫無法預測他們的行動。如今只有少數人會對吉克尼夫的決定發牢騷，但這些少數人當中，也許會有人將這次事情視作搞垮鮮血皇帝的機會，等帝國化為屬國後，圖謀成為帝國的支配者。

平民們多得是辦法敷衍，他們只要帝國能維持目前的狀態，當不當屬國大概都無所謂。

「——問題在於神官們吧。」

神殿勢力絕對不會同意，尤其最大的問題是，如果神殿勢力不只採取敵對姿勢，還拒絕進行任何治療的時候該怎麼辦。為了不讓事情演變至此，吉克尼夫必須與他們進行多次協議，使他們贊同己方的想法。

「……陛下的生命安全呢？」

「誰知道呢？我會告訴對方只要我在，就能夠最有效率地完成屬國化，讓大家看到成果……但對方怎麼想就不知道了。」

吉克尼夫忍不住想：為什麼是我？

他從亡父手中繼承了皇位，一帆風順地強化帝國。過程當中應該沒有走錯任何一步。

結果那個怪物一出現，使得一切都亂了調。

在跟那個怪物做交涉與談判時，吉克尼夫也不認為自己有犯錯。只不過是安茲．烏爾．恭的能力總是超出了人類所能想像的範疇。

才不過幾個月，狀況全變了。

吉克尼夫嘆了口氣。

「現在世界上最不幸的，就是我吧…………」

題外話，這件事之後過了幾天，失意絕望的吉克尼夫，收到銀絲鳥將根據地從帝都移到城邦聯盟的情報，才驚愕地明白到不幸是沒有底限的。

Epilogue

迪米烏哥斯心情愉快地走在納薩力克地下大墳墓第九層。

他覺得自己好像很久沒回來了，應該是心理作用吧。他中間有回來過幾次，算起來頂多只離開了兩週左右。即使如此，他仍然覺得很久沒回來，純粹是因為走在這塊土地上令他感受到喜悅。

隨著目的地越來越近，他的心情也就越來越好。

迪米烏哥斯無視於科塞特斯配置在門扉左右的衛兵，繫緊領帶，整理儀容。當然，他平常就有在注意服裝儀容，不過面對自己的主人，不能有任何一點邋遢之處。

檢查儀容到了過剩的地步後，他才終於敲敲房門。

一名女僕開門，露出臉來。

迪米烏哥斯很想從門縫間尋覓主人的身影，但當然不可能做出那麼丟臉的事。

「安茲大人在房間嗎？」

「非常抱歉，迪米烏哥斯大人，安茲大人現在不在這裡。」

迪米烏哥斯的心情急速下降，但不會表現在臉上。

「這樣啊，那麼大人去了哪裡呢？」

「非常抱歉，我不清楚……不過雅兒貝德大人或許知道些什麼。」

說得對。

「的確，雅兒貝德在哪裡？」

「雅兒貝德大人就在房裡。」

迪米烏哥斯知道雅兒貝德拿自己主人的房間當辦公室，他不懂雅兒貝德為何不用自己分配到的房間做事，不過考慮到她的個性，也就沒說什麼。更何況只要主人同意，自己就不該有意見。

「她在辦公嗎？……請妳去問她是否可以准許我入室。」

「好的。」

房門在自己眼前關上，過了一會後再度開啟。

「請進，迪米烏哥斯大人。」

向女僕道謝後，迪米烏哥斯走進房間，只見守護者總管就坐在主人的辦公桌前。

她抬起低垂的視線，看見了迪米烏哥斯。

「好久不見了呢，雅兒貝德。」

「是呀，迪米烏哥斯，出外工作辛苦了。今天有什麼事嗎？」

「是，我來是關於聖王國目前正在進行的事務，想請安茲大人准許我進入最終階段，希望能領取一隻二重幻影……安茲大人身在何方？」

「大人在遠一點的地方，我想一時之間不會回來……」

迪米烏哥斯聽到這話，判斷主人不在耶·蘭提爾，不然她不會講得這麼拐彎抹角。

「那真是傷腦筋了，既然如此，我就到第七層準備其他工作，等待安茲大人歸返吧。」

「如果你急的話，可以用『訊息』聯絡大人喔。」

迪米烏哥斯略為皺起眉頭，觀察雅兒貝德的神情。

臉上浮現著一如平常的微笑，但善於觀察的迪米烏哥斯，看出她臉上還帶有少許的其他情感。換句話說她是明知故問，問題是當中夾帶的情感。

如果只是在挖苦自己，那無所謂。

迪米烏哥斯迅速觀察她的臉色，但無法看出更多。

雖然感覺有點不甘心，不過雙方並不是在比什麼。

再說納薩力克內憑他的觀察眼光無法看穿的存在，在他所遇過的人當中，就只有自己的主人與雅兒貝德。把這兩位當成一小部分的例外，比較能保持內心安寧。

迪米烏哥斯聳聳肩。

「沒那麼急，等大人日後歸返，我再親口向大人報告。」

「安茲大人沒說他什麼時候回來喔，說不定會很花時間。」

「到時候我就自己過去，雅兒貝德。不需要用到『訊息』。」

「哎呀，為什麼呢？重要的事盡快報告主人才是忠義不是嗎？」

雅兒貝德的笑容變了質，如果剛才的笑容是平時的假笑，現在這個就是愛欺負人的小孩的笑臉，或許應該認為性質更惡劣了。

看來她就是要自己親口說出理由。

迪米烏哥斯一邊覺得傷腦筋，一邊道出理由：

「我想請安茲大人讚賞我的努力，所以不想用那種手段聯絡。用『訊息』一樣可以得到讚賞，但我還是想直接聽到安茲大人的聲音，不過如此而已……只要是納薩力克內的存在，我想誰都會有相同的想法吧？」

「是呀，你說得對，迪米烏哥斯。正如你所說的，誰都會這麼想吧。」

「那麼，安茲大人前往何處了呢？」

「大人前往至今未曾建立國交，連情報也不確定的矮人國家，所以不知道會花多少時間喔。」

「隨從呢？」

「夏提雅與亞烏菈。」

戰力層面沒有問題，只是其他方面就讓人有點擔心了。

有亞烏菈一起應該不會出問題，只希望別給安茲大人惹麻煩就好了。迪米烏哥斯想起另一個人的臉。

「不過話說回來，大人帶夏提雅同行，是否有意毀滅矮人國家？」

迪米烏哥斯說歸說，卻覺得如果是這樣的話應該會帶馬雷同行，這個人選想必是有其他目的。

「——其他守護者現在身在何處？」

「科塞特斯在管理湖泊周邊；馬雷在耶．蘭提爾近郊建造迷宮；塞巴斯在耶．蘭提爾待命。我不知道安茲大人有何想法，不過大人沒率領軍隊，應該是想以友好態度解決事情吧。」

「……情報不足呢，安茲大人為何要前往矮人國家？」

「迪米烏哥斯，安茲大人的想法不是我們能企及的。」

雅兒貝德說得對。

安茲．烏爾．恭。納薩力克的最高統治者，他們的主人正是每一步棋都潛藏了無數策略的神機妙算之主。就連被創造成擁有優秀才幹的迪米烏哥斯都望塵莫及，想摸清主人的心思才是錯誤的想法。

不過，體察主人的心情，事先做好準備，才是正確的忠義之舉。

我得更加努力才行。就在迪米烏哥斯重新下定決心時，雅兒貝德從桌上拿起了羊皮紙。

「這是昨天帝國送來的，我以『訊息』獲得安茲大人的准許，打開看過了。內容歸納起來，就是帝國提出的從屬請求。不過要以什麼形式成為屬國，就得日後再行商議了。」

迪米烏哥斯大吃一驚，這比他設想的時間早太多了。

「為什麼？我以為帝國會在王國毀滅之後，才成為附庸國……」

「這是安茲大人前往帝國得到的結果。」

「這真是太……真不愧是安茲大人……」

「欸，迪米烏哥斯。你原本真的預定等王國毀滅，才讓帝國成為屬國？」

「當然了，我本來是如此計劃的。」

「不管用什麼手段？」

「……這話是什麼意思？」

「安茲大人有好幾次差點就叫了你的名字，意思大概是『迪米烏哥斯那邊有沒有聯絡，繼續這樣進行沒問題嗎？』吧。換句話說，大人是對你的某些——一定是對計畫有所不滿吧。」

「這真是……雅兒貝德，妳為什麼不早點告訴我呢？這樣的話——」

「這樣的話怎麼樣呢？」

迪米烏哥斯語塞了。

「……可以再告訴我一次嗎，你有沒有辦法讓帝國比王國更早成為屬國？」

「……有，只是那樣得請安茲大人行動，做為屬下太可恥了。而且就我認為，還得先採取幾種手段——最起碼也要一個月的時間，並且讓一座大都市發生暴動，之後才能成功。我本來判斷與其這麼麻煩，不如先支配王國再施加壓力……安茲大人大約花了幾天？」

「我也去了王國，所以不太清楚，不過實際算起來三天吧。」

迪米烏哥斯瞠目結舌。

太快了。

主人究竟顯示了多大的力量，足以令帝國屈服？皇帝本來有意與外國結盟，主人是如何擊垮他的心靈？

迪米烏哥斯本來準備了皇帝無法應對的完美策略，沒想到自己的主人竟然準備了更有效的計策。

「三天？安茲大人究竟是如何辦到的……」

「順便一提，聽說沒有人為此而死喔。」

迪米烏哥斯吃驚地闔不了嘴，他心裡湧起的只有對至高支配者的尊敬之念。主人正如同死亡的化身，靜靜站在皇帝背後，然後捏爛了他的心臟。

一陣冷顫從腳尖竄到頭頂，狂喜、羨慕、畏懼與敬意等情感互相混合，形成難以名狀的激情，令迪米烏哥斯渾身發抖。

「真不愧是……真不愧是安茲大人。我果然比不上安茲大人，實在太偉大了。諸位無上至尊的整合者的確實至名歸，我有點羨慕起潘朵拉．亞克特來了。」

雅兒貝德輕聲一笑，笑容充滿不可思議的優越感。

那是被如此偉大的男人命令獻上愛情的女人所具有的優越感。

「所以，安茲大人下了指示，要你跟我決定帝國的從屬方式。」

「要我們決定，為什麼？」

「這還用說嗎？這次的一連串計畫，很大一部分都是由你籌劃的啊，迪米烏哥斯。但安茲大人卻沒告訴你一聲，就提前進行了帝國的屬國化計畫，所以為此感到心痛。」

迪米烏哥斯就是不懂這一點，如果主人是對自己的無能感到不悅，那還能夠理解，但似乎並非如此。

「……這是為什麼，我不明白。」

唉。雅兒貝德疲累地嘆了口氣。

「當然是因為大人信任你啊，也就是說……該怎麼說才好呢？我想你的聰明才智應該能理解，我猜大概是這樣的：安茲大人覺得不照你的計謀進行，就等於懷疑你的能力。安茲大人就是不想這麼做，才會等你的聯絡。但大人或許覺得你在對他客氣吧，所以他才自己先行動，想藉此告訴你不用客氣。」

這個答案聽起來很合理。不對，不會有其他可能性了。

「這真是太……」

迪米烏哥斯因為太過難堪，不禁低下頭去。同時，一陣喜悅之情也籠罩了他，因為他得知主人竟然如此為自己著想。

「迪米烏哥斯，為了回應安茲大人的慈悲心腸，我們必須行動才行。」

「當然了，雅兒貝德。」

迪米烏哥斯振奮起精神。

「在安茲大人歸返之前，我一定會擬好完美的屬國計畫，以回應安茲大人的期許！」

「說得對，既然安茲大人親自前往，想必是有著多種用意。等大人從矮人國家回來，一定有得忙了。」

迪米烏哥斯莞爾而笑。

「就是說啊，雅兒貝德。」

OVERLORD
Characters

Character 42

巴傑德・佩什梅

人類種族

baziwood peshmel

雷光

職位——帝國四騎士之一。

住處——帝都黃金地段。

職業等級 —戰士——?lv

帝國騎士——?lv

守護者——?lv

生日——上水月19日

興趣——沒有特別的興趣，
硬要說的話就是討好各位老婆大人。

{ personal character }

出身巷弄的平民，原本就頗有實力，認爲繼續這樣下去只能曝屍巷弄，於是矢志成爲騎士，以專業戰士的身分餬口。最後嶄露頭角，得到吉克尼夫的賞識。起初沒多大忠誠概念，然而由於長期就近觀察皇帝，現在變得由衷尊敬吉克尼夫，很可能是帝國最赤膽忠心的人物。擁有出身娼館的妻子與情婦，跟五名妻室住在同一個家裡，幾個女性之間情同姊妹。

Character 43

人類種族

寧布爾・亞克・蒂爾・安努克

nimble arc dale anoch

激風

職位——帝國四騎士之一。

住處——帝都黃金地段。

職業等級—貴族戰士——?lv

騎兵——?lv

祭司——?lv

其他

生日——中火月8日

興趣——舉辦茶會。
尋找美味好茶。

{ personal character }

男爵家的次男，有哥哥、姊姊與妹妹各一個。家人感情融洽，寧布爾之所以得到吉克尼夫賞識，也是寧布爾的哥哥四處奔走，爲他打穩地位（當然其實不用這麼做，吉克尼夫大概也不會看漏優秀人才）。現在寧布爾由於個人的才幹，獲賜伯爵地位。煩惱事是必須爲妹妹找個好夫婿，以及姊姊妹妹吵著催自己結婚。

Character 44

蕾娜絲·洛克布爾斯

人類種族

leinas rockbruise

重轟

職位——帝國四騎士之一。

住處——帝都黃金地段。

職業等級 —貴族戰士——?lv

神官——?lv

詛咒騎士——?lv

其他

生日——不明（她似乎不願意講）

興趣——幻想詛咒解除後要做什麼，以及寫復仇日記。

{ personal character }

原本是貴族家的千金，親手拿劍鎮壓領地內的魔物是她的驕傲。然而就在討伐某個魔物時，魔物死前下了詛咒，使她的右半張臉變得歪扭流膿。詛咒無法解除，家族害怕引來醜聞而將蕾娜絲逐出家門，未婚夫也遺棄了她，導致她性情扭曲，將解除詛咒定爲人生目標，爲此不惜一切代價。對老家與未婚夫的復仇，已經在吉克尼夫的幫助下完成。

Character 45

戈·金

亞人類種族

go gin

第八屆武王

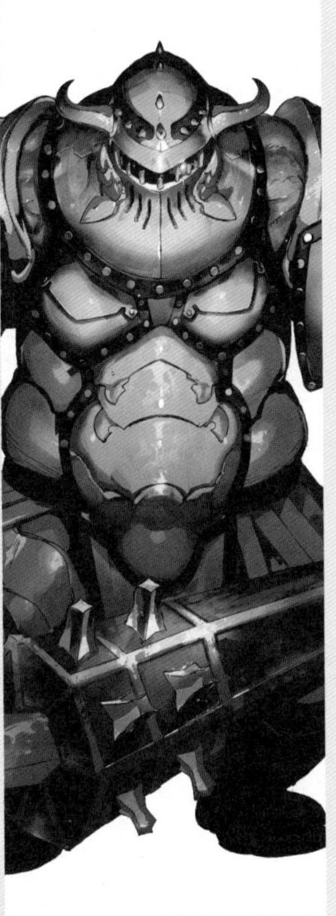

職位——武王。

住處——帝都黃金地段。

種族等級 —食人妖——?lv

戰鬥食人妖——?lv

職業等級 —冠軍——?lv

其他

生日——劍星二星（食人妖曆法與人類不同）

興趣——戰鬥訓練。

{ personal character }

在此列舉歷屆武王的綽號。其中第一屆與第二屆死亡，之後歷屆並非死在競技場。第一屆武王：無，硬要命名就是武王。第二屆：無，硬要命名就是第二屆武王。第三屆：劍魔。第四屆：弱王、泥劍、最強。第五屆：四雷鞭。第六屆：白堊蛾眉。第七屆：腐狼。第八屆：目前的綽號是武王，將來如果要稱呼，或許會是巨王？

OVERLORD
Characters

四十一位無上至尊——篇

角色介紹

5/41

武人建御雷

異形類種族

bujintakemikazuchi

The SAMURAI !

personal character

仰慕塔其・米的強悍，參加「安茲・烏爾・恭」的
「最初的九人」之一。
同伴們以爲他的興趣是製作武器，
其實眞正目的是完成能打倒塔其・米的武器。
然而武器還沒完成，擋在自己面前的巨大厚牆卻消失了，
只能說是場悲劇。失去揮砍對手的
終極武器（未完成）裝飾在寶物殿裡他的位置。

The NINJA!

後記

聽說男子漢敢做敢當，所以我不找任何藉口。不過，只讓我講一句話就好。如果我沒記錯，現在應該是二〇一五年十七月的冬天，對吧！

而且我也聽過預定終究是未定而非確定，這句話講得真是太好了！其中充滿了浪漫啊！

……真的非常抱歉。

按照預定，第十一集應該不會像這樣讓大家久等，希望大家見諒。而且下一

集——算了，對於有看到最後的讀者來說，寫這個沒意義。

還有，第十一集據說將會同時推出久違的特裝版。有看動畫的人應該很多都知道〈ぷれぷれぷれあです〉，這次似乎會推出整整三十分鐘的新作，真是驚人的消息（註：此指日本）！

言歸正傳，看完了第十集的讀者，如果是各位的話會怎麼做呢？

如果由各位來經營組織——或者應該

說國家，各位會從哪裡著手呢？安茲都是走一步算一步，不過如果換成各位，大家會從哪裡著手呢？丸山非常感興趣。要是能從一些管道聽到「如果是我會這麼做」或者是「要是我的話會這樣做」之類的意見，一定很有意思。

如果這件事成了契機，讓大家想寫二次創作甚至是原創小說，我會很高興的。

因為實際上，丸山就是這樣。

再來如同本集最後的通知，本作要舉辦人氣投票（註：此指日本），希望大家可以告訴我你們喜歡哪個角色。本次投票與普通的人氣投票不同，第一名已經內定了，可說史無前例。

即使有哪個角色名次意外地高，出場機會也不會增加，但我還是很想知道大家喜歡哪些角色。

那麼接下來進入謝詞的部分。

抱歉我打亂了行程表，so-bin老師，這次也謝謝您的幫忙。

校正的大迫大人、負責設計的Chord Design Studio、編輯F田大人，感謝你們大家。學生時代以來的朋友Honey，謝謝你每次的幫忙。

最重要的是各位讀者，這次也感謝各位賞光閱讀。雖然劇情走向完全脫離了網路版，但還是希望大家喜歡。

二〇一五年十七月　**丸山くがね**

Postscript by So-bin

多謝大家支持，進入第 10 集了。
邊聽動畫原聲帶邊看
真的有夠讚。 So-bin

安茲帶著夏提雅與亞烏菈踏進安傑利西亞山脈的矮人王國（Dwarf）。

那裡將有何種新

的火種等待
著他——魔
導國的勢力
逐漸擴大的

第11集

Volume Eleven

這預告好像似曾相識呢。
第 11 集真的會是矮人的故事！
——————丸山くがね

OVERLORD 11

矮人工匠

OVERLORD Kugane Maruyama | illustration by so-bin

丸山くがね

illustration◉so-bin